KB069434

하이네 여행기

하이네 여행기

REISEBILDER
ZWEITER TEIL

하인리히 하이네 지음 · 황승환 옮김

❧ 을유문화사

옮긴이 황승환

서울대학교 독어독문학과를 졸업하고 동 대학원에서 논문 「지식인으로서의 하이네와 그의 작품에 나타난 지식인상」으로 박사 학위를 받았다. 현재 강릉원주대학교 독어독문학과 교수로 재직 중이다. 공저로 『독일 명작의 이해』, 『독일, 민족, 그리고 신화』 등이 있으며 옮긴 책으로 『슈톨츠』, 『릴케의 베네치아 여행』, 『클링조어의 마지막 여름』, 『매체이론의 지형도 I』(공역) 등이 있다.

을유세계문학전집 129

하이네 여행기

발행일·2023년 10월 30일 초판 1쇄
지은이·하인리히 하이네 | 옮긴이·황승환
펴낸이·정무영, 정상준 | 펴낸곳·(주)을유문화사
창립일·1945년 12월 1일 | 주소·서울시 마포구 서교동 469-48
전화·02-733-8153 | FAX·02-732-9154 | 홈페이지·www.eulyoo.co.kr
ISBN 978-89-324-0522-3 04850   978-89-324-0330-4(세트)

일러두기

1. 본서는 하인리히 하이네가 4권으로 출간한 『여행기』 가운데 「북해」 연작과 「이념 ─
   르그랑의 책」을 포함한 몇 작품을 선별하여 실었습니다.
2. 시어의 운율과 원서의 느낌을 최대한 살리기 위해 외래어 표기법에 따르지 않고 가급적
   원어 발음을 살려서 표기했습니다.

북해

DIE NORDSEE

제1부

Erste Abteilung

(1825)

1

황혼

Abenddämmerung

창백한 백사장에

나는 생각에 잠겨 홀로 앉아 있었네.

태양은 고개를 한껏 떨구고

바다 위에 벌겋게 이글거리는 줄무늬를 드리우며

가로로 늘어선 하얀 파도가

거품을 물고 철썩이며

조류에 밀려왔네, 점점 더 가까이—

기이한 소리, 속삭임, 휘파람,

웃음과 웅얼거림, 한숨과 바람 소리,

그런 가운데 자장가를 닮은 신비한 노래—

사라진 전설을

태곳적 멋진 동화를 듣는 듯했네.

언젠가 소년 시절에

여름날 저녁 옆집 아이와 함께

대문 앞 돌계단에 쪼그리고 앉아 있었네,
그 아이가 들려주는 동화를 들으려
소곤대는 그 얘길 들으려
작은 가슴으로 귀를 쫑긋 세우며
호기심 가득한 눈을 반짝이며—
그때 맞은편 창가의
향기를 뿜는 꽃 화분 곁엔
누나들이 앉아 있었네,
장밋빛 얼굴로,
미소를 머금은 채 달빛처럼 반짝이며.

2
해넘이
Sonnenuntergang

이글거리는 붉은 해가
흔들대는 은회색
세계의 바다로 내려가네.
허공의 형상이 붉은 숨을 내뿜으며
해를 따라 요동치네. 그리고 맞은편,
짙어 가는 가을의 구름 베일에서
죽음처럼 창백한 슬픈 얼굴이,
달이 얼굴을 내밀고
그 뒤로 작은 광채들이,
별들이 까마득히 가물가물 빛나네.

달의 여신 루나와 해의 신 솔이
옛날 옛적에 결혼으로 하나가 되어
하늘에서 빛났었지.

그리고 그들 주변엔 별들이,
작고 순진한 아이들이 북적였지.

사악한 혀들이 불화를 부추겨
고귀하게 빛나던 부부는
앙심을 품고 헤어졌지.

낮인 지금, 외로운 광채 속에
저 위에선 태양신이 걸어가고 있지.
그의 찬란한 아름다움은
자부심과 행복으로 단련된 인간들을
숭배하고 찬송하게 만들지.
그러나 밤엔
하늘에서 가련한 어머니
루나가
아버지를 여읜 자식 별들과 함께 거닐지,
그녀는 잔잔한 우수를 머금고 반짝이지.
그러면 사랑에 빠진 소녀들과 다감한 시인들은
눈물과 노래를 바치지.

여린 루나여! 천생 여자인
그녀는 아직도 그 멋진 남편을 사랑한다네.
저녁 무렵, 긴장하여 마음을 졸이며

그녀는 엷은 구름에 귀를 기울이네,
괴로운 맘으로 떠나간 남자를 바라본다네,
그러면서 조바심을 내며 소리치고 싶다네. "오세요!
이리 와요! 애들이 당신을 간절히 바라잖아요 ─."
하지만 고집불통 태양신은
아내를 보자 갑절로
분노와 고통으로
이글이글 달아올라
가차 없이, 써늘한 물결 속 홀아비의 침대로
서둘러 내려가지.

*

험담을 속삭이는 사악한 혀들은
영원한 신들에게조차
고통과 재앙을 가져왔지.
이 가련한 신들은, 저 위 하늘에서
괴로워하면서 암울하게
끝없는 궤도를 거닐지,
죽을 수도 없는 그들은
찬란한 고통을
질질 끌며 걷지.

하지만 나는 인간이야,

지상에서 태어난 인간, 죽음을 달게 받아들이는 인간,

난 더 이상 한탄하지 않겠어.

3

해변의 밤

Die Nacht am Strand

별도 없는 쌀쌀한 밤

바다가 포효하네.

형체도 없는 북풍은 바다 위에

배를 깔고 납작 엎드려

활기를 되찾은 고집 센 투덜이처럼

슬그머니, 신음하듯 억눌린 목소리로

물에다 대고 수다를 풀어놓지.

괴상한 이야기들을,

끔찍하면서도 기묘한 거인 이야기와

노르웨이의 태곳적 전설을 잔뜩 늘어놓지.

간간이 웃고 울부짖으며, 멀리까지 메아리칠 만큼,

악령을 불러내는 『에다』[1]의 노래와

---

1 Edda. 13세기 고대 아이슬란드어로 기록된 북유럽의 신화와 영웅 전설로 고(古)에다와 신(新)에다가 있음.

룬2 문자의 끔찍한 주문을
어둠처럼 대담하고 마법처럼 강력하게 읊어 대지.
그러면 바다의 하얀 자식들은
한껏 기분이 들떠서
높이 솟구쳐 올라 환호성을 지르지.

한편 얕은 해변에선
파도가 적셔 놓은 모래 위를
바람보다 파도보다 더 거친
가슴의 낯선 남자가 걷고 있네.
내딛는 그의 발걸음 아래에서
불꽃이 튀고 조개가 으스러지네.
잿빛 외투로 몸을 단단히 싸맨 그는
바람 부는 밤 속으로 발을 재게 움직이네—
외딴 어부의 오두막에서 내비치는
유혹하듯 감미롭게 가물거리는
작은 불빛에 이끌려.

아빠와 오빠는 바다로 나갔고
오두막엔 어부의 딸이
정말 아름다운 어부의 딸이

---

2 rune. 게르만족이 라틴 문자를 수용하기 이전에 사용하던 표음 문자. 주술과 마법의 힘이 있
   다고 여김.

거기 혼자 있다네.
그녀는 아궁이 앞에 앉아
물 주전자에, 달콤하고 몽환적인 물 끓는 소리에
귀를 기울이네.
바스락거리는 땔감을 불에 던져 넣고
입김을 불어넣네.
그러자 깜박이던 빨간 불빛이
마술처럼 환하게 되살아나
꽃다운 얼굴을,
투박한 잿빛 셔츠 사이로
살갑게 비집고 나온
여리고 하얀 어깨를,
고운 허리춤에
속치마를 단단히 졸라매는
작고 섬세한 손을 비추네.

그런데 갑자기 문이 왈칵 열리더니
낯선 밤 손님이 들어오네.
사랑에 대한 확신으로 가득한 그의 눈은
뽀얀 피부의 가녀린 소녀를 응시하네.
겁에 질린 소녀는 놀란 백합처럼
그의 앞에 서 있다네.
그는 외투를 바닥에 던지더니

웃으며 말하네:

아이야, 보아라, 나는 약속을 지켜,
그래서 온 거야, 나와 함께 아득한 옛날도 왔지,
천상의 신들이
인간의 딸들에게 내려와
그들을 얼싸안고 그들과 함께
왕홀을 든 왕족과
세상이 경탄한 영웅들을
낳았던 그 옛날도.
하지만 아이야, 내가 거룩한 신이라고
더 이상 소스라치게 놀라지 말아라.
바라건대, 럼주 넣은 차를 끓여 주겠니?
밖은 너무 추웠어.
이런 밤바람엔
불멸의 신인 우리조차도 얼어붙을 지경이지.
그래서 쉽게 가장 신성한 코감기에 걸려
불사의 기침을 콜록거리지.

4

포세이돈

Poseidon

햇빛이 바다 위에서
널리 굴러다니는 물결과 희롱했다,
나를 고향으로 실어다 줄 배가
저 멀리 정박지에서 반짝였다.
하지만 순풍은 불지 않았다.
나는 느긋하게 쓸쓸한 해변의
모래 언덕에 앉아
오디세우스의 노래를,
영원히 젊은 옛 노래를 읽었다.
물결이 철썩이는 책갈피에서
신의 숨결과
빛나는 인간의 봄과

꽃이 만발한 헬라스[1]의 하늘이

즐겁게 솟아올랐다.

나의 고결한 가슴은 유랑하며 곤경을 겪는

라에르테스[2]의 아들을 충실히 따랐다.

왕녀들이 자주색 실을 잣는

따뜻하게 맞아 주는 아궁이 곁에

그와 함께 앉아 진심으로 걱정하면서,

거인의 동굴과 정령의 손아귀에서[3]

그가 거짓말을 하여 운 좋게 빠져나가도록 도왔고,

그를 따라 킴메르족[4]의 암흑 속으로 들어갔으며,

폭풍을 만나 난파도 당했고

그와 함께 이루 형언하기 어려운 곤경도 견뎌 냈다.

탄식하며 나는 말했다: 그대 고약한 포세이돈이여,

그대의 분노는 끔찍도 하구나,

내가 귀향할 수 있을지

두려움이 앞서는구나.

---

1 Hellas. 헬렌의 후손이란 의미. 그리스의 옛 이름.
2 Laertes. 오디세우스의 아버지.
3 오디세우스의 모험을 암시함. 거인은 외눈박이 거인(키클롭스족)인 폴리페무스를, 정령은 칼립소 또는 키르케를 암시함.
4 킴메르족(Cimmer族)은 하데스 입구 근처, 깊은 바다의 가장자리에 거주하며, 그곳은 항상 안개와 어둠에 덮여 있음. 『오디세이아』 11권 12~19행 참조.

내가 이 말을 끝내기 무섭게
바다가 거품을 내며 일렁이더니,
하얀 파도 밖으로
갈대 관을 쓴 해신의 머리가 솟구쳤다.
그는 비웃으며 소리쳤다:

작은 시인이여, 겁먹지 말아라!
네 빈약한 조각배를 마구 흔들어
위험에 빠뜨리거나,
네 소중한 생명을
위태롭게 할 생각은 조금도 없으니.
작은 시인이여, 너는 조금이라도 내 화를 돋운 적이 없으니.
넌 프리아모스의 신성한 성채[5]에서
작은 탑 하나도 손상시키지 않았으니,
내 아들 폴리페무스의 눈가에 있는
작은 터럭 하나도 그슬리지 않았으니,
지혜의 여신 팔라스 아테나가
한 번이라도 너에게 조언하여 보호한 적이 없었으니.

포세이돈은 이렇게 외치더니
바닷속으로 되돌아갔다.

---

5   핵토르와 파리스의 아버지이자 트로야의 왕인 프리아모스의 성채, 즉 트로야.

물속에서는

뚱뚱한 인어 암피트리테[6]와

네레우스의 아둔한 딸들[7]이

뱃사람의 조악한 농담에 우스워했다.

---

6   Amphitrite. 포세이돈의 아내이자 네레우스의 딸.

7   네레이데스(Nereides)라고 불리는 네레우스의 딸들은 50명 혹은 100명이라고 하며, 그중 유명한 딸로는 테티스, 암피트리테, 갈라테이아 등이 있음.

헌사[1]

Huldigung

노래들아! 내 멋진 노래들아!

일어나라, 일어나라! 일어나서 무장하라!

나팔을 울려라,

이제 내 온

가슴을 지배하게 될

이 아가씨를 여왕으로

여왕으로 받들어라.

만세! 젊은 여왕이여!

저 위의 태양에서

찬란한 붉은 금을 뜯어내어,

---

1 『노래의 책』에 실을 때 제목을 '대관식'으로 바꾸어 연작시 「북해」 1부 첫머리에 배치함.

당신의 신성한 머리에 씌울

왕관을 엮습니다.

밤의 다이아몬드가 반짝이는,

푸른 비단이 펄럭이는 하늘 천장에서

귀한 조각을 잘라 내어

당신의 품위 있는 어깨에

대관식 망토로 걸쳐 드릴 겁니다.

나는 당신께 갈고닦은 소네트와

자랑스러운 테르치네와

공손한 스탄체를 신하로 드릴 겁니다.[2]

내 재치는 당신의 파발꾼으로,

내 상상력은 당신의 궁정 광대로,

내 유머는 문장(紋章)에 웃는 눈물을 새긴

당신의 전령으로 봉사할 겁니다.

하지만 나 자신은, 여왕이시여,

나는 당신 앞에서 경의를 표하며

빨간 벨벳 쿠션에 무릎을 꿇고,

왕국의 당신 선임자가

가련히 여겨 내게 남겨 준

한 조각 이성을

당신께 바칠 것입니다.

---

2   시 형식(소네트, 테르치네, 스탄체)의 의인화.

6

선언

Erklärung

저녁이 오면서 어스름이 깔리고

파도는 더욱 거칠게 포효했다.

바닷가에 앉아

물결의 하얀 춤을 보자

내 가슴은 바다처럼 부풀어 올랐다.

어디에서나, 어디에서나,

휘잉휘 불어 대는 바람 소리에도, 철썩이는 파도 소리에도

내 가슴의 탄식 소리에도

어디에서나 내 주위를 맴돌며

어디에서나 나를 부르는

너, 너의 사랑스러운 이미지가 못 견디게 그리워

나는 진한 향수에 사로잡혔다.

나는 가벼운 갈대로 백사장에 썼다:

"아그네스,[1] 널 사랑해!"
하지만 고약한 파도가 덮쳐 와
그 달콤한 고백을
깨끗이 쓸고 가 버렸다.

부러지기 쉬운 갈대여, 흩어져 없어지는 모래여,
부서져 사라지는 파도여, 난 너희들을 더는 믿지 않으련다!
하늘은 더욱 어두워지고, 내 가슴은 더욱 거칠어진다.
우악스러운 손으로 노르웨이의 숲에서
가장 높은 전나무를 뽑아
에트나 화산의 이글거리는 목구멍에 담갔다가
불구덩이에 적신 거대한 붓으로
캄캄한 하늘에 이렇게 쓴다:
"아그네스, 널 사랑해!"

그러자 밤마다 저 하늘 위에서
영원한 불꽃 글씨가 타오른다,
자라나는 후손들 모두
환호하며 하늘의 글씨를 읽는다:
"아그네스, 널 사랑해!"

---

1   Agnes. 순수, 신성, 양 등의 뜻을 가진 고대 그리스어와 라틴어에서 유래한 이름으로, 순수하
    고 이상적인 여성을 의미함.

선실의 밤[1]

Nachts in der Kajüte

바다에는 진주가 있고,

하늘엔 별이 있지만,

그러나 내 마음, 내 마음엔,

내 마음엔 그의 사랑이 있네.

하늘도 넓고 바다도 넓지만,

내 마음은 더 넓다네.

내 사랑은 진주보다도 별보다도

더 아름답고 더 반짝이며 더 빛난다네.

그대, 작고 풋풋한 아가씨야,

---

1 『노래의 책』에 실린 약 250편의 시는 5천 번 이상 작곡되었으나, 연작시 「북해」는 대개 길이가
 길고 불규칙하며 운이 자유로운 탓에 작곡가들에게 인기가 없었는데 예외적인 시가 「선실의
 밤」이고 그중에서도 첫째 시는 1백 번 이상 작곡됨.

오려무나, 나의 넓은 가슴으로,
내 가슴과 저 바다와 저 하늘은
순수한 사랑 앞에 사그라들고 말 거야.

                        *

아름다운 별들이 반짝이는
하늘의 푸른 천장에
난 입맞춤을 하고 싶어,
거칠게 입맞춤하고 거세게 울고 싶어.

저 별들은 내 연인의
눈동자야, 하늘의 푸른
천장에서 수도 없이 깜박이지,
다정하게 인사하지.

하늘의 푸른 천장을 향해,
연인의 눈동자를 향해,
경건하게 양팔을 들어 올려
나는 기도하고 간청하지:

다정한 눈동자여, 은총의 빛이여,
오, 내 영혼을 복되게 해 다오,

내가 죽어 너희들과
너희들의 하늘 전부를 얻게 해 다오!

*

저 위 하늘의 눈동자에서
밤새 밝은 불꽃이 떨며
떨어지네. 그러면 나의 영혼은
사랑으로 널리 더 널리 퍼져 간다네.

오, 저 위 하늘의 눈동자여!
내 영혼을 향해 실컷 울어 다오.
그래서 사랑스러운 별들의 눈물로
내 영혼이 넘쳐흐르도록.

*

바다 물결과 꿈꾸는 생각이
어둑한 선실 이층 침대에
가만히 누워 있는 나를
흔들어 재우네.

열린 창으로

하늘 높이 밝은 별들이,
내가 깊이 사랑하는 연인의
사랑스럽고 달콤한 눈동자가 보이네.

사랑스럽고 달콤한 눈동자가
내 머리 위에서 지켜보네,
하늘의 푸른 천장에서
맑게 울리며 윙크하네.

하늘의 푸른 천장을
황홀하게 오래도록 바라보네.
내 사랑스러운 눈동자를
하얀 안개 베일이 가릴 때까지.

                            *

꿈꾸는 내 머리가 기대고 있는
배의 판자벽에 파도가,
거친 파도가 부딪혀 부서지네.
철썩이는 파도가 내 귀에
가만히 속삭이네.
"얼빠진 친구야!
자네의 팔은 짧고 하늘은 넓지,

저 위의 별은 황금 못으로
단단히 박혀 있지—
동경도 탄식도 헛될 뿐,
잠이나 자는 게 좋을 걸세."

                              *

흰 눈으로 뒤덮인 고요한
광막한 황야를 꿈꾸었지.
하얀 눈 아래 묻힌 나는 외롭고
서늘한 죽음의 잠을 잤지.

하지만 저 위 캄캄한 하늘에선
별들의 눈동자가 내 무덤을 내려다보았지,
달콤한 눈동자! 눈동자는 반짝였지, 의기양양하게,
소리 없이 즐겁게, 그러나 사랑을 듬뿍 담고서.

8

폭풍
Sturm

폭풍우가 휘몰아치며
물결을 채찍질하니,
성이 나서 머리를 곤추세운 물결은
벌떡 일어나 거세게 일렁인다.
태산 같은 하얀 물마루를
조각배가 허둥지둥
힘겹게 기어오르다가,
갑자기 뚝 떨어진다,
시커먼 입을 쩍 벌린 물결의 바닥으로—

오, 바다여!
거품에서 태어난 아름다움의 어머니[1]여!

---

1 미와 사랑, 항해와 봄 등을 관장하는 여신 아프로디테.

사랑의 할머니²여! 저를 지켜 주소서!

하얀 유령 같은 갈매기가 벌써

시체 냄새를 맡고 날개를 퍼덕이며 날아와

부리를 벼리고자 돛대를 쪼면서

당신 딸의 명성을 전파하는 이 심장을

당신의 어린 개구쟁이 손자³가

장난감으로 선택한

이 심장을 게걸스레 쪼고자 갈망합니다.

부탁해도 간청해도 부질없구나!

나의 외침은 포효하는 폭풍에,

바람이 내는 전투의 소음에 묻혀 버리네.

우르릉, 휘익, 후드득, 윙윙,

마치 소리의 정신 병원 같구나!

그 사이 간간이 들려오는

매혹적인 하프 선율과

그리움을 거세게 자극하는 노래는

영혼을 녹이고 찢어발기네.

나는 그 목소리를 알아.

저 멀리 스코틀랜드의 암벽 해안,
파도가 부서지는 바다 위로
작은 잿빛 성이 우뚝 솟아 있는 곳,
거기 높다란 반원형 창가에
여리고 핏기 없는, 대리석처럼 창백한,
아름답고 병든 여인이 서 있네.
그녀는 하프를 연주하며 노래 부르네.
바람은 그녀의 긴 곱슬머리를 헤집다가
폭풍우 몰아치는 넓은 바다로
그녀의 어두운 노래를 실어 나르네.

9

잔잔한 바다

Meeresstille

바다는 얼마나 잔잔한가! 태양은
빛줄기를 바닷물에 던진다.
배는 흔들리는 보석에다
푸른 고랑을 만든다.

조종간 곁엔 갑판장이
나직이 코를 곤다.
돛대 옆에선 검댕 묻은 앳된 선원이
돛을 수선한다.

검댕 사이로 발그레한 기운이
감도는 볼, 애처롭게 실룩거리는
큰 입 주변, 고통스러워 보이는
크고 아름다운 눈망울.

선장이 바로 앞에 서서
악을 쓰며, 저주하고, 꾸짖기 때문이지:
"나쁜 놈! 나쁜 놈 같으니라고!
네놈이 통에서 청어를 훔친 게야."

바다는 얼마나 잔잔한가! 파도에서
영리한 작은 물고기 한 마리 솟아올라
작은 꼬리로 즐겁게 물을 찰방이며
작은 머리에 햇빛을 쬐고 있다.

그러나 갈매기가 공중에서 쏜살같이
그 작은 물고기를 향해 내리꽂힌다.
번개같이 포획한 전리품을 입에 물고
갈매기는 하늘 높이 날아오른다.

10

바다의 환영

Seegespenster

그러나 난 뱃전에 엎드려
꿈꾸는 눈으로 거울처럼 맑은
물을 내려다보았다.
깊이, 바다의 바닥까지,
깊이, 더 깊이 내려다보았다—
처음엔 안개처럼 흐릿했으나
점점 색깔이 보이기 시작하더니
교회의 둥근 지붕과 탑들이 드러났다.
그리고 마침내 도시 전체가, 고대
네덜란드풍의, 사람들이 북적거리는 도시가
선명하게 드러났다.
하얀 러프 킬라[1]에 훈장 목걸이를 하고

---

1   Halskrause. 목둘레를 화려하게 감싸는 주름진 옷깃.

검은 망토를 걸친 의젓한 남자들이
긴 칼을 차고 침통한 표정으로
붐비는 시장통을 지나
계단이 높은 시청을 향해 걸어간다.
거기에는 왕홀을 들고 검을 찬
황제의 석상들이 지키고 있다.
근처에, 창이 거울처럼 반짝이는
길게 늘어선 집들 앞에
피라미드처럼 가지치기한 보리수들이 서 있고,
비단옷을 사각이며 아가씨들이 거닌다.
날씬한 허리엔 금빛 띠를 두르고
꽃 같은 얼굴은 검은 벨벳 모자와
삐져나온 풍성한 곱슬머리에
다소곳이 감싸여 있다.
스페인 복장을 한 형형색색의 젊은이들이
활보하며 고개를 끄덕인다.
한물간 갈색 옷을 입고
찬송가 책과 묵주를 손에 든
나이 지긋한 여자들이
울리는 종소리와
오르간 소리에 쫓기듯
총총걸음으로 서둘러
대성당으로 향한다.

멀리서 들려오는 소리의
신비로운 전율이 나를 엄습한다.
무한한 그리움과 깊은 비애가
내 가슴에 스며든다,
좀처럼 치유되지 않는 내 가슴에,
사랑스러운 입술이
내 가슴의 상처에 입맞춤하자
다시 피가 흐르는 느낌이다.
뜨겁고 붉은 핏방울이
오래오래 천천히 떨어진다
저 아래 깊은 해저 도시의
고풍스러운 집 위로,
층고(層高) 높은 오래된 박공집 위로.
그 집 아래쪽 창가에 소녀가
머리를 팔로 괴고
우울하게 외로이 앉아 있다,
가련한, 잊힌 아이처럼—
가련한 잊힌 아이야, 난 널 알아!

이토록 깊이, 이토록 깊이
넌 나를 피해 숨어 있었구나,
애처럼 토라져서
올라올 수 없었구나.

그래서 5백 년 동안이나

낯선 이들 가운데 서먹하게 앉아 있구나.

그동안 나는 옹근 슬픔에

너를 찾아 온 세상을 뒤졌지.

시도 때도 없이 너를 찾았지.

너 영원한 사랑아,

너 오래전에 잃어버린 사람아,

너 마침내 되찾은 사람아—

난 널 되찾아 다시

네 귀여운 얼굴을

총명하고 충실한 눈을

사랑스러운 미소를 바라본다—

절대 널 다시 떠나지 않겠어

네게로 내려갈 거야,

두 팔을 활짝 벌리고

네 가슴으로 뛰어내릴 거야—

그러나 제때 선장이

내 발을 잡아

뱃전에서 끌어 올렸다.

그리고 역정스레 웃으며 소리쳤다:

"박사 양반, 귀신에게 홀린 거요?"

정화

Reinigung

네 깊은 바닷속에 머물러 있거라,
미친 꿈이여,
한때 네가 그토록 숱한 밤에
내 가슴을 거짓 행복으로 괴롭히더니
이젠 바다의 환영으로
벌건 대낮에도 나를 위협하는구나—
저 아래 머물러 있거라, 영원히,
그러면 너에게 던져 주마,
나의 모든 고통과 모든 죄와
그토록 오래 내 머리에서 딸랑거린
바보짓의 어릿광대 방울 모자와
차갑게 반짝이는 뱀 가죽과
그토록 오래 내 영혼을 휘감았던
위선과

병든 영혼과

신을 부정하고 천사를 부정한

불경스러운 영혼을—

호이호! 호이호! 바람이 부는구나!

돛을 올려라! 돛이 펄럭이며 부푸는구나!

시나브로 썩어 가는 수면 위로

배가 내달린다,

해방된 영혼이 환호한다.

12

평화

Frieden

태양은 하늘 높이
흰 구름에 둘러싸여 있었고,
바다는 잔잔했다.
조타실에 누워 생각에 잠긴,
꿈꾸듯 생각에 잠긴 나는― 비몽
사몽간에 예수를,
세상의 구세주를 보았다.
하얀 가운을 나부끼는 그는
육지와 바다를 넘나들며
성큼성큼 거닐었다,
그의 머리는 하늘 높이 솟아 있고
그의 손은 축복하듯
육지와 바다 위로 뻗쳐 있다,
가슴속의 심장처럼

그는 태양을 품고 있다,

붉게 이글거리는 태양을.

붉게 이글거리는 그의 태양 심장이

은총의 빛줄기를 내뿜자,

자비롭고 사랑스러운 빛이

밝고 따스하게

육지와 바다 위로 쏟아졌다.

장엄한 여운을 길게 남기며

이리저리 울려 퍼지는 종소리는, 장미 밧줄이

백조를 끌듯, 미끄러지는 배를

장난스레 푸른 해변으로,

사람들이 거주하는, 높은 탑처럼

우뚝 솟은 도시로 끌었다.

오, 평화의 기적이여! 이 얼마나 조용한 도시인가!

떠들썩하고 숨 막히는 생업의

먹먹한 소음이 멈췄다.

소리가 울리는 깨끗한 거리로

하얀 옷을 입은 사람들이

종려나무 가지를 들고 거닐고 있었다.

이때 두 사람이 만나

서로 이해하면서 바라보고

사랑과 달콤한 체념에 전율하면서
서로 이마에 입맞춤하고
구세주의 태양 심장을
올려다보았다.
구세주의 심장이 흔쾌히 화해시키면서
붉은 피를 아래로 내리비추자
그들은 환희에 가득 차 만세 삼창을 했다:
"예수 그리스도를 찬양하라!"

* 1

이런 몽상(夢想)을 떠올렸다면
당신은 무엇을 줄 건가요,
사랑하는 이여!
머리와 허리는 그토록 약하지만
믿음만큼은 더할 수 없이 강한 당신,
삼위일체를 우직하게 공경하고
퍼그[2]와 십자가와 고귀한 여자 후원자의
발[3]에 하루가 멀다고 입맞춤하는 당신,
신앙심 깊은 척하여

---

1   별표 이후의 마지막 연은 『노래의 책』 버전에서 삭제됨.
2   Mops. 중국 원산의 불도그처럼 생긴 작은 애완견.
3   Pfote. 일반적으로 개나 고양이의 '발'을 의미하지만 구어에서는 '손'을 의미하기도 함.

궁정 고문관으로, 다음엔 법률 고문관으로
마침내 경건한 도시의
정부 고문관으로 높이 올라간 당신,
그 도시엔 모래와 신앙이 만발하고,
성스러운 슈프레강의 참을성 좋은 물이
영혼을 씻어 주고 차를 묽게 만들지—
당신이 이런 몽상을 떠올렸다면,
사랑하는 이여!
당신은 그것을 더 높은 곳, 시장으로 가져가겠지,
부드럽고 반짝이는 얼굴은
기도와 겸손으로 완전히 녹아 없어지겠지,
그러면 귀부인들이,
미칠 듯이 기뻐하고 날뛰며,
당신과 함께 기도하려고 무릎을 꿇겠지,
그리고 기쁨으로 빛나는 그들의 눈은,
프로이센에서 통용되는 1백 탈러의 임금
인상을 당신에게 약속하겠지,
그러면 당신은 두 손 모아 더듬거리며 말하겠지:
"예수 그리스도를 찬양하라!"

제2부

Zweite Abteilung

(1826)

1

바다를 반기며

Meergruß

탈라타! 탈라타!!¹

반갑구나, 영겁의 바다여!

환호하는 마음으로

1만 번의 인사를 보낸다,

옛날 1만 명의 그리스 용사들이,

불운과 싸우며 고향을 갈망했던

세상에 유명한 그 그리스 사람들이

너에게 인사했던 것처럼.

파도가 넘실댔다,

넘실대며 포효했다.

---

1   thalatta, thalatta(바다다, 바다야!). 크세노폰의 『아나바시스』에서 유래한 문학적·역사적 토포
스. 기원전 401년 크세노폰은 그리스 용병 1만 명과 함께 페르시아 왕위 쟁탈전에 고용됨. 페
르시아군에 6개월간 쫓기며 힘들게 퇴각하는 과정에서 그들이 오늘날 튀르키예 북부 지가나
산정에서 마침내 흑해를 발견하고 환호하며 외친 소리. 『아나바시스』 4권 7장 참조.

태양이 장밋빛 햇살을
희롱하듯 냉큼 쏟아붓자,
깜짝 놀란 갈매기 떼가
비명을 지르며 푸드득 날아갔다.
말발굽 소리와 병장기 소리 요란한데,
승리의 함성 같은, 멀리서 들려오는 소리:
탈라타! 탈라타!

반갑구나, 영겁의 바다여!
너의 물은 고향 사투리처럼 속살거리고
넘실대는 물결은
어릴 적 꿈결처럼 반짝이는구나.
옛 추억이 내게 새롭게 얘기한다,
사랑스럽고 멋진 장난감에 대해서도 모두
반짝이는 크리스마스 선물에 대해서도 모두
네가 저 아래 투명한 수정의 집에
은밀하게 간직하고 있는
붉은 산호초,
금붕어, 진주, 화려한 조개들에 대해서도 모두.

아! 이 황량한 타지에서 난 얼마나 애간장 태웠던가!
식물학자의 양철 채집통에 든
한 송이 시든 꽃처럼

그렇게 심장은 내 가슴에 들어 있었다.
긴 겨울 동안 어두운 병실에 앉아 있던
환자 같은 기분이다.
이제 내가 갑자기 병실을 나서자,
태양이 일깨운 비취색 봄이
내게 쏟아붓는 빛에 눈이 부시다.
하얀 꽃나무들이 살랑거리고
형형색색의 향기로운 눈으로
어린 꽃들이 나를 바라본다.
향기가 풍기고 벌이 날며, 숨소리 웃음소리 들리고,
푸른 하늘에선 작은 새들이 노래한다—
탈라타! 탈라타!

그대, 후퇴하지만 용감한 가슴이여!
얼마나 자주, 얼마나 비통하게 자주
북방의 야만적인 여자들에게 핍박받았던가!
승리를 과시하는 커다란 눈으로
그들은 내게 불화살을 쏘아 댔다.
굽은 비수 같은 말로
내 가슴을 가르겠다며 위협했고,
설형 문자 쪽지로
마비된 가련한 내 머리를 산산조각 냈지—
방패를 쳐들었지만 쉭쉭 허공을 가르며 날아오는 화살과

쾅쾅 부딪치는 칼을 막을 순 없었어.
북방의 야만적인 여자들에게 쫓겨
나는 바닷가까지 내몰렸어.
이제 자유롭게 숨 쉬며 나는 바다에게 인사한다
사랑스러운 구원의 바다에게,
탈라타! 탈라타!

2

뇌우

Gewitter

바다 위에 뇌우가 둔중하게 누워 있다.

검은 구름 장벽을 뚫고

날카로운 번갯불이 경련을 일으킨다.

크로니온[1]의 머리에서 나온 재치처럼

쏜살같이 번쩍이더니 쏜살같이 사라진다.

거칠게 출렁이는 바닷물 위로

멀리서 우르릉 천둥이 울리고

보레아스[2]가 말로 변해

에릭토니오스의 매력적인 암말들과 낳은

하얀 파도의 말들이 뛰어오른다.

---

1   Kronion. 크로노스의 아들 제우스.

2   Boreas. 북풍의 신. 형제로 에우로스(동풍), 제피로스(서풍), 노토스(남풍) 등이 있다. 그는 갈
    기 검은 수말로 변신해 트로야의 왕 에릭토니오스의 말과 흘레하여 12마리의 새끼를 낳았는
    데, 이들은 육지에선 이삭 위로, 바다에선 파도 마루 위로 달릴 수 있었다. 『일리아스』 20권
    223~229행 참조.

카론에게 거부당해 밤의 거룻배를 타지 못한 채
스틱스강 변을 떠도는 망자의 영혼처럼[3]
겁먹은 바닷새가 퍼덕거린다.

안쓰러우면서도 들뜬 거룻배가
끔찍한 춤을 추며 저기 멀어져 가는구나!
아이올로스[4]가 보낸 날랜 녀석들이
흥겨운 윤무에 맞춰 거칠게 연주한다,
한 녀석은 피리를, 다른 녀석은 나팔을,
또 다른 녀석은 둔중한 콘트라베이스를 연주한다—
사공은 흔들리는 배의 키를 잡고 서서
나침반을, 불안에 떠는 배의 영혼을
계속 쳐다보다가
양손을 들어 올려 하늘에 간청한다:
오, 저를 구원해 주소서, 씩씩한 영웅 카스토르여,
맨주먹의 용사 폴리데우케스여![5]

---

3 오볼로스(뱃삯. 망자의 입이나 눈에 올려놓는 동전)를 지불하지 않거나, 매장되지 않으면 배를 타지 못하고 스틱스강 변을 떠돌게 됨.
4 Aeolos. 그리스 신화에서 바람을 관장하는 신.
5 카스토르(Castor)와 폴리데우케스(Polydeuces)는 제우스와 레다 사이에서 태어난 쌍둥이 형제. 항해자와 모험가의 수호신. 나중에 쌍둥이자리의 별이 됨.

3

난파당한 사람

Der Schiffbrüchtige

희망도 사랑도! 모든 게 끝장났구나!

바다가 투덜거리며 내팽개친

송장처럼, 난

해변에, 황량한

벌거숭이 바닷가에 누워 있다.

내 앞엔 물의 사막이 넘실대고

내 뒤엔 불행과 비참만이 누워 있는데,

내 위로는 구름이 흘러가는구나.

형체도 없는 공기의 잿빛 딸들은

바다에서 안개 양동이로

물을 길어

힘겹게 질질 끌고 또 끌고 가서

다시 바다에 쏟아붓는다.

나의 삶처럼 쓸모없고

우중충하고 지루한 작업이로구나.

파도가 웅얼거리고, 갈매기는 날카롭게 울어 댄다.
옛 추억들이 밀려와
잊힌 꿈들이, 사라진 형상들이,
고통스러우면서도 달콤한 기억들이 떠오른다!

북쪽 지방에 어떤 여자가, 아름다운 여자가,
여왕처럼 아름다운 여자가 살고 있다.
사이프러스처럼 늘씬한 몸매를
선정적인 하얀 옷이 감싸고 있다,
검고 풍성한 곱슬머리가
축복받은 밤처럼 왕관 모양으로 땋은
높은 정수리에서 흘러내려
곱고 창백한 얼굴을
꿈꾸듯 달콤하게 감싸고 있다:
곱고 창백한 얼굴에서
검은 태양 같은 눈이
크고 강렬하게 빛나고 있다.

오, 너 검은 태양이여, 얼마나 자주,
황홀경에 도취해 자주, 나는 네
거친 열광의 불꽃을 들이마셨던가,

불꽃에 도취하여 비틀거렸던가—
삐죽 내민 오만한 입술 주위엔
비둘기처럼 온순한 미소가 감돌았고,
삐죽 내민 오만한 입술은
달빛처럼 달콤하게 말을 머금었지
장미 향처럼 부드럽게—
그러면 내 영혼은 일어나
독수리처럼 하늘 저 높이 날아올랐지!

파도야, 갈매기야, 조용히 해라!
모든 것이 사라졌다, 행복도 희망도,
희망도 사랑도! 바닥에 엎드린 나는
난파당한 쓸쓸한 남자,
내 달아오른 얼굴을
축축한 모래에 누른다.

4

해넘이

Untergang der Sonne

아름다운 태양이

조용히 바닷속으로 내려앉았다.

일렁이는 물결은 벌써

어두운 밤으로 물들었고,

저녁노을만 아직

금빛을 흩뿌리고 있다.

떠들썩한 밀물은 하얀 파도를

거세게 해변으로 몰아댄다.

해가 기울자 목동이 노래 부르며

집으로 몰고 가는

털북숭이 양 떼가 그러하듯

파도는 유쾌하게 뛰어오르길 서둔다.

태양은 정말이지 아름다워!

나와 해변을 거닐던 친구가

오랜 침묵을 깨더니 이렇게 말했다.

그리고 농담과 비애가 뒤섞인 말투로

나에게 단언하길: 태양은

관례에 따라 늙은 바다 신과

결혼한 아름다운 여성이야.

낮이면 그녀는 높은 하늘에서

자주색으로 치장하고 다이아몬드를 반짝이며

세상 모든 피조물의

무한한 사랑과 찬양을 받으며

즐겁게 거닐지.

그녀의 시선이 보내는 빛과 온기에

모든 피조물이 즐거워하지.

그러나 밤이면 낙담하여 억지로

축축한 집으로, 늙은 신랑의

황량한 품으로

다시 돌아가야 하지.

"내 말을 믿게" — 라고 덧붙이더니 친구는

웃다가 탄식하다가 다시 웃었다—

"둘은 저 아래서 퍽이나 다정한 결혼 생활을 하고 있다네!

잠잘 때 말곤 싸우는 게 일이지,

그래서 여기 바다 표면이 들끓는 거야.

그리고 뱃사람은 파도 소리에서
노인네가 아내에게 호되게 야단치는 소릴 듣는다네:
둥그렇게 생긴 우주의 창녀야!
빛으로 추파를 던지는 계집아!
온종일 다른 녀석들을 위해 달아오르더니
밤이 되자 서느렇게 식고 지쳐서 내 앞에 나타나는구나!
이렇게 침실 설교가 끝나면
자존심 센 태양은 눈물을 터뜨리며
처량한 신세를 한탄하지. 이건 뻔한 일이야!
그녀의 넋두리가 길게 늘어지자, 바다 신은
절망스러워하며 갑자기 침상을 박차고 나가더니
재빨리 바다 표면으로 헤엄쳐 올라오는 거야.
한숨도 돌리고, 생각도 가다듬으려고 말이야."

"간밤에 난 바다 위로 가슴을 드러낸
바다 신을 직접 봤다네.
그는 생기 없는 얼굴에
노란 플란넬 재킷을 걸치고
백합처럼 하얀 나이트캡을 쓰고 있었어."

5

오케아니데스[1]의 노래

Der Gesang der Okeaniden

색깔을 점점 잃어 가는 저녁 바닷가에
어떤 남자가 저기 벌거숭이 백사장에
쓸쓸한 마음으로 혼자 앉아 있다.
그는 죽음처럼 차가운 시선을 들어
죽음처럼 차가운 머나먼 하늘 천장을 올려다보고,
일렁이는 머나먼 바다를 바라본다—
그의 한숨은 바람의 돛단배처럼
일렁이는 머나먼 바다 위로 갔다가
쓸쓸하게 다시 돌아온다.
닻을 내리려 했던 심장이
닫힌 걸 발견했기 때문이다—

---

1   Oceanides. 모든 물의 신인 거인족 오케아노스와 그의 여동생인 바다의 여신 테티스 사이에
서 태어난 3천 명의 딸들로 바다와 민물의 요정. 단수형은 오케아니스. 바다의 요정 네레이스
(복수형은 네레이데스)나 민물의 요정 님프와 혼동되기도 함.

커다란 탄식 소리에 화들짝 놀란

하얀 갈매기들이 모래 둥지에서 뛰쳐나와

떼 지어 퍼덕이며 그의 주변을 맴돈다.

그러자 그가 갈매기들에게 웃으며 말한다:

다리가 검은 새들아,

하얀 날개로 바다 위를 훨훨 날며

굽은 부리로 바닷물을 마시고

기름진 물개 고기를 먹는 새들아,

너희들 먹이만큼이나 너희들 삶도 씁쓸하지!

하지만 행운아인 나는 달콤한 것만 맛보지!

장미는 달빛을 먹고 자란 밤꾀꼬리의 신부,

나는 장미의 달콤한 향기를 맛보지.

또한 더 달콤한, 요스티 카페의 머랭[2]도 맛보지,

그리고 가장 달콤한,

달콤하게 주는 사랑과 달콤하게 받는 사랑도.

그녀가 날 사랑해! 그녀가 날 사랑해! 그 귀여운 아가씨가!

지금 그녀는 집의 돌출 창에서

땅거미 내려앉는 저편 한길을 내다보고

---

2 베를린의 요스티 카페는 하이네, 아이헨도르프, 그림 형제 그리고 후일에는 폰타네나 멘첼 등
   의 작가와 예술가들이 드나들었던 장소. 하이네는 이 카페의 머랭을 특히 칭찬했음. 하이네의
   「베를린에서 보낸 편지」 참조.

귀 기울이며 나를 못 견디게 그리워하지 — 정말이야!
그녀는 헛되이 사방을 둘러보고는 한숨짓지,
한숨지으며 정원으로 내려가
꽃향기를 맡고 달빛 아래를 거닐며
꽃들과 이야기하지,
애인인 내가 얼마나 사랑스러운지
그리고 얼마나 상냥한지를 — 정말이야!
나중에 잠자리에서도, 잠 속에서도, 꿈속에서도
충실한 내 모습 주위를 행복하게 하늘하늘 맴돌지,
심지어 아침에 식사할 때도
반짝이는 버터 빵에서도
그녀는 미소 짓는 내 얼굴을 보지,
그러면 사랑하는 마음에 남김없이 먹어 버리지 — 정말이야!

이렇게 그는 뻐기고 또 뻐기지,
그러는 동안 갈매기는 노회하게 비꼬는 웃음처럼
끽끽거리며 새된 소리로 울어 대지.
저녁 안개가 피어오른다.
자줏빛 구름 사이로 마른 풀처럼 누런 달이
스산하게 고개를 내민다.
파도 소리가 거칠어지더니
거친 바다 깊은 곳에서
틈새기 바람이 속삭이듯 애처롭게

아름답고 동정심 많은 물의 요정

오케아니데스의 노래가 들려온다.

무엇보다 은빛 발을 가진

펠레우스의 아내[3] 목소리가 또렷하게 들린다.

오케아니데스는 한숨지으며 노래한다:

오 바보여, 그대 바보여, 그대 뻐기는 바보여!

그대 참담한 심경에 괴로워하는 사람이여!

그대의 희망이, 가슴속의 장난꾸러기들이

모두 죽어 버렸구나.

아! 그대의 심장은 비통함에 돌로 굳은

니오베[4]의 심장이로구나!

밤이 찾아온 그대의 머릿속에선

줄곧 광기의 번개가 경련을 일으키는구나.

그런데도 넌 고통을 자랑하다니!

오 바보여, 그대 바보여, 그대 뻐기는 바보여!

그대는 그대 조상만큼이나 황소고집이구나.

그 고귀한 거인[5]은 천상의 불을 훔쳐

---

3 바다의 요정 테티스(Thetis). 거인족 테티스(Tethys)는 그녀의 할머니. 영웅 펠레우스와 결혼
하여 아킬레우스를 낳음.

4 일곱 명의 아들과 일곱 명의 딸을 둔 니오베는 자만심에 들떠 남매만 낳은 레토 여신보다 우
월하다고 뻐겼다. 화가 난 레토 여신이 자식인 아폴론과 아르테미스에게 이 사실을 이야기하
자, 이들 남매는 니오베의 자식들을 모두 죽인다. 자식을 모두 잃고 난 후 비탄에 빠진 니오베
는 몸이 굳어져 돌이 된다.

5 프로메테우스.

인간에게 선물했다가

암벽에 묶여 독수리에게 괴롭힘을 당했지.

올림포스에 맞서 저항하다 신음하는 소리를

깊은 바닷속에서 들은 우리는

위안의 노래를 들고 그에게 갔었지.

오 바보여, 그대 바보여, 그대 뻐기는 바보여!

하지만 그대는 더 무기력하구나,

그러니 그대는 신들을 받들고, 비참의 무게를

참고 견디는 게 옳으리라,

오래도록, 아주 오래도록 참고 견디는 게 옳으리라.

아틀라스마저 더는 참지 못하고

어깨에 짊어진 무거운 세계를

영원한 밤 속으로 던져 버릴 때까지.

오케아니데스의, 아름답고 동정심 많은 물의 요정들의,

노래는 이렇게 울려 퍼지다가

더 큰 파도 소리에 묻혀 버렸다─

달은 구름 뒤로 숨고

밤은 하품을 했다.

그리고 나는 오래도록 어둠 속에 앉아 눈물을 흘렸다.

6
그리스의 신들

Die Götter Griechenland

활짝 피어난 달이여! 네 빛을 받은 바다가
흐르는 황금처럼 반짝이는구나,
대낮처럼 환하면서도 마법에 걸린 듯 몽롱하게
바다는 넓은 백사장 너머에 누워 있다.
별 하나 없는 물빛 하늘에선
빛나는 대리석으로 만든
거대한 신상(神像)들인 양
하얀 구름이 떠다닌다.

아니지, 절대 아니야, 저건 구름이 아니야!
저건 헬라스[1]의 신들, 바로 그들이야.
그들은 한때 세상을 그토록 즐거이 지배했건만

---

1   Hellas. 원래는 테살리아 남쪽 지방의 도시 이름이었으나 나중에는 헬라스인들이 거주하는 모든 지역, 즉 그리스 국가들 전체를 일컫는 명칭이 됨.

이젠 쫓겨나고 죽고

엄청난 유령이 되어

깊은 밤하늘을 떠다니는구나.

기이하게 현혹되어 나는

허공의 판테온[2]을,

말없이 움직임에도 장엄하고도 끔찍한

저 거대한 형상을 깜짝 놀라 바라본다.

저것은 천상의 제왕 크로니온,[3]

눈처럼 새하얀 곱슬머리가

올림포스를 뒤흔들어 유명하지.

그의 손엔 꺼진 번개가 들려 있고,

그의 얼굴엔 불행과 깊은 슬픔이 서려 있어.

하지만 옛날의 자부심은 여전하구나.

오 제우스여, 그때가 좋았지,

그대가 소년들과 님프들과 헤카톰베[4]를

즐기던 그때가 좋았어!

하지만 신들조차 영원히 지배하진 못해,[5]

그대가 한때 손수 늙은 아비와

거인족 삼촌들[6]을 몰아냈듯

---

2 Pantheon. 모든 신들에게 바쳐진 다신교 사원.

3 Kronion. 제우스의 별명, 크로노스의 아들이란 의미.

4 Hecatombe. 제물로 바치는 동물.

5 시간에 종속된 인간화된 신.

6 크로노스의 12형제.

젊은 신들이 늙은 신들을 몰아내지.

유피테르 파리치다![7]

콧대 높은 헤라여, 그대도 알아보겠구나,

그대의 근심 어린 질투에도 불구하고

다른 여인[8]이 왕홀을 차지하여

천상의 여왕 자리를 잃었구나.

그대의 커다란 눈은 굳어 버렸고

백합 같은 두 팔은 축 늘어졌으며

신이 수태시킨 처녀와

기적을 행하는 신의 아들[9]에게

이젠 더 이상 복수할 수 없구나.

팔라스 아테나! 그대도 알아보겠구나,

방패와 지혜로도 그대는

신들의 몰락을 막을 수 없었던가?

아프로디테! 그대도, 그대도 알아보겠구나.

한때는 황금의 여신! 지금은 은의 여신!

띠의 매력[10]이 여전히 그대를 치장해 주고 있지만

왠지 그대의 아름다움이 두렵구나.

그대의 다정한 몸뚱이가 나를 즐겁게 해 주려 한다면

---

7   Jupiter Parricída. 아버지 살해자 유피테르. 유피테르는 제우스의 라틴어 이름.

8   성모 마리아를 의미함.

9   처녀와 아들은 알크메네와 헤라클레스 또는 마리아와 예수를 암시함.

10 X자형 속옷 또는 띠. 흔히 허리띠 또는 거들로 번역됨. 남편이었던 헤파이스토스가 선물한 띠로 남자들이 거부할 수 없는 매력을 발산하는 힘을 지니고 있음.

다른 영웅들처럼 나도 두려워 죽을 지경이겠군.

베누스 리비티나![11]

그대는 죽음의 여신으로 보여.

저기 무시무시한 아레스는

그대를 더 이상 사랑의 눈으로 보질 않아.

저 젊은이, 포이보스 아폴론은

매우 슬퍼 보여. 신들의 향연에서

그토록 흥겹게 울렸던 그의 리라도 노랠 멈췄어.

헤파이스토스는 더 슬퍼 보여.

정말이지 이 절름발이는!

헤베[12]가 하던 일을 맡아 연회에서

넥타르[13]를 부지런히 따르는 일[14]을

더 이상 못 하겠지 ― 그리고 그칠 줄 모르던

신들의 웃음소리 끊어진 지 이미 오래야.

신들이여! 나는 그대들을 결코 사랑하지 않았노라.

난 그리스인들이 맘에 들지 않았고,

게다가 로마인들은 혐오스러웠기 때문이지.

그러나 성스러운 연민과 소름 끼치는 동정심이

---

11 리비티나(Libitina)는 로마의 장례와 매장의 여신. 베누스(그리스의 아프로디테에 해당하는 로마
    의 여신)의 별명으로도 사용함.

12 Hebe. 제우스와 헤라의 딸. 젊음과 우아함의 여신. 올림포스 최초의 음료 담당관.

13 nektar. 마시면 영원히 죽지 않는다는, 신들이 마시는 음료.

14 호메로스의 『일리아스』 1권 596행 이하 참조.

내 가슴을 관통하며 찌르르 울리는구나,

이제 저 하늘의 그대들을, 버려진 신들을,

죽어서 밤에만 돌아다니는 그림자들을,

바람에 쫓기는 안개처럼 허약한

그대들을 바라볼 때면—

그리고 내가 그대들을 패배시킨 신들이,

현재 지배하고 있는 음산한 새로운 신들이,

겸손의 양가죽을 쓰고 악의 어린 기쁨을 즐기는 신들이[15]

얼마나 비열하고 공허한지를 깊이 생각할 때마다—

아, 그럴 때마다 암울한 증오가 나를 엄습하여

새 신전들을 깨부수고 싶은 맘이 드는구나.

그대들을 위해, 그대들 옛 신들을 위해, 그대들과

그대들의 훌륭한 암브로시아의 권리[16]를 위해 싸우고 싶구나.

그리고 그대들의 높은 제단 앞에서,

다시 세운, 제물에서 김이 모락모락 나는 제단 앞에서,

나는 직접 무릎을 꿇고 기도하고 싶구나,

간절히 두 팔을 높이 쳐들고 싶구나—

왜냐면 그대들 옛 신들은 언제나

일찍이 인간들이 투쟁할 때

---

15 기독교 신을 암시함.

16 암브로시아(ambrosia)는 신들의 음식. 암브로시아의 권리는 기독교적 유심론에 맞서는 헬레
니즘적 물질주의 또는 인간이 지상에서 향유할 권리를 단적으로 표현한 말.

언제나 승자의 편만 들었기 때문이지.
하지만 인간은 그대들보다 더 관대하니
신들의 투쟁에서 나는 이제
패배한 신들 편을 드는 것이야.

*

내가 이렇게 말하자, 저 하늘 위
창백한 구름 형상들의 얼굴이 달아올랐다.
나를 보더니 죽어 가는 사람처럼
고통으로 일그러진 그들이 갑자기 사라졌다.
때마침 다가오는 더 짙은 구름 뒤로
달은 몸을 숨겼다,
바다는 거칠게 출렁거렸고
하늘에는 영원한 별들이
의기양양하게 모습을 드러냈다.

7

질문

Fragen

바닷가에, 황량한 밤 바닷가에

어떤 젊은이가 서 있다.

가슴은 비애로 가득하고, 머리엔 회의가 가득하다.

침울한 입술로 그는 파도에게 묻는다:

"오 내게 인생의 수수께끼를 풀어 다오,

까마득한 옛날부터 인간을 괴롭혀 온 이 수수께끼를.

이 문제로 이미 많은 사람들이 골머리를 썩여 왔어,

상형 문자로 수놓은 모자를 쓴 사람들도,

터번을 두르거나 베레모를 쓴 사람들도,

가발을 쓴 사람들도[1] 그리고 진땀을 흘리는

수천의 가련한 다른 사람들도—

---

1   상형 문자 모자는 이집트의 성직자를, 터번과 베레모는 이슬람교의 성직자를, 가발은 기독교
    의 성직자를 암시함.

말해 다오, 인간이란 무엇인가?
어디서 왔는가? 어디로 가는가?
저 위 황금빛 별들에는 누가 살고 있는가?"

늘 그렇듯이 파도는 웅얼거리고,
바람이 불면 구름은 달아나며,
별들은 무심하게 차갑게 반짝일 뿐.
그런데 바보는 대답을 기다리고 있다.

8

불사조

Der Phönix

서쪽에서 새 한 마리 날아와
동쪽으로 날아간다.
동쪽에 있는 고향의 정원엔
온갖 향신료가 향기를 풍기며 자라나고
야자수 잎은 바람에 흔들리고 시원한 샘물이 솟는다—
그 기적의 새는 날아가며 이렇게 노래한다:

"그녀는 그를 사랑해! 그녀는 그를 사랑해!
그녀는 그의 모습을 작은 가슴에 품고 있다네,
너무나 달콤하게 은밀하게 품고 있어서
자신도 모를 정도라네!
하지만 꿈에 그는 그녀 앞에 나타났다네
그녀는 울며불며 애원하며 그의 손에 입을 맞추고,
그의 이름을 부르네.

그러다가 잠에서 깨어 놀라 꼼짝 않고 누웠다가
무슨 일인가 싶어 아름다운 두 눈을 비빈다네―
그녀는 그를 사랑해! 그녀는 그를 사랑해!"

9

메아리[1]

Echo

높은 갑판 위 돛대에 기대서서
나는 새의 노래를 들었다.
은빛 갈기의 암녹색 말처럼
하얀 곱슬머리의 파도가 뛰어올랐다.
백조 떼처럼 돛을 반짝이며
북해의 용감한 유랑자 헬골란트인들이
항해하며 지나갔다.
내 머리 위 영원한 푸르름 속에서
하얀 구름은 나부꼈고
영원한 태양은 찬란하게 빛났다.
하늘의 장미, 피어나는 불꽃은
바다에 비친 제 모습을 보며 즐거워했다.

---

1 『노래의 책』 버전에선 제목 없이 앞의 시 「불사조」 후반부에 편입됨.

그리고 하늘과 바다와 내 마음이

메아리로 울려 퍼진다:

그녀는 그를 사랑해! 그녀는 그를 사랑해!

10

뱃멀미[1]

Seekrankheit

오후의 잿빛 구름은
바다 위로 낮게 내려앉고, 짙은 바다는
구름을 맞이하려 몸을 들어 올리는데,
그 사이로 배가 달려간다.

뱃멀미가 난 나는 여전히 돛대에 기대앉아
자신에 대해 고찰해 본다.
이미 아버지 롯[2]이 했던
케케묵은 잿빛 고찰,
그는 좋은 것을 과도하게 즐겼지만
나중에는 너무나도 나빠졌지.
가끔 옛날이야기도 생각나:

---

1 검열에 대한 자기 검열로 『노래의 책』에선 생략됨.
2 「창세기」11~14장, 19장 참조.

옛날에 십자가 표식을 지닌 순례자가
폭풍우에 시달리며 항해할 때
위안을 주는 성모상에 경건하게 입맞춤했다지,
비슷한 곤경에 처한 뱃멀미하던 기사들도
자기 부인들의 사랑스러운 장갑으로
입술을 누르자, 바로 위안을 얻었다지─
하지만 나는 앉아 짜증스레
오래 묵은 청어를, 짜디짠 위안을 씹고 있지,
고양이의 비참과 개의 비애를 겪으며![3]

그러는 동안 배는
거칠게 덮쳐 오는 파도와 싸운다,
뒷발로 버티고 선 군마(軍馬)처럼 배가 이제
고물로 지탱하며 선체를 곧추세우자 키가 우지끈댄다.
배는 이제 다시 거꾸로
포효하는 바닷곬로 곤두박질한다.
그러다가 다시 굉음을 내며 거세게 밀려오는
거대한 물결의 검은 가슴팍에
사랑에 지친 듯 거침없이
드러눕는가 싶더니,

3   고양이의 비참(Katzenjammer)은 19세기 초에 대학생들이 사용하던 은어로 구토를 동반한 숙취를 의미함. 또한 도취 이후의 각성 또는 참담한 심정을 나타낼 때도 사용. 여기에선 뱃멀미 때문에 겪는 고통을 의미함. 개의 비애(Hundetrübsal)는 하이네가 만든 신조어.

갑자기 험악한 바다 폭포가
하얀 잔물결 속으로 쏟아져 내려
나까지도 거품으로 뒤덮는다.

좌우로 흔들리다 높이 떠오르는가 싶더니
다시 아래위로 흔들리는 배, 정말 견디기 힘들구나!
내 눈은 독일의 해안을 부지런히 찾아보지만
헛된 일이로구나. 하지만 아! 보이는 것이라곤
파도뿐, 다시 봐도 파도뿐, 요동치는 파도뿐이구나!

저녁이 되자 겨울 나그네가
따스한 차 한 잔을 절실하게 그리워하듯,
지금 내 마음도 그대를,
나의 조국 독일을 갈망한다네!
예컨대 그대의 달콤한 땅이
광기와 헝가리 기병과 나쁜 시와
미적지근하고 얄팍한 교회 전단지로 뒤덮이더라도.
예컨대 그대의 얼룩말이
엉겅퀴 대신 장미를 먹고 살찌더라도.
예컨대 그대의 귀족 원숭이가
청소한답시고 빈둥거리며 우아하게 기지개를 켜더라도.
그러면서 교양 없이 어슬렁대기나 하는

모든 뿔 달린 가축⁴보다 더 잘났다고 생각하더라도.

예컨대 그대의 달팽이 집회⁵가

그토록 느릿느릿 기어가니

영원히 유지되리라 생각하더라도.

그러면서 치즈가 치즈 구더기의 소유인지 아닌지

정하기 위한 표를 매일 모으더라도.

그리고 이집트산 양을 개량할 방안을

논의하느라 지겹도록 질질 끌더라도.

그래서 그대들의 털이 더 좋아져서

양치기가 그것을 다른 털처럼 깎을 수 있게,

차별 없이—

아무튼 어리석음과 불공정이

그대를 온통 뒤덮고 있을지라도, 오 독일이여!

그럼에도 난 그대를 갈망한다네:

적어도 그대는 단단한 땅이니까.

---

4 멍청이, 바보.

5 나폴레옹 전쟁을 수습하고자 열린 빈 회의(1814~1815) 이후 독일 문제를 결정하기 위해 소집된 프랑크푸르트 연방 의회.

11

항구에서

Im Hafen

바다와 폭풍우를 벗어나
운 좋게 항구에 도착한 그 남자는
이제 브레멘의 멋진 시청 지하 술집에
따뜻하고 편안하게 앉아 있다.

뢰머[1] 잔에 비친 세상은 얼마나
아늑하고 사랑스러운가,
그리고 출렁이는 소우주는 얼마나
기분 좋게 갈증 나는 심장으로 흘러내리는가!
나는 술잔에서 모든 것을 본다,
옛 민족과 새로운 민족의 역사,

---

1   Römer. 대개 초록색의 목이 긴 포도주 잔. 하이네는 여기서 삼라만상을 비춰 준다는 페르시아
     의 왕 잠시드(Jamshid)의 술잔을 패러디함.

튀르키예인과 그리스인,[2] 헤겔과 간스,[3]

레몬 숲과 위병 행렬,

베를린과 쉴다와 튀니스와 함부르크,

그리고 무엇보다 사랑하는 이의 모습을,

황금빛 라인 포도주 잔 속에 어리는 작은 천사의 얼굴을.

오, 아름다워라! 사랑하는 이여, 그대는 얼마나 아름다운가!

그대는 한 송이 장미 같구나!

하피즈[4]가 노래한 밤꾀꼬리의 신부인

시라즈의 장미가 아니라,

예언가가 예찬한 성스러운 빨간색의

샤론의 장미[5]가 아니라,

그대는 브레멘 시청 지하 술집의 장미[6] 같구나!

그 장미는 장미 중의 장미,

나이 들수록 더 사랑스럽게 피어나지,

천상의 그 향기는 나를 행복하게 했고,

---

2 튀르키예에 대항한 그리스의 독립 전쟁(1821~1829)을 암시함.

3 에두아르트 간스(Eduard Gans, 1798~1839). 헤겔의 제자, 베를린 대학 철학 교수. 하이네는 베를린 대학 재학 시절 헤겔의 강의를 들었음(1821~1823).

4 Hafiz. 14세기 페르시아의 대시인. 정원과 장미로 유명한 도시 시라즈에서 태어나고 죽음. 괴테, 예이츠 등 많은 유럽 작가들에게 영향을 미침.

5 「아가서」2장 1절에 등장하는 꽃으로 술라미트(Shulamite)에 대한 비유. 원래 특정한 꽃이라기보다는 일반적인 꽃의 의미. 한국어 성서에선 샤론의 장미, 사론의 수선화 등으로 번역됨.

6 1천5백 평이 넘는 브레멘 시청 지하 주점은 15세기 초반부터 독일 포도주 저장소 및 판매소로 이용됨. 주점 공간은 크게 6개로 구분되는데, 그중 장미의 방이 있고 장미의 방 천장에는 장미가 그려져 있음. 시청 광장의 롤랑 동상과 더불어 시청 건물은 2004년 세계 문화유산에 등재됨.

나를 감격하게, 나를 도취케 했지,
그런데 지하 술집 지배인이 나를,
내 머리채를 꽉 붙들지 않았더라면
난 곤두박질치고 말았을 거야!

그대는 멋진 상남자! 우리는 마주 앉아
형제처럼 권커니 잣거니 했지.
우리는 고상한 것과 은밀한 것도 얘기했지,
우리는 한숨을 쉬며 서로 얼싸안았지.
그리고 그는 나를 사랑의 종교로 개종시켰지,
나는 철천지원수의 안녕을 위해 건배했고
모든 허접한 시인들을 용서했지,
언젠가 나도 이렇게 용서받길 바라면서,
나는 경건한 마음에 눈물을 흘렸고, 마침내
구원의 문이 내 앞에 열렸지,
그곳에선 12사도들이, 성스러운 큰 술통들이7
말은 않지만 누구나 다 알아들을 수 있게
모든 민족에게 설교하고 있지.

이들이 바로 대장부지!
겉보기엔 촌스러운 나무 재킷을 걸치고 있지만

---

7 브레멘 지하 주점의 장미의 방과 연결된 사도의 방에는 1천2백 리터짜리 포도주 통이 12개
   있음.

내면은 더 아름답고 더 밝게 빛나지,

사원의 오만한 모든 레위인들[8]보다도,

헤롯[9]왕의 친위병이나 궁정 신하들보다도,

금빛 찬란하게 치장하거나 자포를 입은 사람들보다도 더—

언제나 천상의 왕은 아주 천박한 사람들

틈이 아니라, 절대 그게 아니라,

아주 좋은 사람들 틈에 살았다고

내가 입버릇처럼 말해 왔건만.

할렐루야! 베델[10]의 야자수는

내 주변에서 얼마나 사랑스럽게 살랑대는가!

헤브론[11]의 감람나무는 얼마나 향기로운가!

요르단강은 흥에 겨워 얼마나 재잘대며 비틀거리는가,

내 불멸의 영혼도 비틀거리고

영혼이 비틀대니 나도 같이 비틀댄다. 비틀거리며

브레멘 시청 지하 술집 지배인이 나를

계단 위 환한 곳으로 데리고 올라간다.

그대 브레멘 지하 술집의 멋진 지배인이여!

---

8   야곱의 셋째 아들 레위(Levi)의 후손으로 제사장을 보좌하는 성전 봉사 임무를 맡음.

9   Herod. 유대의 왕(기원전 37~4). 대규모 건축 사업과 잔혹함으로 유명함.

10 Bethel. 팔레스타인의 고대 도시. 구약 성서에서 아브라함이 신과 계약을 맺고 장막을 치고 제
    단을 쌓은 곳(「창세기」 12:8) 또는 야곱이 꿈속에서 하늘에 이르는 사다리를 본 곳(「창세기」
    28:10~22).

11 Hebron. 아브라함, 야곱, 이삭 등의 무덤이 있는 도시

그대여 보이는가, 지붕 위에 천사들이 앉아
술에 취해 노래를 부르고 있는 것이.
저 위 하늘의 달아오른 태양은
세계정신이 삐져나온,
술에 취해 빨개진 코일 뿐,
세계정신의 빨간 코[12] 주위를
고주망태가 된 세상이 도는 거야.

---

12 헤겔의 세계정신을 풍자함.

12

에필로그

Epilog

들판의 밀처럼

생각도

우리의 마음속에서 자라고 일렁인다.

그러나 시인의 섬세한 생각은

그 틈에서 즐겁게 피어나는

빨간 꽃과 파란 꽃들이다.

빨간 꽃과 파란 꽃들이여!

추수하는 농부는 투덜대며 너희를 쓸모없다 던져 버리지.

나무 도리깨는 너희를 조롱하며 두드려 패지.

심지어 가진 것 없는 나그네까지도

너희를 보고 시름을 잊고 위안을 얻으면서도

머리를 가로저으며

너희를 예쁜 잡초라 부르지.

그러나 화관을 엮을 줄 아는
시골 처녀는
너희를 정중하게 대하지. 너희를 꺾어
아름다운 곱슬머리를 장식하지.
그렇게 꾸민 다음 무도장으로 서둘러 가지.
거기선 피리와 바이올린이 달콤하게 울리지.
아니면 호젓한 너도밤나무 아래로 가지.
거기선 애인의 목소리가 피리와 바이올린보다
훨씬 더 달콤하게 울리지.

여행기 2권 2판 서문

초판에서 이 책의 첫 부분을 차지했던 '북해 2부'[1]를 2판에서는 첫 번째 권[2]에 편입시켰고, 나아가 이번 판에서는 '북해 3부'에서 10여 쪽을 줄였으며, 마지막으로 「베를린에서 보낸 편지」를 완전히 빼 버렸습니다. 이렇게 배열한 효과는 저절로 드러날 것입니다. 그렇게 함으로써 이 책에서 생긴 공백을 저는 세 번째 권[3]에서 일부를 가져와 채우고 싶진 않습니다. 『여행기 3』은 현재 형태로 친구들의 박수갈채를 받았습니다. 지금의 형태에서 정신적 통일성이 유발된다고 생각되기에, 여기서 한 문장이라도 떼어 낸다거나 아무리 사소하더라도 다른 변화를 주고 싶지 않습니다. 그래서 『여행기 2』에 생긴 공백을 새로운 봄노래로 채우려고 시도해 보았습니다. 독일에 그러한 서정시가 부족하지

---

1   연작시 「북해」 2부를 의미함.

2   『여행기(Reisebilder) 1』을 의미함.

3   『여행기 3』

않다는 것을 잘 알고 있기 때문에 큰 어려움 없이 그 시들을 건 넵니다. 더욱이 이 장르에서 연륜이 깊은 대가들이 제공했던 것보다 더 좋은 것을 전달하기란 불가능합니다. 대가들 중 한 사람으로 폐허가 된 옛 성이나 수도원에서 사랑과 신앙의 노래를 그토록 부드럽고 달콤하게 불렀던 루트비히 울란트를 들 수 있겠지요. 물론 이러한 경건하고 기사도적인 음조, 이러한 중세의 메아리는 근래 편협한 애국심이 사방에서 울려 퍼지는 시기에 최근의 자유를 위한 투쟁의 소음에, 친선을 도모하려는 일반 유럽 민족들의 지속적인 굉음에, 그리고 가톨릭적인 감정의 조화를 날조하지 않으려 하고 오히려 진실을 위해 자코뱅식으로 가차 없이 감정을 재단하는 현대적인 노래의 날카로운 고통의 환희에 묻혀 이제 사라지고 있습니다. 두 가지 노래 유형 중 하나가 때때로 다른 유형의 노래로부터 외적 형식을 어떤 식으로 빌리는지 관찰하는 일은 흥미롭습니다. 더 흥미로운 것은 동일한 시인의 가슴속에서 두 유형이 융합되는 경우입니다.

프란츠 폰 가우디 남작4의 『에라토』와 프란츠 쿠글러5의 『스케치북』이 이미 상응하는 인정을 받았는지는 모르겠습니다. 최근에 발간된 이 두 권의 책은 저에게 매우 친밀하게 다가와 특별히 칭찬하지 않을 수가 없습니다.

독일의 시인에 관해 더 많이 말씀드릴 수도 있겠습니다만, 제

---

4 Franz von Gaudy(1800~1840). 독일의 작가. 3부로 구성된 『에라토』(1829) 1부는 하이네에게 헌정되었으며 하이네 문체의 영향을 받음.

5 Franz Kugler(1808~1858). 독일의 역사가, 작가. 시집 『스케치북』(1830)에는 민요풍의 시가 많이 포함되어 있음.

이목은 지금 유럽에서 자유와 평등의 토대를 다지는 일에 종사하고 있는 몇몇 다른 동시대인들[6]에게 온통 쏠려 있습니다.

1831년 6월 20일, 파리에서
하인리히 하이네

---

[6] 생시몽주의자들을 암시함.

제3부

Dritte Abteilung

(1826)

모토: 파른하겐 폰 엔제(Varnhagen von Ense), 『전기적 기념비 (*Biographische Denkmale*)』1부, 1~2쪽.[1]

---

1 해당 구절은 다음과 같다. "독일인은 놀라운 재능과 힘을 풍부하게 갖추고 있으면서도 사방에서 매우 큰 난관과 장애의 압박을 받고 있어 아무리 용쓰는 노력을 해도 목표를 향해 탁 트인 곳으로 완전히 뚫고 나가는 것이 좀처럼 허용되지 않음을 예로부터 독일의 생활 공간이 보여주었다. 크게 될 수 있는 소질, 행동으로 옮길 수 있는 힘, 열정적인 성향은 독일인에게서 항상 가장 풍성하게 나타난다. 그러나 사방에서 독일인에 맞서 있는 삶은 즉시 독일인을 더 낮은 단계로 밀어내어 내면의 부름에 적합한 듯 보이는 더 좁은 공간에 가둔다. 개인의 정서와 정신의 힘이 제아무리 크다 한들, 그 옆에는 분열되어 쪼개진 사지에서 활기를 띠고 있는 국가의 정신력이 더 강력하게 버티고 있다. 이것은 다른 민족의 경우 비범한 사람들에게 그토록 빠르고 쉽게 열리는 것이 목격되는 위대한 자유의 길을 가로막고 있다. 우리의 정치와 마찬가지로 우리의 문학에도 이 같은 특이한 사례가 많다. 정치와 문학에 등장하는 우리의 영웅, 우리의 제후, 장군, 정치가, 개혁가, 예술과 삶의 조각가들, 이들 모두는 온전한 이득을 얻으려고 준비된 가장 큰 재능을 가지고 작은 대가를 치르더라도 얻을 수 있는 더 사소한 이득을 얻는 데 사용할 수밖에 없었다. 조국 전체를 위해 준비를 갖추고 부름을 받았던 루터와 프리드리히 대왕조차도, 다양한 형상의 분열된 조국에서 아무리 대단한 업적을 이루었다 해도, 조국 전체를 하나로 묶어 감쌀 수는 없었다."

(노르더나이섬에서 쓰다)

━ ━ ━ 원주민은 대부분 찢어지게 가난하며 고기잡이로 생계를 유지하고 있다. 그들은 다음 달인 10월에야 폭풍우를 뚫고 고기잡이를 시작할 것이다. 많은 섬 주민들이 타지에서 상선의 선원으로 일하기 때문에 가족들의 소식도 듣지 못한 채 수년 동안 고향을 떠나 생활한다. 그리고 적잖은 이들이 바다에서 죽음을 맞는다. 가족 중 남자 모두가 그런 식으로 죽은 가련한 여인네 몇몇을 알게 되었다. 아버지가 아들과 함께 같은 배를 타고 바다로 나가기 때문에 이런 일은 자주 발생한다.

배를 타고 바다로 나가는 일은 섬사람들에 매우 매혹적이다. 그럼에도 불구하고 집에 있을 때가 이들에겐 가장 편안할 것이라는 생각이 든다. 설령 배를 타고 태양이 꽃처럼 솟아오르고 달이 낭만적으로 비추는 남쪽 나라로 갔다고 하더라도, 그곳의 어떤 꽃도 그 뱃사람들의 가슴에 생기는 균열을 멈출 수는 없을 것이다. 그리고 그들은 봄 내음 풍기는 고향을, 이 모래섬을, 자신이 살던 작은 오두막을, 이 오두막의 불이 까물거리는 아궁이를 다시 그리워할 것이다. 그들이 먼 재킷으로 몸을 감싸고 옹기종기 모여 앉아 끓인 바닷물로 우려낸, 이름으로만 구분되는 차를 마시며, 의사소통하는 게 신기할 정도로 도저히 알아들을 수 없는 말[1]로 수다를 떨던 이곳 말이다.

그 사람들을 이토록 끈끈하고 소박하게 결속시키는 것은 친밀하고 신비로운 사랑이라는 감정이라기보다는 오히려 풍습, 서로 돕는 자연스러운 생활, 공동체적 직접성이다. 이들은 정신적 수준이 같아서, 더 적절히 말하자면 정신 수준이 낮기 때문에 동일한 욕구와 동일한 염원을 갖고 있으며, 동일한 체험과 마음가짐을 갖고 있기에 서로 쉽게 이해한다. 그래서 추우면 이들은 작은 오두막의 아궁이 곁에 옹기종기 끼여 앉아, 눈빛만 보고도 서로 무슨 생각을 하고 있는지 알며, 듣기도 전에 입술만 보고도 무슨 말을 할지 안다. 삶의 모든 공유하는 관계들이 이들의 기억 속에 있어서, 소리 하나, 표정 하나, 말 없는 몸짓 하나만으로도 이들은 서로 웃기도 하고 울기도 하고 기도하기도 한다. 우리가 이 정도의 경지에 이르려면, 오랫동안 자세히 설명하고 감정을 토로하고 열변을 토한 다음에야 겨우 가능할까

---

1 섬 주민이 사용하는 독특한 동프리지아 방언.

말까 하다. 왜 그런고 하니, 따지고 보면 우리는 정신적으로 외롭게 살고 있기 때문이다. 특별한 교육 방식을 통해서나 아니면 우연히 선택하여 읽은 책을 통해 우리는 각자 서로 다른 성향의 품성을 습득하게 된 것이다. 우리는 모두 정신적으로 가면을 쓴 채 생각하고 느끼고 다른 사람과 다른 것을 추구하기 때문에 그토록 많은 오해가 생겨난다. 그리고 오두막이 아니라 넓은 집이라 해도 우리가 함께 생활하는 것은 매우 어려운 일이다. 우리는 어디에서나 갑갑해하고, 어디에서나 낯설어 하며, 우리는 어디에서나 낯선 곳에 있다.

우리가 섬 주민에게서 보는 이러한 생각과 감정의 동질성 상태에서 때론 종족 전체가 그렇게 살기도 했고, 때론 시대를 통틀어 그렇게 살기도 했었다. 중세의 로마 가톨릭교회도 아마 전 유럽에 걸쳐 그런 상태를 유지하길 원했을 것이다. 그래서 삶의 모든 관계, 모든 힘과 현상, 모든 물질적·도덕적 인간에 대해 후견인 노릇을 자처했다. 로마 가톨릭교회를 통해 많은 고요한 행복이 확립되었고, 삶이 더욱 온화하게 내적으로 꽃피었으며, 소리 없이 피어난 꽃처럼 예술이 우리가 지금도 놀라고 감탄하며 우리가 가진 경솔한 지식으로는 모방할 수도 없는 찬란한 아름다움을 펼쳤다는 것은 부인될 수 없는 사실이다. 그러나 정신은 영원한 권리를 지니고 있다. 그래서 교회법으로 제한할 수 없으며 교회 종소리로도 잠재울 수 없다. 정신은 자신을 교회 대본당으로 이끌었던 쇠사슬을 끊었고, 자신이 갇혀 있던 감옥을 파괴했다. 그리고 정신은 해방의 기운에 도취되어 온 세계를 쫓아

다녔고, 가장 높은 산봉우리를 올랐으며, 오만하게 환호했고, 다시 태곳적 의혹을 떠올렸으며, 낮의 경이로움에 대해 골똘히 생각했고, 밤의 별들을 헤아렸다. 우리는 아직 별의 개수를 알지 못하고, 낮의 경이로움이 지닌 수수께끼도 아직 풀지 못하고 있으며, 오래된 의혹은 우리 마음속에서 점점 더 키졌다 — 예전에 비해 지금 우리 마음속의 행복이 더 커졌는가? 이런 의문이 쌓이고 쌓이면 긍정적으로 대답하기가 쉽지 않음을 알지만, 우리는 또한 거짓에 근거한 행복은 진정한 행복이 아니란 점을 알고 있으며, 숯쟁이2의 공허한 신앙이 근근이 연명해 온 긴 세월에서보다 더욱 신성한 상태, 즉 더욱 고상한 정신적 품위가 분열된 개별적인 순간에서 더 많은 행복을 느낄 수 있다는 것도 안다.

아무튼 교회의 지배는 최악의 억압이었다. 내가 방금 말한 좋은 의도를 누가 보증했는가? 때때로 나쁜 의도가 섞이지 않았다는 것을 누가 증명할 수 있겠는가? 로마는 항상 지배하기를 원했고, 군단이 무너지면 도그마를 속주로 보냈다. 거대한 거미처럼 로마는 라틴 세계의 중심에 앉아 거미줄로 끊임없이 주변을 둘러쌌다. 사람들은 단지 로마의 거미줄에 불과한 것을 가까이 있는 천국으로 간주하고 그 속에서 수 세대에 걸쳐 안정적으로 생활했다. 이러한 상황에서 질식감과 비참함을 느낀 사람은 이 거미줄을 꿰뚫어 본 고상한 정신의 소유자들뿐이었다. 이들

---

2 복고적이고 반동적인 진부한 사람.

이 거미줄을 끊으려고 할 때마다 간교한 직조공들은 이들을 재빨리 잡아 심장에서 신선한 피를 빨아 마셨다 — 어리석은 대중의 몽환적인 행복은 그러한 피의 대가치고는 너무 비싸지 않았던가? 정신적 예속의 시대는 지나갔다. 낡아 빠졌다. 콜로세움의 부서진 기둥 사이에 늙은 십자가 거미가 앉아 아직도 낡은 거미줄을 잣고 있지만, 그건 생기도 없고 썩어 문드러졌다. 그깟 거미줄에는 이제 나비나 박쥐가 걸려들 뿐, 더 이상 북쪽의 검독수리가 붙잡히진 않는다.

— 정말 웃기는 일이지만 내가 로마 교회의 의도에 대해 꽤나 호의적으로 널리 이야기하려는 찰나, 항상 최악의 것을 로마 교회 탓으로 돌리는 익숙한 프로테스탄트적 열의에 난데없이 사로잡혔다. 바로 나의 내면에서 일어나는 이러한 생각의 분열은 우리 시대 사고방식의 분열상을 나에게 다시 보여 준다. 우리가 어제 경탄했던 것을 오늘은 증오하고, 내일이면 아마도 그것을 무심하게 조롱할 것이다.

어떤 관점에서 보자면 모든 것이 똑같이 크거나 똑같이 작다. 가난한 섬 주민들의 사소한 형편을 보면 유럽의 커다란 시대적 변화가 생각난다. 섬사람들도 그러한 새로운 시대의 경계에 서 있다.[3] 해수욕장을 찾는 휴양객들에게서 전통적인 생활 방식과 조화시킬 수 없는 새로운 것들을 매일 엿들음으로써, 그들이 지니고 있던 오래된 감각의 통일성과 소박함이 여기 변화하게 성

---

3   1797년 노르더나이섬에 독일 최초의 해변 휴양지가 건설되었고, 1814년에는 시설이 근대화되었으며, 1820년에는 휴양소 건물에 카지노도 설치되었다.

장하는 해수욕장으로 인해 방해받고 있다. 그들이 저녁에 조명을 밝힌 휴양소의 창 앞에 서서 서로 속을 떠보는 갑남을녀, 의미를 알 수 있는 시선, 탐욕스럽게 찡그린 표정, 육감적인 춤, 유쾌한 식도락, 물욕에 사로잡힌 도박 등을 본다면 해변 휴양지 시설로 흘러들어 오는 금전적 이익으로는 결코 상쇄될 수 없는 나쁜 결과를 초래하게 될 것이다. 이 돈은 침투하는 새로운 욕구를 감당하기에 충분하지 못하다. 따라서 내적인 삶의 교란, 고약한 부추김, 커다란 고통이 초래된다. 어렸을 적에 결코 손에 넣을 수 없는 갓 구운 멋진 케이크가 맛있는 향기를 풍기며 내 곁을 지나 운반될 때면 나는 항상 불타는 갈망을 느꼈다. 나중에 유행을 좇아 노출이 심한 옷을 입은 아름다운 여성이 지나가는 것을 보았을 때도 똑같은 감정이 나를 자극했다. 아직 유년 상태에서 생활하는 가난한 섬 주민들은 이곳에서 종종 비슷한 감정을 느낄 기회가 있을 것이라는 생각이 든다. 그래서 멋진 케이크의 소유자나 아름다운 여성은 그런 것을 좀 더 감추는 게 좋지 않을까 생각한다. 눈요기만 할 수 있는 이러한 노출된 맛있는 음식은 분명 식욕을 매우 강하게 자극할 것이다. 임신한 가난한 섬 주민이 달콤하게 구워 낸 온갖 욕망을 맛본 다음 마침내 휴양객을 닮은 아기를 낳는다면 이것은 쉽게 설명된다. 나는 이 자리에서 결코 비도덕적인 관계를 암시하려는 게 아니다. 섬 주민 여성의 미덕은 못생긴 얼굴과 적어도 나로서는 견디기 어려운 생선 비린내 때문에 당분간은 보호된다. 그녀들이 낳은 아이가 이곳을 찾은 휴양객의 얼굴을 닮았다면, 나는 이것을 오히려 심리적 현상이라고 이해하여 괴테가 『선택적 친화력』[4]에서 그토록 멋지게 써 내려간 유물론적 신비주의 법칙으로 설명하고 싶다.

얼마나 많은 불가해한 자연 현상들이 이 법칙으로 해명될 수 있는지 놀라울 정도이다. 작년에 해상 폭풍으로 동프리지아의 다른 섬에 임시 정박했을 때, 나는 그곳 선원의 오두막에서 '노인의 유혹'이라고 프랑스어 제목이 붙은, 상태가 그리 좋지 않은 동판화가 걸려 있는 것을 보았다. 동판화에는 둔부까지 드러낸 여성이 구름 속에서 등장하자 서재에 있던 노인이 당혹스러워하는 모습이 묘사되어 있었다. 정말 놀라운 점은, 그 뱃사람의 딸이 그림 속 여성과 똑같이 선정적으로 얼굴을 살짝 찡그린 표정을 짓고 있는 게 아닌가! 다른 사례로 환전상 이야기를 해 보자. 사업장을 거들고 있는 그의 아내는 틈만 나면 주화에 각인된 그림을 꼼꼼히 관찰하는 버릇이 있었다. 그 환전상의 집에서 내가 본 것은 아이들의 표정이 유럽의 위대한 군주들과 놀랍도록 닮은 점이었다. 그들이 모두 함께 모여 싸우기라도 하면 작은 의회를 보고 있는 느낌이 들었다.

그런 까닭에 주화에 각인된 그림은 정치가에게 적잖은 관심거리가 된다. 사람들이 돈을 그토록 진정으로 사랑하고 확실히 애정을 가지고 관찰하기 때문에 아이들에게도 주화에 각인된 통치자들의 특징이 흔하게 나타나는 것이다. 그 가련한 통

---

4 괴테의 소설 『선택적 친화력』(1809) 2부 8장 참조.

치자는 자신이 백성의 아버지가 아닌가 하는 의혹에 빠지게 된다. 부르봉 가문은 나폴레옹의 금화를 녹일 충분한 이유가 있었다. 그들은 이제 프랑스인들이 그토록 많은 나폴레옹의 얼굴을 보는 것을 원하지 않는 것이다. 주화 정책에서 가장 앞선 나라는 프로이센이다. 그들은 새로 발행하는 소액 주화에 구리를 적당히 배합하여 왕의 뺨이 금세 붉게 변하도록 만들었다. 그래서 얼마 전부터 프로이센의 아이들은 예전 아이들보다 훨씬 건강한 모습을 띠게 되었다. 피어나는 은화 같은 얼굴을 보는 것은 정말 즐거운 일이다.

이곳 섬 주민들을 위협하는 도덕적 타락을 암시하면서도 정신적인 보호막인 교회에 대해서는 언급하지 않은 채 그냥 두었다. 나는 아직 그 안에 있어 본 적이 없기 때문에 교회가 도대체 어떻게 생겨 먹었는지 정확하게 전달하기 어렵다. 내가 착한 가톨릭교도이고, 심지어 교회를 방문하려 했던 적도 적지 않음을 신은 아실 것이다. 하지만 불행하게도 그럴 때마다 나는 언제나 방해를 받았는데, 길에서 나를 잡고 놓아주지 않는 수다쟁이가 늘 있었다. 언젠가 한번은 교회 문턱까지 갔는데 느닷없이 우스꽝스러운 기분에 사로잡혔다. 그런 상태로 교회 안으로 들어가는 것은 불경스럽다는 생각이 들었다. 지난 일요일에도 이와 유사한 일을 당했다. 교회 문 앞에서 괴테의『파우스트』에 나오는 한 장면이 떠오른 것이다. 파우스트는 메피스토펠레스와 십자가 곁을 지나가다가 질문한다.

메피스토, 왜 그리 서둘러 가는 거야?
왜 십자가 앞에서 눈을 내리까는 거지?

그러자 메피스토가 대답한다.

난 십자가를 잘 알지, 그건 편견이야.
그것만으로도 내겐 역겨워.

내가 아는 한, 이 구절은 『파우스트』의 어떤 판에서도 인쇄되지 않았다. 고인이 된 궁정 고문관 모리츠만이 괴테의 원고에서 이 구절을 보고 이미 잊힌 소설 『필리프 라이저』에서 공유하고 있을 뿐이다.[5] 이 소설은 작가의 이야기를 담고 있다. 아니, 오히려 작가가 소유하지 못한 수백 탈러[6]의 이야기를 담고 있다고 해야 옳을 것이다. 그는 이 돈이 없어서 한평생 궁핍과 체념에 시달렸다. 반면 그의 소망은 이를테면 바이마르로 가서 『베르터』를 쓴 작가의 시종이 되겠다는 너무나도 터무니없는 것이었다. 지상의 모든 인간 가운데 그의 마음에 가장 강한 인상을 준 사람 곁에서 지낼 수만 있다면 어떤 조건이라도 상관없다는 식이었다.

---

5 카를 필리프 모리츠(Karl Philipp Moritz, 1756~1793). 자전적 소설 『안톤 라이저』(1785~1790)의 작가이다. 하이네가 『필리프 라이저』라고 한 것은 소설의 자전적 성격을 강조하기 위해 제목에 작가의 중간 이름을 넣은 것으로 보인다. 인용된 구절은 파우스트의 초고라 할 수 있는 『우어파우스트(Urfaust)』에서 가져온 것인데, 해당 텍스트는 1838년에야 정식 출간되었다.

6 Taler. 15~19세기 독일에서 사용된 은화.

이 얼마나 놀라운 일인가! 당시에 이미 괴테는 이런 열광에 불을 지핀 사람이었다. 하지만 "자라나는 제3세대"[7]만이 그의 진정한 위대함을 이해할 것이다.

그러나 이 종족은 가슴에 썩은 물만 스며 나와서 다른 사람들의 가슴에 있는 신선한 피의 원천을 모조리 틀어막으려는 사람들을, 향유 능력이 소진되어 삶을 비방하고 다른 사람에게 이 세상의 모든 아름다움을 혐오하게 만들려는 사람들을 탄생시켰다. 하녀가 욕망을 얼마나 절제할 수 있는지 시험하려고 간교한 여주인이 외출할 때 개수를 세어 넣어 둔 각설탕 통을 눈에 띄는 곳에 놓아두듯이, 이 종족은 그런 것들을 악마가 우리를 유혹하기 위해 갖다 놓은 미끼라고 묘사함으로써 그렇게 했다. 이 종족은 미덕의 폭도를 주변에 그러모아 십자가를 설교함으로써 위대한 이교도[8]와 이들이 신봉하는 벌거벗은 신의 형상에 대항하면서 이교의 신들을 변장한 어리석은 악마로 대체하고 싶어 한다.

변장은 그들이 추구하는 최고의 목표이며, 벌거벗은 신성은 그들에게 치명적이다. 그래서 사티로스는 언제나 그럴듯한 이유를 둘러댄다. 사티로스가 바지를 입을 때면 아폴론도 바지를 입는다고 주장한다. 그러면 사람들은 그를 도덕적인 인물로 간주하지만, 변장한 사티로스가 짓는 클라우렌[9]의 미소가 볼프강 아폴론의 알몸보다 더 많은 상스러움을 담고 있으며, 인

---

7 괴테의 『서동시집』(1819)에서 인용.

8 반기독교적 태도로 비난받은 괴테를 지칭함.

9 Clauren. 19세기 초 대단한 인기를 얻었던 대중 소설 작가 카를 고틀리프 사무엘 호인(Carl Gottlieb Samuel Heun, 1771~1854)의 필명.

류가 40미터나 되는 옷감으로 하렘 바지를 만들어 입던 바로 그 시기가 도덕적으로 지금보다 덜 점잖았다는 사실을 아는 사람은 거의 없다.

내가 레깅스 대신 바지라고 하면 여성들이 화를 내지는 않을까? 아, 여성의 섬세한 감정을 말하려고 하다니! 결국 여성에 대해 글을 쓰는 일은 내시에게만 허용될 것이고, 서양에서 여성의 마음 시중을 드는 하인은 동양에서 여성의 육체 시중을 드는 하인만큼이나 무해한 것임에 틀림없다.

이 대목에서 『베르톨트의 일기』[10]의 한 구절이 떠오른다.

"M. 박사는 자신이 한 다소 상스러운 발언에 약이 오른 여성에게 '우리가 곰곰이 제대로 생각해 본다면, 우리는 모두 벌거벗은 채로 옷 속에 들어 있는 것이오'라고 말했다."

괴테에게 크게 실망한 이 하노버의 귀족은 괴테가 무종교를 전파하고 있으며 이러한 무종교로 인해 잘못된 정치적 견해가 쉽게 야기될 수 있으니 대중은 옛 신앙을 통해 옛날의 겸손과 절제를 회복해야 한다고 주장한다. 최근에 나는 괴테가 쉴러보다 더 큰 인물이라느니 또는 그 반대라느니, 라는 논란에 대해 자주 들었다. 또 얼마 전에는 뒤에서 보더라도 64명의 윗대 조상이 보이는 여성의 의자 뒤에서 이 주제에 관한 열띤 토론이 이 여성과 두 명의 하노버 귀족 간에 벌어지는 것을 들었다. 하노

---

10 마르틴 히에로니무스 후트발커(Martin Hieronymus Hudtwalcker, 1787~1865)의 소설 『카를 베르톨트의 일기 단편(斷片)』(1826).

버 귀족의 조상들은 이미 덴데라의 황도 12궁[11]에 올라가 있
었다. 둘 중 한 명은 큰 키에 비쩍 마르고 수은처럼 하얀[12] 앳된
얼굴의 풋내기였는데 쉴러의 미덕과 순수성을 찬양하는 바로
미터처럼 보였고, 또 다른 사람은 껑다리 애송이였는데 시 「여
성의 품위」[13]의 몇 구절을 나직이 읊조리며 머리통을 설탕 통에
박은 채 흡족하게 주둥이를 싹싹 핥고 있는 당나귀처럼 아주 달
달하게 미소 지었다. 두 청년은 "그 사람이 더 위대해, 그 사람
은 정말 더 위대해, 진짜야, 그 사람이 더 위대해, 맹세코 확신하
건대 그 사람이 더 위대해"라는 확신에 가득 찬 후렴구를 계속
사용하면서 각자 주장의 강도를 높여 갔다. 그 여성은 나까지도
이 미학적 대화에 끌어들일 정도로 우아하게 질문했다. "박사
님, 당신은 괴테를 어떻게 생각하시나요?" 그러나 나는 팔짱을
낀 채 경건하게 고개를 숙이며 말했다. "유일신 외에는 신이 없
으며, 무함마드는 신의 사자입니다!"[14]

그 여성은 자신도 모르게 아주 재치 있는 질문을 했던 것이
다. 어떤 사람에게 "천상과 지상에 대해 어떻게 생각하세요? 인
간과 인간의 삶에 대해선 어떻게 생각하시지요? 당신은 이성적
인 피조물입니까, 아니면 멍청한 악마입니까?"라고 대놓고 물
어볼 수는 없는 노릇이다. 그러나 이런 까다로운 질문들이 모두

---

11 이집트 덴데라에 있는 하토르 여신의 신전 천장화 중 하나. 클레오파트라 시기에 만들어졌으
    나 하이네 당대에는 이 그림이 훨씬 더 이전에 창작된 것으로 간주되었음. 오래됨, 낡음, 고리
    타분함을 강조하거나 또는 황도 12궁에 해당되는 동물을 암시하기 위해 사용한 비유.
12 당시 수은은 매독 치료제로 사용됨.
13 프리드리히 쉴러의 시.
14 La illah ill allah, wamohammed rasul allah! (코란, 4장 136절)

"괴테를 어떻게 생각하시나요?"라는 악의 없는 질문에 담겨 있다. 괴테의 모든 작품을 우리 모두의 눈앞에 들이댐으로써 누군가 여기에 대해 내리는 판단을 우리의 판단과 재빨리 비교할 수 있기 때문이다. 이렇게 해서 우리는 곧장 그의 생각과 감정을 전부 잴 수 있는 확실한 척도를 얻으며, 그래서 그는 부지불식간에 자신의 판단을 발설하게 되었다. 하지만 괴테는 어느 누구라도 고찰할 수 있는 공공의 세계이기 때문에, 이런 식으로 괴테는 우리가 사람을 알 수 있는 최고의 수단이 된다. 우리 모두의 눈앞에 놓인, 그래서 이것에 대해 매우 중요한 사람들이 이미 자신들의 견해를 우리에게 발설한 그 대상들에 관해 스스로 판단을 내림으로써, 우리는 다시금 괴테조차도 가장 잘 알게 된다. 이런 관점에서 나는 무엇보다도 괴테의 『이탈리아 여행』을 언급하고 싶다. 스스로 고찰하든 아니면 다른 사람에게 전해 듣든 우리는 모두 이탈리아라는 나라를 알고 있으며, 여기서 같은 것을 누구나 주관적인 시선으로 본다는 사실을 쉽게 알 수 있다. 어떤 사람은 방주의 나무를 덧댄 못마땅한 눈으로 나쁜 것만 보고,[15] 또 어떤 사람은 열광적인 코리나의 눈으로 사방에서 좋은 것만 본다.[16] 반면 괴테는 명징한 그리스인의 눈으로 어두운 면과 밝은 면 모두를 본다. 그는 어디에서도 감정을 넣어 대

---

15 영국은 민주적 자유 국가로 칭찬하고 이탈리아는 정치적으로 뒤떨어진 반동적 국가로 폄하한 여행기 『영국과 이탈리아』(1785)의 저자 아르헨홀츠[Archenholz, Arche(방주) + Holz(나무)]를 암시함.

16 이탈리아 여행에서 영감을 얻어 쓴 소설 『코리나 또는 이탈리아』(1807)의 작가 마담 드 스탈(Madame de Staël, 1776~1817)을 암시함. 코리나는 고대 그리스어에 기원을 둔 여성의 이름.

상을 채색하지 않으며, 신이 이탈리아와 이탈리아인에게 부여한 그대로의 고유한 윤곽선과 고유한 색깔로 그려 낸다.

후대에 가서야 이러한 점이 인식되는 것은 괴테의 공로다. 왜냐하면 우리 모두는 대개 병들어 있기 때문이다. 우리는 모두 동서고금을 막론하고 주워 모은 병들고 분열된 낭만적인 감정에 너무 깊이 사로잡혀 있기 때문이다. 그래서 괴테가 자신의 작품에서 건강하고 통일적이고 조형적으로 드러낸 것을 우리는 직접 볼 수 없는 것이다. 하지만 괴테 자신은 정작 그것을 거의 인식하지 못한다. 자기 능력을 무의식적으로 소박하게 생각하던 괴테는 '대상적 사고'가 자신에게서 기인했다는 말을 듣고 놀란다. 그는 자서전을 통해 우리에게 자기 작품을 판단하는 데 비판적인 도움까지 주려 하지만, 그럼에도 그는 판단 자체에 대한 어떤 척도가 아니라 사람들이 자신을 판단할 수 있는 새로운 사실만을 제공한다. 그것은 어떤 새도 자신을 넘어 날아갈 수 없는 것만큼이나 너무나도 자연스럽다.

조형적인 직관력과 감수성과 사고력을 제외하더라도 후대는 괴테에게서 우리가 지금은 예감조차 할 수 없는 많은 것을 발견하게 될 것이다. 정신의 작품은 영원히 고정되지만 비평은 가변성이 있다. 비평은 특정 시대의 견해에서 생겨나 그 시대에만 의미를 지닌다. 슐레겔의 비평처럼 비평이 그 자체로 예술적 가치가 없는 경우, 시간이 지나면 무덤으로 들어간다. 새로운 생각을 잉태하는 시대는 새로운 눈도 가지게 되고, 이 눈으로 기존의 정신적인 작품에서도 새로운 것을 많이 보게 된

다. 슈바르트[17] 같은 사람은 요즘 『일리아스』에서 모든 알렉산
드리아 사람들[18]이 본 것보다 더 많은 것을, 그리고 다른 것을
보고 있다. 한편 언젠가는 괴테의 작품에서 슈바르트가 본 것보
다 훨씬 더 많은 것을 보는 비평가가 등장할 것이다.

그래서 나는 여전히 괴테에 관해 수다를 떨고 있는 것이다!
파도 소리가 끊임없이 귓전을 울리고, 사람의 마음을 임의대로
조율하는 이런 섬에서라면 주제를 벗어난 이런 이야기가 그리
이상할 것도 없다.

북동풍이 강하게 불고 마녀가 다시 재앙을 획책하고 있다. 북
해 연안 곳곳에 많은 미신이 있듯이, 이곳에는 말하자면 폭풍우
를 마음대로 조종하는 마녀에 대한 기이한 전설이 있다. 뱃사람
들의 말에 따르면, 몇몇 섬들은 은밀하게 매우 특별한 마녀의
지배를 받고 있으며, 지나가는 배가 온갖 역경에 맞닥뜨리는 것
은 마녀가 악의를 품었기 때문이라는 것이다. 작년에 내가 배를
타고 여행하는 동안 우리 배의 항해사는 다음과 같은 이야기를
들려주었다. 와이트섬의 마녀는 매우 강력해서 낮에 그리로 지
나가려는 배를 모두 밤까지 잡아 두었다가 암벽이나 섬에 충돌
하게 만든다. 그럴 때면 마녀가 배 주위에 세찬 바람을 일으키
는 소리가 들린다. 그 바람은 너무나 강력해서 클라보터만[19]도

---

17 『호메로스와 그의 시대에 대한 생각』(1821)과 『유사한 문학과 예술에 관한 괴테의 판단에 대
하여』(1820)의 저자 카를 에른스트 슈바르트를 암시함.

18 학자를 암시함.

19 뱃사람의 미신에 따르면, 장난을 좋아하지만 위험이 닥치면 경고를 해 주는 배의 정령. 클라바
우터만, 클라바터만, 칼파터만 등으로 불리기도 함.

겨우 버틸 정도다. 내가 클라보터만이 누구냐고 묻자, 항해사는 매우 진지하게 대답했다. "착하고 눈엔 보이지 않는 배의 수호 정령이지요. 충실하고 착실한 선원에게 불행이 닥치지 않게 막아 주고, 구석구석 살펴보며 고장 난 곳은 없는지 순항하고 있는지 배려하지요." 용감한 항해사는 목소리를 낮추며, 짐을 잘 쌓아 놓은 화물칸에서 그 정령의 소리를 잘 들을 수 있노라고 나에게 확신시켜 주었다. 그래서 파도가 거세지면 나무통과 상자가 찌그덕 소리를 내고, 때론 용골이나 갑판이 웅웅거린다는 것이었다. 클라보터만이 외판(外板)을 망치로 두드리는 소리가 들리면, 이 경고음을 들은 목수가 손상당한 부분을 지체 없이 수선하는 일이 드물지 않게 일어난다고 했다. 클라보터만은 윗돛대 꼭대기에 앉아 있길 제일 좋아하는데, 이는 순풍이 불거나 곧 불 것이라는 신호라는 것이다. 클라보터만을 볼 수 없겠느냐는 질문에는 부정적인 대답이 돌아왔다. 아니요, 그 정령은 볼수 없으며, 아무도 그를 보길 원하지 않습니다. 왜냐하면 구조가 불가능할 경우에만 나타나기 때문이지요. 그 착한 항해사도 그런 경우를 아직 직접 겪어 보진 못했지만, 윗돛대에 있는 클라보터만이 내려다보며 부하 정령들과 이야기하는 소리를 들을 수 있는지 경험자들에게 알아보고 싶어 했다. 폭풍이 거세져서 난파를 피할 수 없을 경우엔 클라보터만이 키에 올라앉으면서 처음으로 모습을 드러내는데 키를 부수고는 이내 사라져 버린다고 한다. 그 끔찍한 순간 클라보터만을 본 사람은 바로 다음 순간 파도에 휩쓸려 죽고 만다는 것이다.

이 이야기를 함께 들었던 선장은 아주 부드러운 미소를 지었는데, 모진 풍상을 겪은 거친 얼굴에서 그런 미소가 피어날 것이라곤 꿈에도 생각하지 못할 정도였다. 나중에 그는 50년이나 혹은 심지어 100년 전에도 바다에서 클라보터만에 대한 믿음이 매우 강해서 식탁에 항상 그의 식기를 마련해 두고 음식마다 가장 맛있는 부분을 떼어 내어 거기에 담아 두었는데, 요즘에도 이런 풍습이 일부 배에서는 행해지고 있다고 나에게 확신시켜 주었다. ─

이 섬에서 나는 자주 해변에서 산책을 하며 그런 뱃사람의 기이한 전설을 생각한다. 그 가운데서도 가장 매력적인 것은 방황하는 네덜란드인 이야기다.[20] 폭풍 속에서도 돛을 활짝 펼치고 가는 배가 보이는데, 이 배는 이따금씩 보트를 내려 만나는 뱃사람에게 온갖 편지를 전해 준다. 그러나 편지를 전해 받은 사람은 어찌할 바를 몰라 한다. 그도 그럴 것이 편지의 수신인은 이미 오래전에 죽은 사람들이기 때문이다. 때로는 오래된 사랑스러운 동화 속의 고기잡이 소년을 떠올리기도 한다. 소년은 밤에 해변에서 바다 요정들의 윤무를 우연히 목격한다. 나중에 그는 바이올린을 들고 온 세계를 누비면서 바다 요정의 춤곡을 연주하는데, 연주를 들은 모든 사람이 마법에 걸린 듯 황홀해한다. 이 이야기는 언젠가 소중한 친구와 함께 베를린의 어느 연주회에서 신동 펠릭스 멘델스존 바르톨디의 연주를 들은 적이

---

20 이 이야기는 「슈나벨레봅스키 씨의 비망록에서」(1834)에서 구체화되며, 여기서 영감을 받아 리하르트 바그너가 동명의 오페라를 만들게 됨.

있었는데, 그때 그 친구가 내게 들려준 것이다.

섬 주변을 항해하는 것은 독특한 매력이 있다. 하지만 날씨가 좋아야 하고, 구름도 멋지게 형성되어야 한다. 그리고 갑판에 드러누워 하늘을 올려다보며 한 조각 하늘을 가슴속에 담고 있어야 한다. 그러면 파도가 온갖 기이한 일과 소중한 추억을 날아오르게 하는 모든 말과, 마음속에 달콤한 예감을 울려 퍼지게 하는 "에벨리나!" 같은 갖가지 이름을 웅얼거린다. 그리고 배가 지나가면 사람들은 매일 다시 볼 수 있다는 듯 인사를 나눈다. 그러나 밤에 바다에서 낯선 배를 만날 때면 마음이 뒤숭숭해진다. 그러면 사람들은 몇 년 동안 만나지 못했던 친한 친구를 떠올리며 인사도 없이 지나치고, 그럼 그 친구를 영원히 잃게 되는 것이다.

내 영혼을 사랑하듯 나는 바다를 사랑한다.

심지어 바다는 원래 내 영혼 그 자체가 아닐까 싶은 생각이 들 때도 적지 않다. 개화하면 수면에 솟아올랐다가 낙화하면 다시 바닷속으로 가라앉는 은둔형 해조류가 있듯이, 때로는 놀라운 꽃 이미지가 내 영혼의 심연에서 솟아올라 빛나다가 다시 사라진다 ― "에벨리나!"

섬에서 그리 멀지 않은 곳에 한때는 가장 아름다운 마을과 동네가 있었는데, 난데없이 바닷물이 들이닥치면서 모든 것을 집어삼켜 지금은 물밖에 없다고들 한다. 물이 맑을 때면 뱃사람들은 아직도 가라앉은 교회 탑의 꼭대기가 반짝이는 걸 볼 수 있다고 하고, 일요일 아침 일찍 그곳에서 경건하게 울리는 종소리를

들었다는 사람도 적지 않다.[21] 이 이야기는 진짜다. 왜냐면 바다
는 내 영혼이기 때문이다—

　　저기 멋진 세계가 가라앉아
　　폐허가 저 아래 남아 있어
　　천상의 황금 불꽃으로
　　내 꿈의 거울에 종종 비친다네.

　　　　　　　　　　　　　　　　(빌헬름 뮐러)

　잠에서 깨었을 때 울리는 종소리와 성스러운 노랫소리가 들
린다 —"에벨리나!"
　해변을 걸을 때면 지나가는 배들이 아름다운 광경을 선사한
다. 배들이 하얀 돛을 눈부시게 활짝 펼치면 마치 커다란 백조
들이 지나가는 것처럼 보인다. 지나가는 배 뒤쪽으로 해가 넘어
갈 때는 마치 거대한 후광으로 둘러싸인 듯하여 이루 말로 다 나
타낼 수 없을 만큼 아름답다.
　마찬가지로 해변에서 하는 사냥도 엄청난 즐거움을 선사한다.
나는 사냥이 특별한 가치가 있다고는 생각하지 않는다. 고상함이
나 아름다움이나 착함이란 감수성은 교육을 통해 곧잘 일깨워질
수 있다. 하지만 사냥에 대한 감수성은 핏속에 녹아 있다. 이미 까
마득한 옛날부터 조상들이 수노부 사냥을 해 왔다면 그 사손들도

───────────
21　연작시 「북해」 1부의 「바다의 환영」 참조.

이 합법적인 활동에서 즐거움을 느낄 것이다. 하지만 나의 조상은 사냥꾼이 아니라 오히려 사냥감에 속하는 부류이다. 내가 그들 옛 동료의 후손을 사냥해야 하는 처지에 놓인다면 내 피는 거꾸로 치솟을 것이다. 아무렴, 말뚝으로 표시된 결투장에서 인간도 귀한 사냥감이 되었던 시대로 되돌아가고 싶어 하는 사냥꾼을 겨냥해 권총을 뽑아 드는 편이 훨씬 쉽다는 걸 나는 경험을 통해 알고 있다. 그러한 시대가 끝났다는 게 얼마나 다행인가! 지금 그런 사냥꾼이 다시 인간을 사냥하려 한다면, 가령 내가 2년 전에 괴팅엔에서 보았던 준족(駿足)에게 그랬던 것처럼 대가를 지불해야만 할 것이다. 인문학을 공부하는 몇 명의 하노버 융커[22]가 달려온 길을 다시 한번 달리면 몇 탈러를 주겠다고 하자, 그 가련한 사람은 푹푹 찌는 일요일의 열기에 이미 꽤나 지친 상태임에도 불구하고 달렸다. 맨발에 빨간 재킷을 걸친 그 사람은 달렸다. 그리고 먼지가 풀풀 날리는 길에서 그의 뒤를 바짝 뒤쫓아 얼굴에 개기름이 번드르르 흐르는 귀족 청년이 말 위에 높이 앉아 달렸다. 뒤쫓기는 가운데 가쁜 숨을 몰아쉬며 달리는 그 사람의 몸에 간간이 말발굽이 부딪쳤다. 그는 인간이었다.

시험하기 위해, 다시 말하자면 내 피가 더 잘 익숙해지도록, 어제 사냥을 나갔다. 마음 놓고 훨훨 날고 있는 갈매기 몇 마리를 쏘았는데, 내 사격 실력이 형편없다는 걸 정말이지 몰랐다. 나는 갈매기를 명중시키려 한 것이 아니라 나중에 언젠가 사냥

22 Junker. 토지를 소유한 귀족.

총을 든 사람들이 나타나면 조심하라고 경고만 하려 했었다. 그러나 마가 낀 것이었다. 내 사격이 빗나가는 바람에 어린 갈매기가 맞아 죽었던 것이다. 늙은 갈매기가 아닌 것이 그나마 다행이었다. 그랬더라면 광활한 모래 언덕의 둥지에 있는, 아직 깃털도 나지 않은 가련한 새끼 갈매기는 어떻게 되었겠는가. 어미가 사라져 굶어 죽을 게 뻔했다. 사냥을 하다가 불행한 일이 벌어지리란 걸 나는 이미 예감했었다. 토끼 한 마리가 길을 가로질러 달려가는 것을 보았기 때문이다.[23]

노을이 번질 무렵 백사장을 혼자 걸으면 매우 이상한 생각이 들었다 — 뒤엔 평평한 모래 언덕이 있고, 앞엔 끝도 없이 물결치는 바다가 펼쳐져 있으며, 위엔 거대한 수정 돔 같은 하늘이 있다 — 그러면 나 자신이 개미처럼 작게 느껴지지만, 그럼에도 내 영혼은 세계 곳곳으로 뻗어 나간다. 여기 내 주위에 있는 자연의 고도의 단순함이, 그러니까 말하자면 다른 어떤 고상한 환경에 있을 때보다도 더욱 강력하게 나를 통제하는 동시에 고양시킨다. 어떤 교회도 나에게는 결코 충분히 크지 않았다. 내 영혼은 오래된 거인의 기도로 언제나 고딕식 기둥보다 더 높이 올라가려 애썼으며, 언제나 천장을 뚫고 나가려 했다. 로스트라페[24]에 올라서자 첫눈에 들어오는, 대담하게 무리를 이룬 거대한 암벽들이 감탄을 자아냈다. 하지만 이런 인상은 오래가지 않았다. 내 영혼은 놀랐을 뿐이지 압도당한 것은 아니었다. 내 눈에는 그 엄청난 바윗

---

23 불행이 닥칠 것이라는 미신.
24 Rosstrappe. 하르츠의 보데탈 계곡에 있는 절벽.

덩어리가 점점 줄어들어서 나중에는 거대한 궁전이 파괴되고 남은 보잘것없는 잔해에 불과한 것으로 보였다. 그 궁전에서라면 아마도 내 영혼이 편안하게 머물렀을지도 모를 일이었다.

아무튼 우습게 들릴지 모르지만, 그럼에도 불구하고 육체와 영혼의 부조화가 나를 몹시 괴롭힌다는 사실을 숨길 수 없으며, 여기 바닷가에서 이 장려한 자연환경에서 가끔은 이런 생각이 꽤나 또렷해진다. 그리고 윤회에 대해 자주 곰곰이 생각하게 된다. 영혼과 육체 사이의 온갖 모순을 만들어 내곤 하는 위대한 신의 아이러니를 누가 알겠는가? 지금 플라톤의 영혼이 어느 재단사의 몸에 들어 있고, 카이사르의 영혼이 어느 교장의 몸에 들어 있을지 누가 알겠는가! 교황 그레고리우스 7세[25]의 영혼이 튀르키예 황제의 육신에 깃들어 있지 않으며, 과거 자줏빛의 금욕적인 수도사 복장을 했을 때보다 수많은 여성의 애무하는 손길에서 더 편안함을 느낄지 누가 알겠는가. 한편 현재 얼마나 많은 알리 시대[26]의 신실한 무슬림 여성의 영혼들이 우리의 반헬레니즘적 관료들[27]에게 깃들어 있는 것일까! 구세주 곁에서 십자가에 매달려 처형당했던 두 강도의 영혼은 아마도 지금쯤 추기경의 두꺼운 뱃살에 들어앉아 정통 교리를 위해 불타오르고 있는지도 모른다. 칭기즈 칸의 영혼은 어쩌면 지금쯤

---

25 주교 서임권 분쟁에서 신성 로마 제국 황제 하인리히 4세를 굴복시킨 교황. 특히 성직자의 결혼을 엄격히 금지하고 독신주의를 권장했음.

26 알리 이븐 아비 탈리브(Ali ibn Abi Talib, 598년경~661). 이슬람 교단의 제4대 칼리프. 예언자 무함마드의 사촌이자 사위. 그리스를 지배하고 있던 오스만튀르크를 풍자함.

27 그리스의 독립 전쟁을 반대하는 유럽의 복고 반동 세력.

비판적 잡지에서 자신에게 가장 충실했던 바시키르인[28]과 칼미크인[29]의 영혼을 자신도 모르는 사이에 매일 난도질하는 비평가의 몸속에 살고 있을지도 모를 일이다. 누가 알겠는가! 피타고라스의 영혼이 어쩌면 피타고라스 정리를 증명하지 못해 시험에 떨어진 가련한 수험생의 몸에 깃들어 있을지, 또 한때 피타고라스가 그 명제를 발견한 기쁨에 불멸의 신들께 바쳤던 황소의 영혼이 시험관의 몸에 깃들어 있을지 누가 알겠는가! 힌두교도는 우리의 선교사들이 생각하듯 그렇게 멍청하진 않다. 그들이 동물을 숭배하는 것은 동물의 몸에 인간의 영혼이 깃들어 있다고 상정하기 때문이다. 힌두교도가 우리 학술원 방식으로 병든 원숭이를 위한 병원을 세운다면, 그들은 아마도 원숭이의 몸에 위대한 학자의 영혼이 거주한다고 생각하기 때문일 것이다. 반대로 우리의 시각으로 보자면 몇몇 위대한 학자의 몸속에 원숭이의 영혼만 들어 있다고 생각할 게 너무나도 뻔하기 때문이다.

그러나 과연 누가 과거의 무소부지한 능력으로 인간의 행동거지를 위에서 내려다볼 수 있겠는가! 밤에 바닷가를 거닐며 파도의 노래를 듣노라면 온갖 예감과 기억이 떠오르면서, 내가 한때 그렇게 위에서 내려다보다가 끔찍한 현기증을 느끼며 지상으로 떨어졌을 거라는 착각까지 든다. 그리고 내 눈이 망원경처럼 예리해져서 하늘에서 산책하는 별을 실물 크기로 보다가 빛나는 별빛의 소용돌이에 눈이 부셨던 것 같은 생

---

28 Bashkir. 러시아에 살고 있는 튀르크계 민족.
29 Kalmyk. 유라시아 남서부에 거주하는 몽골계 민족.

각도 들었다 — 천 년의 깊이에서 온갖 생각이, 태곳적 지혜의 생각이 떠오르지만 너무 모호하여 정확히 그게 무엇인지는 알 수 없는 것처럼 말이다. 우리의 모든 영리한 지식과 노력과 산출물이 어떤 더 높은 정신에게는 괴팅엔 도서관에서 그토록 자주 목격했던 거미와 마찬가지로 작고 하찮게 보일 게 틀림없다는 사실만큼은 내가 알고 있다. 2절판의 세계사 책 위에 앉아 부지런히 줄을 뽑고 있던 거미가 매우 철학적으로 안전하게 주위를 둘러보았다. 괴팅엔 학자의 오만함이 뚝뚝 흐르는 이 거미는 수학 지식과 예술적 성취와 고독한 사유를 과시하는 듯했다 — 그러나 이 거미는 자신이 태어나서 한평생을 보내고 있고 또한 묻히게 될 그 책에 들어 있는 온갖 경이로움에 대해서는 아는 것이 전혀 없었다. 슬그머니 다가온 L. 박사[30]가 쫓아내지 않는다면 말이다. 슬그머니 다가온 L. 박사가 누구냐고? 추측하건대 그의 영혼도 한때 바로 그런 거미의 몸속에 깃들어 있었을 것이다. 지금 그는 언젠가 자신이 앉아 있었던 2절판 책들을 보호하고 있다. 비록 그 책을 읽기는 하지만 그는 그 속에 들어 있는 참된 의미는 알지 못한다.

내가 지금 걷고 있는 땅에서는 한때 무슨 일이 있었을까? 여기서 해수욕을 했던 어떤 교감은 이곳에서 한때 헤르타[31] 여신을, 달리 말하자면 포르세티[32] 신을 섬기는 의식이 거행되었던

---

30 괴팅엔 대학 도서관의 조교 카를 프리드리히 테오도르 라흐만(Carl Friedrich Theodore Lachmann)을 암시함.

31 Hertha. 게르만 신화에서 다산의 여신.

32 Forseti. 북유럽 신화에서 법과 정의의 신 또는 화해의 신.

곳이라고 주장했다. 이에 대해 타키투스[33]도 아주 신비롭게 말한 바 있다. 타키투스에게 이야기해 주었던 보고자들이 실수한 것이 아니라면, 그리고 바퀴 달린 탈의실을 여신의 신성한 마차로 간주했다면 그럴 수도 있었을 것이다.

내가 본에 있었던 1819년, 같은 학기에 나는 아득한 시대에서부터 독일의 고대를 다룬 네 강좌를 수강했다. 자세히 언급하자면, 첫째, 슐레겔이 강의한 독일어의 역사, 여기서는 거의 3개월 동안 독일어의 기원에 관한 매우 괴상한 가설들이 전개되었다. 둘째, 아른트가 강의한 타키투스의 『게르마니아』, 그는 현대의 살롱에는 결핍되어 아쉬운 미덕들을 고대 독일의 숲에서 찾았다. 셋째, 역사관이 가장 모호하지 않은 횔만이 강의한 게르만 국법, 그리고 넷째, 라틀로프가 강의한 독일 선사 시대, 이강의는 학기 말까지도 세소스트리스[34] 시대를 넘지 못했다 — 당시에는 고대 헤르타의 전설에 지금보다도 더 많은 흥미가 있었던 것 같다. 나는 그 여신을 뤼겐섬에 거주하게 한 것이 아니라 동프리지아의 어떤 섬으로 옮겼다. 젊은 학자는 개인적인 가설을 내세우길 좋아한다. 하지만 내가 언젠가 북해의 해변을 들뜬 애국심으로 고대의 여신을 떠올리는 일 없이 산책하게 되리라고는 당시엔 꿈에도 생각하지 못했다. 정말 그렇지 않으며, 여기에서 내가 생각하는 건 전혀 다른 젊은 여신들이다. 내가 해변을 걷다가 으스스한 곳을 지날 때면, 최근에 물의 정령만큼이나

33 Tacitus. 고대 로마의 역사가. 게르만족의 풍속과 사회를 기술한 『게르마니아』의 저자.
34 Sesostris. 고대 이집트 제12왕조의 왕.

매우 아름다운 여성들이 수영했던 곳을 지날 때면 특히 그렇다. 여기에선 남성도 여성도 하나의 파라솔 아래서 물놀이를 하는 게 아니라 트인 바다로 나간다. 그 때문에 남성과 여성의 물놀이 장소가 서로 다르긴 하지만, 그렇다고 아주 먼 것은 아니다. 좋은 쌍안경을 가진 사람이면 세상 어디에서나 많은 것을 볼 수 있다. 새로운 악타이온은 그런 방법으로 목욕하는 디아나[35]를 관찰했다는 전설이 있다. 그렇게 해서 뿔을 얻은 사람은 악타이온[36]이 아니라 그 아름다운 여성의 남편이란 사실은 놀라운 일 아닌가!

북해의 해수욕 마차인 바퀴 달린 탈의실은 이곳에선 백사장의 가장자리까지만 이동할 수 있고, 대개 네모난 나무틀에 뻣뻣한 리넨을 두른 구조이다. 겨울 시즌 동안 이 탈의실은 휴양소 본관 건물에 보관되어 있으며, 얼마 전까지 그곳을 드나들었던 고상한 사람들과 마찬가지로 나무처럼 무뚝뚝하고 리넨처럼 뻣뻣한 대화를 나눌 것이다.

내가 말하는 고상한 사람들은 동프리지아의 선량한 시민이나 민중을 의미하는 게 아니다. 거주하고 있는 땅처럼 평탄하고 무미건조한 이곳의 민중은 노래도 부를 줄 모르고 휘파람도 불 줄 모르지만, 모든 떨림음이나 잡동사니보다는 나은 재능을, 인간을 고상하게 만드는, 혼자서 고귀하다고 착각하는 허황된 봉

---

35 Diana. 그리스 신화의 아르테미스.
36 Actaeon. 목욕하는 아르테미스를 훔쳐본 죄로 사냥꾼 악타이온은 뿔 달린 사슴으로 변해서 자신의 사냥개에게 물려 죽음.

사 정신에 저항하는 재능을 소유하고 있다. 즉 자유의 재능을 의미한다. 심장이 자유를 위해 고동치면 그런 심장 박동은 기사 서임식만큼이나 좋은 것이다. 자유 프리지아인들[37]은 그것을 알고 있으며, 이러한 민중적 칭호를 받을 자격이 있다. 동프리지아에는 부족장의 시대가 끝난 이후에 귀족이 횡행했던 적은 없었다. 그곳엔 소수의 귀족 가문만 살았으며, 현재 이 지방 너머로 확장된 하노버 귀족의 영향력이 행정적·군사적 지위를 통해 많은 자유 프리지아인의 마음을 슬프게 한다. 그래서 예전 프로이센 정부에 대한 선호가 도처에서 나타난다.

하노버 귀족의 오만함에 대한 일반 독일인들의 불만과 연관해서 말하자면, 나는 거기에 전적으로 동의할 수 없다. 하노버 장교 집단은 적어도 그 같은 불만에 대한 빌미를 제공하고 있다. 물론 마다가스카르에서는 귀족만이 도축업자가 될 수 있는 권리를 가지고 있듯이, 귀족만 장교가 될 수 있었으므로 예전에 하노버 귀족은 유사한 특권을 누렸다. 그러나 독일 군대[38]에서 많은 시민 계층 출신이 두각을 나타내면서 장교의 지위에 오른 이후 저 고약한 관습법은 약화되었다. 독일군 전체가 낡은 편견을 누그러뜨리는 데 정말이지 많은 기여를 했던 것이다. 이 사람들은 세상에 널리 퍼져 있었으며, 세상에서, 특

---

37 16세기까지 프리지아는 독자적인 생활을 영위했으나, 1744년부터 동프리지아는 프로이센에 예속되었고, 1815년 빈 회의 이후엔 하노버 왕국에 귀속되었음.

38 나폴레옹의 침공으로 1803년 해체된 선제후국 하노버(또는 브라운슈바이크뤼네부르크)의 군대 대부분이 영국으로 건너가서 결성된 영국군. 1803년에 결성되어 1816년까지 활동. King's German Legion, Deutsche Legion des Königs, Englisch-Deutsche Legion, Deutsche Legion 등으로 불림.

히 영국에서 많이 보였다. 그들은 많이 배웠다. 그들이 전투를 치렀고 "많은 사람이 살고 있는 도시들을 보았고 풍습을 배웠던"[39] 포르투갈, 스페인, 시칠리아, 이오니아섬, 아일랜드 그리고 다른 나라에 관해 이야기할 때 귀동냥하는 것은 즐겁다. 그래서 유감스럽게도 어떤 호메로스도 발견하지 못할 오디세이아를 듣고 있다고 우리는 생각한다. 또한 이 군대의 장교들 중에는 자유롭게 사고하는 영국 풍습에 물든 사람들이 많아서 오래도록 전해 내려온 하노버 풍습과 대립하고 있다. 영국의 사례가 하노버에 많은 영향을 끼친다고 일반적으로 간주되기 때문에, 이 대립은 다른 독일 지역에서 생각하는 것보다 훨씬 더 강력하다. 이 하노버라는 나라에서는 말[40]을 매어 놓은 나무[41]밖엔 보이지 않는다. 순전히 나무들 때문에 이 나라가 어두컴컴한 상태에 머물러 있으며, 수많은 말이 있음에도 불구하고 더 이상 앞으로 나아갈 수 없는지도 모른다. 아니, 이 하노버 귀족의 숲속으로 영국식 자유의 햇살이 뚫고 들어온 적이 단 한 번도 없었으며, 하노버의 말들이 히힝거리는 소음에 묻혀 영국의 그 어떤 자유의 소리도 지금까지 감지될 수가 없었다.

하노버 귀족의 자부심에 대한 일반적인 한탄[42]은 아마도 대개 하노버를 통치하거나 또는 간접적으로 통치한다고 생각하

---

39 호메로스의 『오디세이아』 1권 3행.
40 당시 선제후국 하노버의 국기와 문장에 말이 있었음.
41 Stammbaum. 나무줄기라는 뜻 외에 족보라는 의미도 있음. 하이네식의 반어.
42 이 단락에 서술된 비판에 앙심을 품은 하노버 귀족들 때문에 하이네는 이듬해인 1827년 8월 노르더나이섬으로 여행 갔다가 일정을 바꿔 2주 만에 그곳을 떠나야 했다.

는 어떤 가문의 소중한 젊은이를 염두에 둔 것이라 짐작된다. 그러나 만일 고귀한 청년들도 세상에서 어떤 어려움을 겪거나 또는 더 좋은 교육을 받는다면, 곧 그런 종류의 실수를, 더 정확하게 말하자면 그런 나쁜 행동을 고칠 것이다. 그들이 괴팅엔으로 보내진 것은 사실이지만, 그들은 거기서 삼삼오오 쭈그리고 앉아 개와 말과 조상에 대해서만 이야기할 뿐이지 근대사에 대해서는 거의 경청하지 않는다. 그들이 정말로 어쩌다 근대사 비슷한 것을 듣는다 하더라도, 그들은 명문가 출신 학생들만 사용할 수 있도록 지정해 놓은, 괴팅엔의 상징인 백작의 책상[43]을 구경하느라 정신이 없었다. 정말이지 하노버 귀족 청년들이 더 나은 교육을 받았다면 많은 불만이 미연에 방지될 수도 있었다. 그러나 청년은 결국 늙은이와 마찬가지가 된다. 자신은 세상의 꽃이고 다른 이들은 잡초에 불과하다는 마찬가지의 망상, 조상의 공로로 자신의 무가치함을 덮으려는 마찬가지의 어리석음, 제후들이 매우 충실하고 유덕한 신하는 거의 배려하지 않으면서 뚜쟁이나 아첨꾼이나 이와 유사한 악당에게는 자주 고상한 호의를 베풀었다는 공과의 문제점에 대한 마찬가지의 무지. 조상을 자랑스럽게 여기는 사람 중 극소수만 자신들의 조상이 무슨 일을 했는지 분명하게 말할 수 있을 것이다. 그러나 이들이 실제로 보여 줄 수 있는 것은 룍스너의 『마상 창 시합』[44]에 언급된 이름뿐이다. 물

---

43 Grafentisch. 당시 괴팅엔 대학 강의실에서 백작 가문의 학생들만 사용할 수 있었던 책상.

44 게오르크 룍스너가 1530년 익명으로 출간한 책. 신성 로마 제국의 마상 창 시합의 참가자와

론 이 조상들이 십자군 기사로 예루살렘 정복에 참여했다는 것도 증명할 수 있다면, 그에 대한 자부심을 가지기 전에 그 기사가 정말 의젓하게 함께 싸웠는지, 입고 있던 철갑 바지에 노란 두려움을 덧대지는[45] 않았는지, 붉은 십자가 아래 고귀한 남자의 심장이 있었는지도 증명해야 할 것이다. 『일리아스』는 없고 트로야 앞에 늘어서 있던 영웅들의 명단만 남아 지금까지 전해진다면 — 그들의 조상에 대한 자부심이 테르시테스[46]에 의해 부풀려진 것인지 어찌 알겠는가! 나는 피의 순수성에 관해 이야기하고 싶은 마음은 손톱만큼도 없다. 철학자들과 마구간 지기라면 그것에 대해 괴상한 생각을 하겠지만 말이다.

앞서 언급했다시피 나의 비난은 대개 하노버 귀족의 나쁜 교육과 몇 가지 훈육 형식의 중요성에 대해 일찍이 각인된 망상을 겨냥한 것이다. 아! 얼마나 많은 사람이 이 형식들을 자랑스러워하는지 알고 나는 얼마나 자주 웃었던가 — 이러한 대표하기, 이러한 보여 주기, 이러한 말도 없이 미소 짓기, 이러한 생각도 없이 말하기 등 이러한 모든 귀족적 기술을 익히기가 엄청나게 어렵다는 듯이 말이다. 선량한 시민은 이러한 기술을 바다의 경이를 구경하듯 입을 헤벌리고 바라보지만, 프랑스 춤 선생은 독일 귀족보다 이런 기술에 더 잘 통달해 있다. 독일 귀족은 곰

귀족 가문의 족보에 관한 내용.

45 Furcht. 두려움이란 의미 외에 구어체에서는 똥이란 의미로도 사용됨. 결국 '무서워서 똥을 지리다'라는 의미.

46 Thersites. 『일리아스』에 등장하는 그리스 병사로 추한 외모와 독설과 수다로 유명함.

을 핥는[47] 루테치아[48]에서 이 기술을 힘겹게 연마한 다음 집으로 돌아와 다시 독일식으로 정확하고 서툴게 후손들에게 전해 준다. 시장통에서 춤을 추던 곰이 조련사의 눈을 피해 도망친 다음 숲속의 동료들에게 돌아가 춤이 얼마나 어려운 기술인지, 그 어려운 걸 얼마나 많이 배웠는지 허풍을 떨어 댄 우화가 생각난다 ── 그리고 정말이지 그 가련한 짐승은 맛보기로 동료들에게 보여 준 자신의 기술에 감탄을 금할 길이 없었다. 베르터가 언급했던 그 족속[49]은 고상한 세계를 형성하여 올해 이곳에선 물에서도 뭍에서도 돋보였다. 그들은 모두 사랑스러운, 정말 사랑스러운 사람들이었고, 그들은 모두 노름을 잘했다.[50]

여기엔 명문 귀족들도 있었다. 뭔가를 요구할 때 이들은 하급 귀족들보다 점잖다는 것을 나는 고백하지 않을 수 없다. 그러나 이러한 겸손이 이 고귀한 사람들의 진심에서 우러나오는 것인지, 그리고 이러한 겸손이 그들의 외적인 지위 때문에 더 부각되는 것은 아닌지에 대한 확답은 보류하겠다. 나는 이것을 독일의 탈직속 귀족[51]에 연관해서만 언급하겠다. 이 사람들은 최근

---

47 곰이 새끼를 핥아서 제대로 모습을 갖추게 한다는 우화를 따른다면, 핥아지지 않았다는 것은 모양이 좋지 않다거나 세련되지 못하다는 의미. 따라서 '곰을 핥는 루테치아'는 곰이 파리에서 세련된 행동거지를 배운다는 뜻. 당시 곰은 유럽 동쪽에 위치한 민족, 특히 프로이센, 폴란드, 러시아를 지칭함.

48 Lutetia. 파리의 라틴어 옛 명칭.

49 "이런 족속들을 보면 역겨움이 치밀어서"(괴테의 『젊은 베르터의 고뇌』 2부, 3월 15일 자 편지). 이런 족속은 귀족 패거리를 의미함.

50 1820년 노르더나이 휴양소에 카지노가 설치됨.

51 나폴레옹의 주도로 1806년 신성 로마 제국이 해체되고 라인 연방이 형성되면서 3백 개 이상

대공국의 제후에 버금가는 막강한 권리를 가진 통치권을 박탈당함으로써 엄청나게 부당한 일을 겪었다. 자신의 힘으로 유지할 수 없는 것은 존재할 권리도 없다는 사실을 인정하지 않으려 한다면 말이다. 그러나 이만큼의 난쟁이 독재자들이 통치를 중단할 수밖에 없었던 것은 사분오열된 독일로서는 수지 맞는 일이었다. 우리 가련한 독일인들이 얼마나 많은 그런 난쟁이 독재자들을 먹여 살려야 하는지를 생각하면 끔찍하기 이를 데 없다. 이 탈직속 귀족들이 더 이상 홀(笏)을 휘두르지는 않지만, 그럼에도 그들은 여전히 스푼과 나이프와 포크를 휘두른다. 그리고 그들은 아무리 비싸도 귀리는 먹지 않는다. 우리는 언젠가 미국을 통해 이러한 군주의 짐을 어느 정도 덜 수 있을 것이라 생각된다. 왜냐하면 조만간 그곳 자유 국가의 대통령들은 통치자로 바뀔 텐데도 이들에게는 확실히 귀족 혈통의 신부가 없기 때문이다. 그래서 우리의 공주들을 그들에게 맡긴다면 그들은 기뻐할 것이다. 그들이 여섯 명을 원하면 우리는 일곱 번째를 덤으로 줄 수 있을 것이다. 그리고 그들은 나중에 우리의 어린 공주들도 딸로 고용할 수 있을 것이다 — 그 때문에 탈직속 제후들이 적어도 동일한 출생권을 호구지책으로 삼고, 자신들의 혈통을 아랍인들이 말의 혈통을 높이 평가하듯 그렇게 높이 평가함으로써 그들은 대단히 정치적으로 행

의 제국 직속국이 제국과의 직접성을 상실하고 더 큰 지방 제후국에 병합되어 약 40개로 줄어들었음. 가령 아우크스부르크와 뉘른베르크는 1805/1806년 바이에른에 병합됨. 통치권은 상실했으나 주요 특권은 유지됨. 이렇게 제국과의 직접성을 상실한 귀족(가문)을 mediatisierte Fürsten 또는 Standesherr라고 칭함.

동했다. 독일이 자고이래로 제후를 육성하는 위대한 종마 사육장이었다는 사실을 잘 알고 있었기 때문에 그들은 동일한 의도에서 그렇게 한 것이다. 종마 사육장은 통치하는 모든 인근 가문들에 필요한 암말과 종마를 공급해야 한다.

떠나간 손님을 남아 있는 손님들이 다소 강한 어조로 비판하는 일은 모든 온천에서 오래전부터 관습으로 굳어진 권리이다. 아직까지 이곳에 머물고 있는 마지막 손님이 된 나로서는 이 권리를 마음껏 행사해도 무방할 것이다.

그러나 지금 이 섬은 매우 적막하여 세인트헬레나섬의 나폴레옹과 같은 느낌이 든다. 나폴레옹이 거기서 찾지 못한 오락거리를 내가 여기서 발견한 것만 다를 뿐이다. 다시 말하자면 내가 여기서 하고 싶은 이야기는 이 위대한 황제에 관한 것이다. 젊은 영국인이 방금 출간된 메이틀런드[52]의 책을 보내 주었다. 이 뱃사람은 나폴레옹이 영국 내각의 지시에 따라 노섬벌랜드호[53]에 승선할 때까지 그가 벨레로폰호에서 항복한 과정과 행동한 방식에 대해 기술하였다. 이 책에는 낭만적으로 영국의 관대함을 신뢰해서, 그리고 마침내 세상에 평안을 가져오기 위해 황제가 포로라기보다는 손님으로 영국인들에게 갔다는 사실이 대낮의 햇빛처럼 명약관화하게 나타나 있다. 그것은 누구라도 저지르지 말아야 할, 더구나 웰링턴 같은 사람이라면 결코 저지르지

---

52 프레더릭 루이스 메이틀런드(Frederick Lewis Maitland, 1777~1839). 영국 왕립 해군 소장 역임. 1815년 벨레로폰호 선상에서 나폴레옹의 항복을 받아냄. 그는 이 사건을 1826년 '나폴레옹의 항복'이란 제목으로 출간함

53 나폴레옹은 이 배로 세인트헬레나섬으로 호송되어 유배 생활을 하게 됨.

말아야 할 실수였다. 하지만 이 실수는 너무나도 아름답고 숭고하고 찬란해서, 우리 나머지 사람들이 행한 그 어떤 위대한 행위에서 얻을 수 있는 것보다 더 큰 영혼의 위대함을 전제로 했음을 역사는 말해 줄 것이다.

메이틀런드 함장이 현시점에 책을 출간한 동기는 바로 모호한 일에 액운이 끼었을 때 정직한 사람이라면 누구나 느끼는 도덕적 정화 욕구 때문으로 보인다. 그러나 나폴레옹의 인생에서 종막(終幕)을 이루는 포로 상태를 다룬 이 책은 매우 귀중한 자산이다. 여기서는 앞서 전개된 막에 등장했던 모든 수수께끼가 기적적으로 풀리며, 진정한 비극에서 마땅히 그래야 하듯 마음을 뒤흔들고 정화하고 진정시켜 준다.[54] 포로가 된 나폴레옹에 대해 보고하는 네 명의 주요 작가들[55]이 그려 낸 인물의 차이는 문체와 관점에서도 잘 드러나지만, 특히 구성에서 더욱 두드러진다.

차가운 폭풍우 같은 영국 뱃사람 메이틀런드는 항해 일지에 기록한 날씨처럼 사건을 편견 없이 단호하게 기록한다. 열정적인 시종 라스 카즈[56]는 한 행 한 행 써 내려갈 때마다 황제의 발치에 엎드려 있다. 그는 러시아 노예처럼 엎드린 것이 아니라 프랑스의 자유인으로서, 지금껏 들어 보지 못했던 영웅의 위대

---

54 비극의 과제 혹은 기능. 아리스토텔레스 『시학』 6장 참조.

55 메이틀런드, 배리 에드워드 오메라(『유배 중인 나폴레옹 또는 세인트헬레나섬에서 전하는 목소리』, 런던, 1822), (『세인트헬레나 회상록』, 8권, 파리, 1823~1824), 프란체스코 앙토마르시(『나폴레옹의 마지막 나날들』, 2권, 파리, 1823).

56 에마뉘엘 오귀스탱 드 라스 카즈(Emmanuel Augustin de Las Case, 1766~1842). 자발적으로 나폴레옹을 따라 세인트헬레나섬에서 18개월 동안 포로 생활을 하면서 나폴레옹이 구술하는 내용을 받아 적어 나중에 회상록을 출간함.

한 면모와 그 명성에 깃든 위엄에 경탄하여 자신도 모르게 무릎을 꿇은 것이다. 아일랜드 태생이지만 뼛속까지 영국인인 의사 오메라[57]는 한때 황제의 적이었지만 지금은 액운을 겪는 황제의 존엄한 권리를 인정하면서 시원하게 미사여구 없이 사실에 근거하여 간결체로 기록하고 있다. 이와는 달리 맨정신에도 자기 나라의 분노와 시에 취해 있는 이탈리아 태생의 프랑스 의사 앙토마르시[58]는 글을 뾰족하게 찔러 대는 방식으로 쓰기 때문에, 이건 문체가 아니라 숫제 단검[59]이다.

영국인과 프랑스인 두 민족은 각자의 편에서 두 명의 인물을, 평범한 정신의 소유자와 지배 권력으로부터 뇌물을 받지 않은 사람을 제시했다. 이 배심원단은 황제를 심판하고 황제에게 영원히 살라는, 영원히 흠모한다는, 영원히 애통해한다는 판결을 내렸다.

이미 많은 위인이 이 세상을 거쳐 갔고 우리는 곳곳에서 그들의 찬란한 발자취를 본다. 거룩한 순간에 그들은 안개의 형상으로 우리 영혼 앞에 나타난다. 그러나 마찬가지로 이런 위인은 선임자를 훨씬 더 분명하게 본다. 그는 선임자들이 이 세상에 남겨 놓은 빛나는 흔적 가운데 하나의 불꽃만 보더라도 그들이 행한 가장 은밀한 행위를 인식하며, 남겨진 한마디의 말에서 그

---

57 배리 에드워드 오메라(Barry Edward O'Meara, 1786~1836). 1818년까지 나폴레옹의 주치의. 1822년『유배 중인 나폴레옹 또는 세인트헬레나섬에서 전하는 목소리』발간.

58 프란체스코 앙도마르시(Francesco Antommarchi, 1780~1838). 오메라의 후임으로 1821년 나폴레옹이 사망할 때까지 주치의로 활동. 1823년『나폴레옹의 마지막 나날들』출간.

59 Stilett. 본뜻은 단검이지만, 여기에선 문체(Stil)에 작거나 사소하다는 뜻의 축소형 어미 -et를 붙인 형태로 보잘것없는 문체라는 의미도 지님.

들의 심중에 생긴 주름까지 알아본다. 그리고 이런 식으로 모든 시대의 위인들은 신비스러운 공동체에서 살고 있다. 그들은 수천 년을 뛰어넘어 서로 고개를 끄덕여 인사를 건네고, 서로 의미심장하게 바라본다. 그들의 시선은 그들 사이에 등장했다가 사라져 간 세대의 무덤에서 만나고, 서로 이해하고 서로 좋아한다. 과거의 위인들과 그토록 친밀하게 교감할 수 없는 우리 사소한 인간들은 위인들의 흔적과 안개 형상을 좀처럼 보기 어렵다. 우리가 그런 위인에 대해 많이 경험해서 위인을 그의 삶 그대로 생생하게 우리 영혼 안으로 받아들이는 일이 수월해진다면, 그래서 우리 영혼을 확장시킬 수 있다면 우리에겐 매우 가치 있는 일이 될 것이다. 그런 위인 중의 한 사람이 보나파르트 나폴레옹이다. 우리는 지상의 다른 위인들보다도 나폴레옹에 관해서, 그의 삶과 노력에 대해서 더 잘 알고 있으며, 날이 갈수록 그에 관해 점점 더 많이 알게 된다. 우리는 매장된 신상(神像)이 조금씩 발굴되는 것을 본다. 신상을 덮고 있는 흙을 한 삽 한 삽 덜어 낼 때마다 점점 드러나는 고귀한 형상의 균형미와 장려함을 보면서 우리의 경탄도 커진다. 위대한 형상을 파괴하려는 적의 번득이는 영감은 신상을 그만큼 더 찬란하게 비추는 데 기여할 뿐이다. 그것은 무엇보다도 스탈 부인[60]의 매우 신랄한 진술에서 나타난다. 하지만 그녀의 글은 결국 황제가 평범한 사람이 아니었으며, 기존의 어떤 척도로도 그의 정신을 재는 것이

[60] 마담 드 스탈(Madame de Staël, 1766~1817). 소설가, 비평가. 1803년 나폴레옹에 의해 파리에서 추방되었다가 1815년 그의 실각 후 되돌아옴. 자서전 『10년 동안의 망명』(사후 출간, 1821)에서 나폴레옹을 비판함.

불가능하다는 사실만 말해 줄 뿐이다.

칸트가 다음과 같이 말한 것이 바로 그런 정신이다. 칸트가 말하길, "우리는 오성을 생각할 수 있다. 오성은 우리처럼 추론적이 아니라 직관적이며, 종합적인 보편에서, 즉 전체를 그 자체로 바라보는 것에서 특수한 것으로, 다시 말하자면 전체에서 부분으로 움직이기 때문이다"[61]라고 했다. 그렇다, 그런 정신은 우리가 서서히 진행되는 분석적 사고와 긴 추론 과정을 통해 인식하는 것을 한순간에 직관하고 깊이 파악한다. 그 때문에 그런 인물은 시간, 즉 현재를 이해하면서 현재의 정신을 부드럽게 쓰다듬어 상처를 주지 않으면서 언제나 사용할 수 있는 재능의 소유자이다.

그러나 이 시대의 정신은 혁명적일 뿐만 아니라 두 가지 견해, 즉 혁명적 견해와 반혁명 견해가 융합되어 형성되었기 때문에 나폴레옹은 결코 전적으로 혁명적이거나 전적으로 반혁명적으로 행동한 게 아니라 언제나 두 가지 견해, 두 가지 원칙, 두 가지 염원이란 의미에서 행동했으며 이것들은 그의 내면에서 하나로 통합되었다. 따라서 그는 지속적으로 자연스럽게 단순하게 위대하게 결코 갑작스럽거나 우악스럽지 않게 언제나 고요하고 온화하게 행동했다. 그는 결코 사소한 음모를 꾸미지 않았으며, 그의 공격은 항상 대중을 파악하고 이끄는 자신만의 기술을 통해 이루어졌다. 하찮고 분석적인 정신의 소유자는 얼키설

---

61 이 부분은 칸트의 『판단력 비판』(2부 77절)의 한 구절을 요약한 내용.

키하고 느린 음모를 꾸미는 경향이 있지만, 분석적이고 직관적인 정신의 소유자는 현재가 제공하는 수단을 놀랍도록 천재적인 방식으로 결합하여 자신의 목적에 맞게 신속히 사용할 수 있다. 인간이 제아무리 현명하다 해도 인생의 돌발적인 사건을 모두 예견할 수는 없고, 인생의 여러 상황이 결코 장기간에 걸쳐 안정적으로 유지되지는 않기 때문에 전자는 자주 실패한다. 반면 후자인 직관적인 인간은 주어진 상황을 적절히 평가하기만 하면 되기 때문에 아주 쉽게 결단을 내릴 수 있다. 직관적인 인간은 인생행로에서 굴곡과 파란을 당하더라도 예기치 못한 갑작스러운 변화를 겪지 않을 정도로 신속하게 행동한다.

나폴레옹이 공교롭게도 역사와 역사의 연구와 서술에 특히 많은 의미가 있는 시대에 살았다는 것은 행복한 우연의 일치이다. 그래서 동시대인들의 회상록들 덕분에 나폴레옹에 대한 기록이 적으나마 우리에게 남을 수 있었다. 그리고 시간이 지날수록 나폴레옹을 어느 정도 바깥세상과 연관하여 묘사하려는 역사책의 수가 늘고 있다. 이런 까닭에 월터 스콧의 펜 끝에서 나온 책[62] 소식은 매우 호기심 어린 기대를 불러일으킨다.

스콧을 추종하는 사람은 모두 그에 대해 전율하게 될 것이다. 왜냐하면 그 책은 스콧이 일련의 역사 소설로 힘들게 쌓아 올린 명성을 어렵지 않게 러시아 원정[63]으로 만들 수 있기 때문이다. 그의 역사 소설이 모든 유럽인의 마음을 사로잡은 까닭은 소설

62　『나폴레옹 보나파르트의 생애』(9권, 파리, 1827).
63　1812년 나폴레옹이 러시아에서 패배한 전쟁.

의 문학적 힘 때문이라기보다는 소설의 테마 때문이다. 그러나 이 테마는 외래의 관습과 지배와 사고방식에 의해 점진적으로 밀려나는 스코틀랜드 민중의 영광에 대한 비가적 한탄만을 의미하진 않는다. 이것은 또한 새로운 문화가 보편성을 획득하는 과정에서 사라진 민족적 특수성의 상실에 대한 커다란 고통을, 이제는 모든 민족의 가슴속에서 움찔거리고 있는 고통을 의미한다. 왜냐하면 민족적 기억은 일반적으로 생각하는 것보다 인간의 가슴속 더 깊은 곳에 자리하고 있기 때문이다. 감히 옛 조각상들을 다시 발굴하기만 하면 하룻밤 사이에 옛사랑도 꽃으로 피어난다. 이는 비유가 아니라 사실을 말한 것이다. 불럭[64]이 몇 년 전에 멕시코에서 고대 이교도의 석상을 발굴한 다음 날, 그는 그것이 밤새 꽃으로 장식된 것을 발견했다. 그러나 스페인은 불과 칼로 멕시코인들의 고대 신앙을 파괴하고 3세기 동안 그들의 마음을 파 뒤집고 쟁기질하더니 기독교라는 씨앗을 뿌렸다. 하지만 그 꽃은 월터 스콧의 문학에서도 피어난다. 그의 작품들은 옛날의 감정을 일깨운다. 언젠가 그라나다에서 무어족 왕의 출현[65]을 알리는 노래가 거리에 울려 퍼지자 남녀노소가 필사적으로 울부짖으며 집에서 뛰쳐나왔었다. 나중에는 이 노래를 부르면 사형에 처한다고 위협하며 금지할 정도였다. 이

---

64 윌리엄 불럭(William Bullock, 1773~1849). 영국 여행가, 박물학자, 골동품 수집가. 1822년 멕시코 여행에서 많은 유물을 영국으로 가져옴. 그의 여행기 『6개월간의 멕시코 체류와 여행』(1823)이 독일어로 번역되어 1824년 출간됨.

65 아랍계 이슬람교도인 무어족은 711~1492년까지 그라나다를 지배했음. 1492년 스페인에서 무어족을 몰아낸 다음, 남아 있던 이슬람교도에게 이 노래를 금지함.

와 유사하게 스코틀랜드인인 스콧의 작품에서 압도적으로 우세한 이 음조는 온 세상을 고통스럽게 휘저었다. 이 음조는 무너져 가는 자신들의 성곽과 문장(紋章)을 보는 우리 귀족들의 마음에 거북하게 울린다. 이 음조는 광범하고 불유쾌한 근대성이 조상들의 안이하고 옹색한 방식을 밀어내는 것을 보는 시민의 마음에 거북하게 울린다. 이 음조는 신앙이 빠져나간 가톨릭 성당과 심지어 신도까지 달아나 랍비만 남은 시나고그에서 거북하게 울린다. 이 음조는 태곳적 세계 질서가 파괴되고 영국이 완벽하게 승리하리라는 사실을 예견한 신들이 소멸하는 것을 보며 브라만이 한탄하는 힌두스탄 평원의 벵골보리수[66] 숲까지, 온 세상에 울려 퍼진다.

이 음조, 스코틀랜드 음유 시인이 커다란 하프로 연주하는 이 강력한 음조는 그러나 나폴레옹 황제의 노래에는 어울리지 않는다. 나폴레옹은 새로운 인간, 새로운 시대의 인간, 우리의 눈이 멀 정도로 그리고 실종된 과거와 과거의 빛바랜 화려함이 전혀 생각나지 않을 정도로 새로운 시대를 찬란하게 반영하는 인간이다. 다른 작가들이 나폴레옹에게서 혁명 원칙만을 인식했다면, 스콧은 자기 성향에 걸맞게 무엇보다 나폴레옹의 성격에서 드러나는 안정적인 요소, 즉 그의 정신의 반혁명적인 측면을 포착하려 했다고 충분히 짐작할 수 있다. 어느 모로 보나 스콧과 상반되는 바이런은 나폴레옹을 혁명적 측면에서 묘사

---

66 바니안나무, 반얀트리, 바난나무 등으로도 불림.

한 것으로 보인다. 낡은 형식의 몰락을 한탄하는 스콧과 달리, 그는 심지어 아직 남아 있는 형식에 대해서도 짜증을 낼 정도로 갑갑함을 느낀다. 그래서 이 형식을 혁명적인 웃음이나 이빨을 드러내는 위협으로 무너뜨리고 싶어 하며, 이런 분노에서 삶의 가장 성스러운 꽃을 선율의 독으로 훼손시킨다. 짓궂게 뿜어져 나오는 검은 피가 신사와 숙녀들에게 튀도록 단도를 가슴에 찔러 넣는 광기 어린 어릿광대처럼 말이다.

　정말이지 이 순간 나는 바이런의 흉내쟁이, 더 정확히 말하자면, 바이런을 모방하는 악한이 아니라는 사실을 생생하게 느낀다. 내 피는 그렇게 괴상한 검은색이 아니며, 나의 신랄함은 오배자[67]로 만든 내 잉크 때문일 것이다. 내 안에 독이 있다면 그건 독기를 없애기 위한 독, 즉 폐허가 된 낡은 성당과 성에서 위협적으로 도사리고 있는 뱀에 대항하기 위한 해독제일 뿐이다. 모든 위대한 작가들 중에서 바이런은, 그의 작품을 읽으면 아주 불쾌해지는 바로 그런 작가이다. 반면 스콧은, 그의 작품 가운데 어떤 것을 집어 들더라도 마음이 즐거워지고 진정되며 기운이 솟는 그런 작가이다. 빌리발트 알렉시스, 브로니코프스키, 쿠퍼 등의 작품에서 볼 수 있듯이, 심지어 스콧을 모방한 작품들도 나를 즐겁게 한다. 알렉시스[68]는 반어적인 『월러드

67　오배자(Gallapfel)는 쓸개즙(Galle)과 사과(Appel)로 구성된 복합 명사. 예로부터 약용 및 잉크의 원료로 사용됨. 신랄함(Bitterkeit)과 오배자를 쓴맛으로 연결한 언어유희.

68　빌리발트 알렉시스(Willibald Alexis, 1798~1871). 독일 작가. 독일 문학에서 사실주의적 역사 소설의 창시자로 간주됨.

모어』69에서 그의 전범에 가장 근접했으며, 후일의 작품에서도 그토록 풍부한 인물과 풍성한 착상을 보여 주었다. 덕분에 그는 일련의 역사 소설에서 스콧풍의 형식만을 사용하는 문학적 근원성을 수단으로 독일 역사의 가장 소중한 순간을 우리의 영혼 앞에 제시할 수 있었던 것 같다.

그러나 진정한 천재에게는 특정한 길이 미리 규정되어 있지 않으며, 이 길은 모든 비판적 계산의 외부에 놓여 있다. 그래서 월터 스콧의 황제 이야기70에 관해 나의 편견을 말한다면, 무해한 사고의 유희로 간주될 것이다. 여기서 '편견'은 매우 포괄적인 표현이다. 단지 한 가지 확실하게 언급할 수 있는 것은 그 책은 해가 뜰 때부터 질 때까지 읽힐 것이고, 우리 독일인은 그것을 번역하게 될 것이다.71

우리는 세귀르72의 저서73도 번역했다. 이것은 멋진 서사시가 아닌가? 우리 독일인들도 서사시를 쓰지만 영웅들은 오로지 우리의 머릿속에서만 존재할 뿐이다. 반면 프랑스 서사시의 영웅들은 우리가 비좁은 다락방에서 상상할 수 있는 것보다 훨씬 더 위대한 행위를 보여 주었고 훨씬 더 많은 고난을 감내한 진짜 영웅들이다. 그리고 우리의 상상력은 풍부하지만 프랑스인의 상

---

69 Walladmor. 1824년 베를린에서 출간. '월터 스콧의 영어 작품을 자유롭게 번역하다'라는 부제가 붙어 있지만 스콧 작품의 번역이 아닌 독창적인 작품.

70 스콧의 『나폴레옹 보나파르트의 생애』를 암시함.

71 1827~1834년 사이 독일어로 세 번이나 번역됨.

72 필리프 폴 드 세귀르(Philippe Paul de Ségur, 1780~1873). 프랑스의 장군, 역사가.

73 『1812년의 나폴레옹과 대육군의 역사』(2권, 파리, 1824).

상력은 빈약하다. 아마도 이런 까닭에 사랑스러운 신(神)은 프랑스인을 다른 방식으로 도와주신 것 같다. 프랑스인들은 지난 30년 동안 보고 행한 것들을 있는 그대로 이야기하기만 하면 된다. 그런 까닭에 프랑스인들은 여태껏 어떤 민족이나 어떤 시대도 생산해 내지 못한 체험 문학을 가지고 있다. 프랑스에서는 하루가 멀다 하고 출간되는, 정치가나 군인 그리고 고귀한 부인들이 쓴 회상록들이 일군(一群)의 전설을 형성하고 있다. 후대들은 이 전설에서 생각하고 노래할 자양분을 충분히 찾을 수 있으며, 이 전설의 중심에는 위대한 황제의 삶이 거대한 나무처럼 우뚝 솟아 있다. 러시아 원정을 기록한 세귀르의 이야기는 이 전설군에 속하는 노래이자 프랑스 민요이며, 음조와 소재에서도 모든 시대의 서사시와 닮아 있거나 그것에 비견된다. '자유와 평등'이라는 주문을 통해 프랑스 땅에서 솟아오른 영웅시는 개선 행진에서처럼 영광에 도취되었고, 영광의 신에 의해 손수 인도되었으며, 세상에 스며들어 세상을 놀라게 하고 예찬하게 했다. 불의 아들들과 자유의 아들들은 마침내 북쪽 지방의 얼음 벌판에서 쩔그렁대는 무기의 춤을 추었다. 그러다 얼음이 깨지는 바람에 이들은 추위 속에서 노예에게 몰락하고 만다.[74]

영웅 세계의 몰락에 관한 이런 유형의 묘사나 예언은 모든 민족의 서사시에서 기본 음조와 소재를 이룬다. 엘로라 석굴[75]과

---

74 1812년 나폴레옹이 러시아 원정에서 패배한 사건을 암시함.
75 Ellora Caves. 인도 마하라슈트라 지방에 있는 34개의 석굴 사원. 1983년 유네스코 세계 문화 유산에 등재됨.

인도의 다른 동굴 신전의 암벽에 그 같은 서사적 파국이 거대한 상형 문자로 새겨져 있으며 그 열쇠는 『마하바라타』[76]에서 찾을 수 있다. 북쪽 출신의 남자는 똑같이 돌 같은 말로 자신의 『에다』[77]에서 이 신들의 몰락을 표현하고 있다. 『니벨룽의 노래』[78]는 동일한 비극적 몰락을 노래하고 있으며, 결말 부분에서는 세귀르가 묘사한 모스크바의 화재[79]와 매우 특별한 유사성을 보여 주고 있다. 롱스보 전투를 이야기한 '롤랑의 노래'[80]도 마찬가지로 예부터 전해 오는 비운을 다룬 노래이다. 가사는 사라졌으나 전설은 아직 남아 있는 이 노래를 최근 조국의 위대한 시인 이머만[81]이 다시 불러냈다.[82] 그리고 심지어 일리온[83]의 노래조차도 이 유서 깊은 테마를 매우 아름답게 기리고 있지만, 세귀르가 영웅 세계의 몰락을 노래했던 프랑스 민요보다는 덜 위대하고 덜 고통스럽다. 정말이지 이것은 진정한 서사시이며, 프랑스의 영웅은 우리가 그런 고통을 이미 발

---

76 Mahabharata. 인도 3대 고대 서사시 중 하나. 세계에서 세 번째로 긴 서사시. 쿠루 왕국의 양대 왕족이 사투를 벌이는 내용.

77 북유럽의 신화와 영웅에 관해 기록한 13세기경의 서사집.

78 독일 중세의 영웅 서사시.

79 1812년 9월 15일 나폴레옹이 모스크바에 입성하자 러시아군의 방화로 추정되는 화재가 연이어 발생하여 도시의 4분의 3이 불탐. 이로 인해 식량을 확보하지 못한 나폴레옹 군대는 철수할 수밖에 없었음.

80 프랑스 무훈시의 걸작. 기사 롤랑의 마지막 전투를 노래함.

81 카를 이머만(Karl Immermann, 1796~1840). 독일의 작가.

82 오늘날 알려진 『롤랑의 노래』의 프랑스어 판본은 1837년에 출간됨. 따라서 하이네가 이 글을 쓸 당시에 '롤랑의 노래'는 멸실된 것으로 간주됨. 이머만의 드라마 「롱스보 계곡」(1822)과 프리드리히 슐레겔의 시 모음집 『롤랑』(1805)은 12세기 라틴어로 쓰인 '투르핀 연대기'를 토대로 삼고 있음.

83 Ilion. 트로야의 옛 이름. 호메로스의 『일리아스』는 일리온의 노래라는 의미.

드르,[84] 지크프리트,[85] 롤랑, 아킬레우스 등의 죽음에서 보았듯
이 아름다운 영웅이다. 이들은 모두 비운과 배신으로 인해 몰
락한다. 『일리아스』에서 경탄했던 그 영웅들을 우리는 다시 세
귀르의 노래에서 발견한다. 옛날 스카이아이 성문[86] 앞에서 그
랬던 것처럼 조언하고 다투고 싸우는 그들을 우리는 본다. 나
폴리 왕[87]이 요즘 유행에 따라 지나치게 현란한 재킷을 입고 있
긴 하지만 전장에서 보여 준 그의 용기와 자신감은 펠리데[88]에
비견될 만하다. 우리 앞에 서 있는 고귀한 기사인 외젠 왕자[89]
는 온화함과 용맹함을 두루 갖춘 헥토르 같은 인물이다. 네는
아이아스처럼 싸우고, 베르티에는 지혜가 모자란 네스토르와
같은 인물이며, 다부, 다뤼, 콜랭쿠르 등의 인물에는 메넬라오
스, 오디세우스, 디오메데스 등의 영혼이 깃들어 있다[90]— 다
만 황제 자신만 자기와 비견할 만한 영웅을 발견하지 못한다. 황
제의 머릿속에는 그 서사시의 올림포스가 들어앉아 있는데, 만
일 내가 그를 겉으로 드러난 지배자의 면모에서 아가멤논과 비
교한다면, 그것은 대다수 훌륭한 전우들도 그랬듯이 비극적 운

---

84 Baldr. 게르만 신화에서 오딘의 둘째 아들. 그의 죽음은 라그나로크의 전조가 됨.

85 Siegfried. 『니벨룽의 노래』 전편에 등장하는 영웅.

86 das skäische Tor. 트로야성(城)의 주가 되는 출입구인 서문.

87 조아생 뮈라(Joachim Murat, 1767~1815). 나폴레옹의 매제. 프랑스의 장군. 나폴레옹에 의해
    나폴리 왕(1808~1815)으로 임명됨. 러시아 원정에서 기병대 사령관으로 활약함.

88 Pelide. 아킬레우스의 별명.

89 Eugène. 나폴레옹의 양자.

90 네, 베르티에, 다부, 다뤼, 콜랭쿠르는 러시아 원정 때 나폴레옹이 신임했던 장군들이고, 아이
    아스, 네스토르, 메넬라오스, 오디세우스, 디오메데스는 『일리아스』에 등장하는 영웅들.

명이 그를 기다리고 있었기 때문이며, 그의 오레스테스[91]가 아직 살아 있기 때문이다.

스콧의 시처럼 세귀르의 서사시도 우리의 가슴을 휘어잡는 음조를 가지고 있다. 그러나 이 음조는 과거의 까마득한 옛날에 사라져 버린 날들에 대한 사랑을 일깨우는 것이 아니라, 그 선율은 오히려 우리에게 현재를 부여하며, 우리로 하여금 바로 이 현재에 열광하도록 북돋운다.

하여간 우리 독일인들이야말로 진짜 페터 슐레밀[92]이다! 우리도 최근에 프랑스 군대의 주둔이나 귀족의 오만함과 같은 많은 일을 보았고 또 견뎌 냈다. 예를 들면 우리는 영국에서 고귀한 피를 흘렸고, 영국은 지금까지도 매년 상당한 액수를 총에 맞아 팔다리가 훼손된 독일인에게 지불하지 않을 수 없는 상황이다.[93] 우리는 사소한 것에서 많은 위대한 일을 행했다. 가령 티롤에서처럼[94] 사소한 것들을 전부 모은다면 위대한 행위가 드러날 것이다. 우리는 많은 것을, 가령 우리의 짙은 그림자인 신성 로마 제국이라는 타이틀을 상실했다.[95] ─ 그와 같은 상실, 희생, 궁핍, 불운, 고귀한 행위에도 불구하고 우리 문학은 그

---

91 나폴레옹의 유일한 적자인 나폴레옹 프란츠 보나파르트(1811~1832)를 지칭함. 재위 기간 15일. 나폴레옹 2세. 결핵으로 21세에 사망함.

92 아델베르트 폰 샤미소의 소설 『페터 슐레밀의 기이한 이야기』(1813)의 주인공. 한국에서는 『그림자 없는 사나이』, 『그림자를 판 사나이』 등으로 출간됨. 일반적으로 슐레밀은 운이 없는 사람이나 바보라는 의미로 자주 사용됨.

93 129쪽의 역주 38) 참조. 영국군에 소속된 독일 군대가 나폴레옹군에 맞서 싸우다가 많은 사상자가 생긴 사실을 암시함.

94 1809년 나폴레옹의 침입에 저항한 티롤의 민중 봉기.

95 1806년 라인 연맹의 결성으로 신성 로마 제국이 공식적으로 해체됨.

런 명예의 기념비를 단 하나도 얻지 못했다. 우리 이웃 나라의 경우엔 영원한 트로피처럼 그런 기념비가 매일 솟아오르고 있는데도 말이다. 우리의 라이프치히 도서 박람회[96]는 라이프치히 전투[97]를 통해 이득을 거의 얻지 못했다. 그 전투를 고타 출신의 어떤 사람이 나중에 서사시 형식으로 읊으려 한다고 들었다. 그러나 그 사람은 자신이 힐트부르크하우젠을 얻은 10만 영혼에 속하는지, 마이닝엔을 얻은 15만 영혼에 속하는지, 또는 알텐부르크를 얻은 16만 영혼에 속하는지 도무지 가늠할 길이 없다.[98] 그 때문에 그는 자신의 서사시를 시작할 수 없는 것이다. "노래하라 불멸의 영혼을, 힐트부르크의 영혼을 — 마이닝엔의 영혼을 또는 알텐부르크의 영혼을 — 모두 똑같이 노래하라, 죄 많은 독일인의 구원을 노래하라!"[99] 아무튼 그는 이렇게라도 시작해야 했다. 조국의 심장부에 있는 이 영혼의 거간꾼과 선혈이 흘러내리는 균열[100]은 자랑스러운 표현은 고사하고 그 어떤 자부심도 자라지 못하게 하며, 우리의 가장 아름다운 행위들조차 어리석은 성공으로 인해 우스꽝스러워지고 만다. 그리

---

96 17세기 초에 시작되어 약 4백 년의 전통을 이어 오고 있는 독일 제2의 도서 박람회.

97 1813년 러시아, 프로이센, 오스트리아, 스웨덴 연합군이 나폴레옹군에 대항해 벌인 대전투. 약 60만 명의 병사가 참가했고 약 10만 명의 사상자를 낸 이 전투에서 나폴레옹군이 패배하여 라인강 동쪽의 지배권을 상실함.

98 19세기 초 튀링엔 지역에서는 프로이센을 주축으로 한 군대와 나폴레옹의 군대가 여러 곳에서 크고 작은 격전을 치름. 이 대목은 전쟁의 승패에 따라 독일의 지도가 하루가 멀다 하고 바뀌는 상황을 풍자한 것으로 보임. 또한 독일 연방에 속한 독일군은 나폴레옹군에 편입되어 프로이센군과 싸움.

99 클롭슈톡의 종교 서사시 『메시아』의 첫 행 "노래하라, 불멸의 영혼이여, 죄인의 구원을"의 패러디.

100 「북해」 3부의 파른하겐 폰 엔제의 모토 참조. 통일되지 못한 독일을 암시함.

고 우리가 마지못해 독일 영웅의 피로 얼룩진 자줏빛 망토로 몸을 감싸는 동안, 정치적 불한당이 와서 우리 머리에 어릿광대의 방울 모자를 씌울지도 모른다.

우리 하찮은 삶의 공허와 무의미를 파악하기 위해 우리의 하찮은 문학과 비교해야 할 대상은 바로 라인강과 해협 저편에 있는 우리 이웃의 문학이다. 지금 당장은 내가 직접 이 독일 문학의 비참상이란 테마에 대해 장광설을 늘어놓고 싶은 마음이 없다. 그래서 다음에서 나의 훌륭한 동지 이머만의 펜촉에서 나온 크세니엔[101]을 덧붙여 유쾌한 대체물로 삼고자 한다. 생각을 같이하는 독자들은 이 시 구절을 전하는 나에게 분명 고마워할 것이다. 별표로 표시된 몇 가지 예외를 제외하고 이 구절들을 내 나름의 신념으로 옹호하고자 한다.

시적인 문사[102]

네 미소를 멈춰라, 네 울음을 멈춰라, 속임수를 쓰지 말고 말하라,

언제 한스 작스가 빛을 보았고, 언제 베컬린이 죽었는지를.[103]

101　Xenien. 괴테와 쉴러가 최초로 에피그람(대개 2행으로 구성된 풍자시) 모음 시에 크세니엔이란 제목을 붙임(1797).

102　『루터 시대부터 현대까지의 독일 문학과 달변에 대한 역사와 비판』(4권, 베를린, 1822~1829)을 쓴 시인이자 문학사가인 프란츠 호른(Franz Horn, 1781~1837)을 풍자함.

103　한스 작스(Hans Sachs, 1494~1576)는 가장 유명한 뉘른베르크의 마이스터징어이고, 베컬린 (Georg Rodolf Weckherlin, 1584~1653)은 바로크 시대 시인.

"모든 인간은 죽을 운명이다"라고 난쟁이가 의미를 담아 말하네.

여보게, 이런 것들은 절대로 대단한 소식이 아니라네.

그는 잊힌 케케묵은 돼지껍질[104]로 작가 장화를 문지르고,

즐겁게 울려고 시적 양파를 경건하게 처먹는구나.

* 프랜첼[105]이여, 논평을 하려거든 적어도 루터는 건드리지 말아야지,

이 물고기는 녹인 버터가 없는 편이 더 맛있지.

극작가들

1[106]

* "관객에게 복수하기 위한 비극을 난 절대 더 이상 쓰지 않을 것이네!"

그대여, 우리를 욕하려면 욕하게나. 하지만 약속은 지키게.

---

104 Schwarte. 두꺼운 돼지가죽 또는 돼지가죽으로 제본한 두꺼운 책. 호른이 17세기의 중요하지 않은 작가들을 마구잡이로 나열한 것에 대한 풍자.

105 Fränzel. 축소 명사를 만드는 후철 −el을 부가하여 Franz를 조롱함.

106 운명 비극을 많이 썼던 아돌프 뮐너(Adolf Müllner, 1774~1829)를 풍자함.

2[107]

가시 돋친 시구(詩句)여, 너희들은 이 기병대 중위를 괴롭히
지 말아야 할지니.

그는 기병대에서 경구(警句)와 감정을 지휘하고 있기 때문
이니.

3[108]

멜포메네[109]가 착하고 감상적이고 소박한 소녀라면,

그녀에게 충고하고 싶다네, 그토록 상냥하고 우아한 남자
와 결혼하라고.

4[110]

지은 죄가 많아서 죽은 코체부[111]는

양말도 신발도 없이 이 괴물 속을 돌아다니고 있어.

망자들의 영혼은 괴물의 몸속으로 들어갈 수밖에 없다는,

끔찍했던 시절의 심오한 교훈으로 엄청난 명예를 얻었지,

---

107 나폴레옹군에 맞서 기병대 중위로 활약했던 낭만주의 작가 프리드리히 드 라 모테 푸케
(Friedrich de la Motte Fouqué, 1777~1843)를 풍자함.

108 감상적인 최루성 운명 비극을 쓴 에른스트 폰 후발트(Ernst von Houwald, 1778~1845)를 풍자함.

109 Melpomene. 비극을 관장하는 예술의 여신(Musa).

110 1백여 편 이상의 드라마를 쓴 에른스트 라우파흐(Ernst Raupach, 1784~1852)를 풍자함. 코체
부와 유사하게 러시아에서도 활동함. 인기 작가였지만 비판도 많이 받음.

111 아우구스트 코체부(August Kotzebue, 1761~1819). 독일의 극작가, 러시아 정부의 고문. 민족
및 민주주의 성향의 학생회(부르셴샤프트) 소속의 루트비히 잔트에 의해 반역자로 간주되어
살해됨.

동방의 시인들[112]

　요즘 사디[113]풍으로 비둘기처럼 구구 하고 우는 것은 대단
한 재능이야,

　하지만 내가 보기엔 동쪽에서 헤매든 서쪽에서 헤매든 첨
병대기는[114] 마찬가지야.

　옛날 달밤에 밤꾀꼬리나 필로멜라[115]가 노래했듯,

　지금 뷜뷜[116]이 노래해도 내 귀엔 같은 소리로 들릴 듯.

　늙은 시인이여, 당신은 하멜른의 피리 부는 사나이를 생각
나게 하는구려,

　당신이 동쪽을 향해 피리를 불면, 귀여운 조무래기 가수들
이 줄줄이 따르는구려.[117]

　편하다는 이유로 이 가수들은 경건한 인도의 소들을 숭배
하지,

112　당시의 독일 시단에서는 괴테의 『서동시집』(1819)의 영향으로 페르시아 시인 사디와 하피즈
　　(또는 하페즈)의 시풍을 모방하는 시가 유행함. 여기에선 이런 동방풍으로 시를 쓴 뤼케르트
　　[시집 『동방의 장미』(1822)]와 플라텐[시집 『가젤』(1821~1823)]을 풍자함.

113　Saadi. 13세기경 페르시아의 대시인.

114　pudeln. 첨병대다, 더럽히다, 갈겨쓰다.

115　Philomela. 그리스 신화에서 밤꾀꼬리로 변한 공주. 오비드의 『변신 이야기』 6부 441행 이하
　　참조.

116　Bülbül. 페르시아 문학에서 유럽 문학의 밤꾀꼬리에 해당하는 새.

117　늙은 시인은 괴테를, 조무래기 가수는 뤼케르트와 플라텐을 암시함.

그래서 올림포스를 가장 가까운 외양간에서 찾고 싶어 하지.

이 가수들은 시라즈[118] 동산에서 훔친 과일을 너무 많이 먹
는다네,
그래서 이 가련한 이들은 가젤[119]을 게워 낸다네.

*종소리[120]

화려한 옷을 걸치고 저기 문 아래 있는 뚱뚱한 목사를 보
시오,
예복(禮服)을 입은 그를 존경하도록 종을 울리시오.

그를 보러 득달같이 모여들었다, 맹인과 절름발이들이,
옥죄인 가슴에 발작을 일으키는 이, 특히 히스테리에 시달
리는 숙녀들이.
하얀 연고[121]는 어떤 질환도 치유하지 못하지만 악화시키
지도 않지,

---

118 Shiraz. 사디와 하피즈의 고향 도시.
119 Ghasel 또는 Ghasal(가잘). 페르시아, 아라비아 등 동방의 시 형식.
120 프리드리히 슈트라우스가 1815~1819년에 출간한 책 『종소리 - 젊은 성직자의 삶에서 나온
    회상』을 암시함. 감성적이고 자아도취적인 음조로 감상주의 계보를 잇는 이 책은 전형적인
    비더마이어 사조에 편입될 수 있으며, 당시 대단한 인기를 끌었음. 이 책 덕분에 그는 베를린
    으로 가서 궁정 목사가 됨.
121 쓸모없는 것 또는 도움도 되지 않지만 해도 끼치지 않는 것.

하얀 연고는 이제 어느 서점에서나 찾을 수 있지.

이런 식으로 계속되어, 모든 성직자가 줄곧 숭배받는다면,
난 교회의 품으로 냉큼 되돌아가야겠어.

거기서 나는 *한 명의* 교황에게 순종하고 *하나의* 신성[122]을
숭배하겠지.

하지만 여기선 서품받은 사제[123]라면 누구나 신의 뜻[124]이
라 자처하지.

오르비스 픽투스[125]

세상을 말아먹는 모든 무뢰배가 *하나의* 목[126]만 가지고 있
다면 좋으련만,
고귀한 신들이시여, 성직자와 배우와 시인이 단 *하나의* 목만!

---

122 praesens numen. 신성의 현현. 비유적으로 영감이나 창조력을 의미함.

123 ordinirtes lumen. 성직자에게 봉헌된 빛.

124 numen. 신의 뜻이나 명령.

125 orbis pictus. 그려진 세계 또는 가시적 세계. 요한 아모스 코메니우스(1592~1670, 체코의 철
    학자, 교육자, 신학자)의 아동 교육서 『오르비스 픽투스-그림으로 그린 세계』(빈, 1781)의 제
    목을 암시함. 이머만은 이 제목을 다양한 내용을 표현한 그림들이란 의미로 사용한 듯함.

126 목이 하나라면 이들 모두를 한꺼번에 매달 수 있음.

아침엔 교회로 갔다네, 희극을 구경하려고,
저녁엔 극장으로 갔다네, 설교에 교화되려고.

내 곁의 신조차도 체중이 엄청나게 빠졌지,
수많은 난쟁이가 자신들의 모습을 본떠 신을 조각하기 때
문이지.

여러분, 내가 여러분을 즐겁게 한다면, 난 아마포 직조공[127]
이라고 자부해,
그러나 여러분을 불쾌하게 한다면, 보시라, 그건 내 간을 튼
튼하게 해.

"그는 언어를 능수능란하게 다루지", 정말이지 웃겨 죽을
일이야,[128]
보시라, 그의 두 팔이 얼마나 멋지게 도약하는지를.

고약한 일은 잘 견딜 수 있어도, 이것만은 정말 역겨워,
약해 빠진 녀석이 엄청나게 센 척하면 정말 역겨워.
* 루신데[129]와 사랑놀이했을 때, 그땐 당신이 내 환심을 사

---

127 오랫동안 명예롭지 못한 직업으로 간주됨.
128 특히 시에서 운과 리듬을 형식적으로 완벽하게 사용하는 플라텐을 암시함.
129 혼외정사를 다룬 프리드리히 슐레겔의 낭만주의 강령적 소설 『루신데』(1799)를 암시함.
    1808년 슐레겔은 구교로 개종하여 보수주의자가 됨. 슐레겔에 대한 하이네의 평가는 시기에
    따라 굴곡이 있음.

려 했지,

하지만 아 파렴치한 사랑이여! 성모 마리아로 죄를 범하려 들다니.

한때는 영국에서, 다음엔 스페인에서, 이젠 브라흐마[130]의 어둠 속에서

어디나 문질러 대며 다니니 독일의 재킷과 신발이 다 해어지는구나.[131]

여성이 글을 쓸 때면[132] 언제나 자신이 겪은 고통을 뒤적거려,

때 묻은 순결의 낙태 — 아, 너무 많이 풀어 헤친 가슴이여!

여성을 방해하지 마시오, 특히 글을 쓸 때는. 이게 나의 조언이오.

여성이 작가의 펜을 놀릴 때면, 적어도 그녀는 해롭지 않다오.

믿으시오, 글쓰기는 곧 아주 고약한 길쌈 방에 비유될 것이오.

가납사니처럼 그녀들이 수다를 떨면, 사내아이들이 듣게 될 것이오.

---

130 Brahma. 힌두교에서 창조를 담당하는 신.
131 아우구스트 빌헬름 슐레겔은 셰익스피어와 칼데론을 비롯하여 이탈리아, 스페인, 포르투갈의 작품도 번역함. 1823년에는 『바가바드기타』를 산스크리트어에서 라틴어로 번역함.
132 당시 대부분의 여성 작가들이 피상적이고 감상적인 글을 쓰는 것에 대한 풍자.

내가 칭기즈 칸이라면, 아 중국이여, 오래전에 이미 내가 널 없애 버렸을 거야,

중국 차를 마시면서 지껄이는 빌어먹을 객소리가 우릴 천천히 파멸시켜 온 거야.

모든 것을 내려놓고, 위대한 자는 인내하면서

과거에 진 빚을 느긋하게 줄여 가네.

저 도시엔 시와 선율과 조각상과 그림으로 가득하지,

"들어오시오!" 성문에서 나팔을 든 어릿광대가 소리치지.

"이 운(韻)들은 천박해, 운율도 휴지부도 없잖은가."

자네들은 제복 안에 문학적 판두르[133]를 끼워 넣으려는가?

"자넨 어쩜 그렇게 천박하고 교양 없는 말만 하지? 말 좀 해 보게."

여보게, 거칠고 북적이는 시장통에선 팔꿈치가 필요한 법이라네.

"하지만 자넨 운을 맞추지 않았나, 부정할 수 없는 확실한

---

133   Pandur. 18세기 헝가리의 비정규 보병. 용맹함과 포악함으로 명성을 떨침.

운을."

　최고의 운이 천박한 운과 섞이면, 그 운은 천박한 운의 운명을 견뎌 내지.

　여름 파리가 떼를 지어 윙윙대면, 자네들은 파리를 파리채로 죽일 거야.

　이 리듬에 맞춰 자네들은 어릿광대의 모자를 흔들어 댈 거야.

이념
— 르그랑의 책

IDEEN
— DAS BUCH LE GRAND

(1826)

외린두어의 혈통,

우리 왕좌의 튼실한 기둥,

자연이 종말을 재촉할지라도

영속하리라.

밀너[1]

---

1   아돌프 뮐너(Adolf Müllner, 1774~1829). 독일 작가, 법률가. 외린두어는 뮐너의 운명 비극 「죄」(1813)에 등장하는 주인공 가문. 모토는 「죄」의 4막 9장에서 인용.

에벨리나

저자의
우정과 사랑의 증표로
이 책을 받아 주오.

제1장

그녀는 사랑스러웠고 그는 그녀를 사랑했다네. 하지만 그는
사랑스럽지 않았고 그녀는 그를 사랑하지 않았다네.
(옛날 연극)

마담, 당신은 이 옛날 연극을 아시나요? 지나치게 우울하다는 점만 제외한다면 매우 특별한 연극이지요. 언젠가 제가 이 연극의 주연을 맡은 적이 있었는데, 그때 모든 여성이 눈물을 훔쳤지요. 단 한 사람만 제외하고요. 그녀는 단 한 방울의 눈물도 흘리지 않았지요. 그것이 이 연극의 핵심이자 진정한 파국이었습니다—

오, 그 한 방울의 눈물! 그것이 아직도 머릿속을 맴돌며 저를 괴롭히고 있습니다. 사탄이 내 영혼을 망가뜨리려고 작정하면, 그는 내 귀에다 이 울지 않은 눈물의 노래를, 치명적인 선율의 치명적인 노래를 속삭이겠지— 아, 지옥에서만 들을 수 있는 이

선율! —————————————————————
——————————————————————————
——————————————— 1

　마담, 당신은 결혼했으므로 천국에 산다는 게 어떤 건지 쉽게 짐작하실 수 있을 겁니다. 거기선 정말 멋들어지게 즐기지요. 신이 프랑스에서 그러듯 욕망과 쾌락에 젖어 온갖 오락을 즐기지요. 음식은 야고르 식당[2]에서 제공되는 것만큼이나 훌륭하고, 사람들은 아침부터 저녁까지 식도락을 즐기지요. 소스 통을 입에 물고 이리저리 날아다니는 구운 거위를 맛보면 마음이 흡족해지지요. 야생 해바라기처럼 버터가 반짝이는 타르트가 자라고, 사방의 실개천에는 부용[3]과 샴페인이 흐르며, 사방의 나무에는 냅킨이 펄럭이지요. 사람들은 맛있는 음식을 먹은 다음 입술을 닦고 또 먹는데도 위장에 부담이 전혀 없어요. 성서의 「시편」을 노래하거나, 상냥하고 사랑스러운 어린 천사와 장난을 치거나, 농담을 즐기기도 하고요. 아니면 할렐루야 초원으로 산책을 가기도 하지요. 하늘하늘한 흰옷은 매우 편안합니다. 고통도 불쾌함도 없고, 행복한 느낌을 방해하는 것은 아무것도 없지요. 우연히 다른 사람의 계안[4]이라도 밟으면 기겁하여 "엑스

1　검열로 삭제된 부분이 아니라 줄표. 여기서 하이네는 문장 부호인 줄표를 문체 수단, 즉 수사법의 일환으로 사용함.
2　Jagor. 하이네가 호평했던 베를린의 식당.
3　bouillon. 맑은 육수.
4　'티눈'의 독일어는 Hühnerauge(닭의 눈)인데, 공교롭게도 한의학에서도 티눈을 계안(鷄眼, 닭의 눈)이라 칭함.

퀴제!"⁵라고 소리치고, 밟힌 사람은 변용한 예수처럼 온화한 미소를 지으며, "형제님, 조금도 아프지 않아요, 오히려 오 콩트레아,⁶ 제 가슴은 더욱 달콤한 천상의 기쁨을 느낍니다"라고 확신에 찬 어조로 말하지요.

마담, 하지만 당신은 지옥에 관해서는 전혀 모르실 겁니다. 수많은 악마 중에서 가장 하찮은 악마인 꼬마 바알세불 같은 아모르, 지옥의 귀여운 크루피에⁷는 아마도 아실 겁니다. 당신은 지옥도 『돈 후안』에서 아셨겠지요. 나쁜 예를 보여 주는 이 엽색꾼에게 지옥은 당신이 생각하시는 것만큼 절대 그렇게 뜨겁게 여겨지진 않을 겁니다. 칭찬이 자자한 우리의 연극 감독이 지옥에 있는 어떤 선량한 기독교인이 요구할 수 있는 것만큼의 불꽃과 폭죽과 화약과 송진을 쏘아 올려도 말이지요.

하지만 지옥은 우리의 연극 감독이 알고 있는 것보다 사정이 훨씬 나쁩니다 — 그렇지 않다면야 연극 감독들이 이렇게나 많은 저급한 연극을 무대에 올리지 않았겠지요 — 지옥에선 글자 그대로 지옥처럼 뜨겁습니다. 제가 삼복더위 때 지옥에 있었는데 정말 견디기 어려울 정도였습니다. 마담, 당신은 지옥에 대해 아무것도 몰라요. 우리는 지옥에서 받는 공식적인 소식이 거의 없습니다. 저 아래 있는 가련한 영혼들은 여기 위에서 인쇄된 설교집을 온종일 읽어야 한다는 것 — 그건 중상모략이에요.

---

5   excusez. 미안합니다.
6   au contraire. 반대로, 그렇기는커녕.
7   Croupier. 도박판의 진행 요원.

지옥에선 그리 나쁘지 않아요. 사탄은 고통을 결코 그처럼 세련 되게 만들어 내지 않아요. 반면 단테의 지옥 묘사는 조금 절제 된 감이 있고 전반적으로 보자면 너무 시적이지요. 저는 지옥이 시민 계층의 커다란 부엌 같다고 생각합니다. 거기에는 엄청나 게 기다란 화덕이 있는데 그 위에는 쇠솥이 세 줄로 줄지어 있습 니다. 지옥에 떨어진 망령들은 이 솥 안에 앉아서 허리를 굽히 고 있지요. 첫째 줄에는 기독교도 죄인이 앉아 있는데, 믿기지 않겠지만 그 수가 결코 적지 않습니다. 악마들은 그들 아래에다 열심히 불을 지피고 있지요. 다음 줄에는 유대인들이 앉아 있는 데, 이들이 하도 비명을 질러 대서 악마들이 때때로 놀리곤 하 지요. 뚱뚱한 전당포 주인이 헐떡이며 너무 뜨겁다고 하소연하 면 작은 악마가 찬물 몇 동이를 머리에다 쏟아붓습니다. 그렇게 해서 그는 세례가 진짜로 원기를 북돋아 주는 은혜란 걸 알게 되 지요. 이 얼마나 익살맞은 광경입니까. 세 번째 줄에는 이교도 들이 들어앉아 있었는데, 이들은 유대인들과 마찬가지로 구원 받지 못하고 영원히 불에 탈 운명이지요. 건장한 악마가 솥 아 래 석탄을 새로 집어넣자, 그 솥에 앉아 있던 이교도가 잔뜩 화 가 나서 이렇게 소리 지르는 게 들렸습니다. "제발 좀 살려 주시 오, 나는 인간들 가운데 가장 현명한 소크라테스였소. 나는 진 리와 정의를 가르쳤고, 미덕을 위해 인생을 바쳤던 사람이오." 하지만 그 건장하고 미련한 악마는 전혀 개의치 않고 이렇게 중 얼거렸지요. "에이, 뭐야! 이교도들은 모두 불에 타야 해. 한 놈 때문에 예외를 만들 순 없어." —— 마담, 정말이지 그건 끔찍하게 뜨거웠어요. 그리고 비명, 한숨, 신음, 껵껵거리며 우는 소리, 흐느끼는 소리, 새가 지저귀는 듯한 소리 — 이런 온갖 끔찍한 소리를 뚫고 울지 않은 눈물의 저 치명적인 노랫가락이 내 귀를 파고드는 것을 느낄 수 있었습니다.

제2장

> 그녀는 사랑스러웠고 그는 그녀를 사랑했다네. 하지만 그는
> 사랑스럽지 않았고 그녀는 그를 사랑하지 않았다네.
>
> (옛날 연극)

마담! 주인공이 살해당하지도 자살하지도 않지만, 옛날 연극은 비극입니다. 여주인공의 눈은 아름답지요, 그것도 매우 — 마담, 제비꽃 향기가 나지 않나요? — 매우 아름답지만, 너무 날카롭게 반짝여서 유리로 만든 비수처럼 제 가슴을 관통해 등을 뚫고 나왔지요 — 하지만 전 이 자객의 눈에 죽지 않았습니다. 여주인공은 목소리도 아름다웠지요 — 마담, 마치 밤꾀꼬리가 지저귀는 듯한 소리가 들리지 않았나요? — 비단결 같은 아름다운 목소리, 향기롭게 자아내는 밝은 햇살 같은 선율, 그 속에 얽혀 든 제 영혼은 숨을 제대로 쉴 수가 없어 고통스러웠지요. 저 자신은 — 지금 말하는 사

람은 갠지스강의 백작이고, 이야기가 펼쳐지는 곳은 베네치아입니다 — 한때 그런 고통을 질리도록 겪었던 저 자신은 이미 1막에서 연극을 끝내고 방울 달린 광대 모자를 쓴 제 머리를 쏘려고 생각했지요. 그리고 비아 부르스타[1]에 있는 장신구 가게로 갔습니다. 거기서 몇 자루의 멋진 권총이 진열장에 전시된 것을 본 적이 있거든요 — 전 그걸 아직도 생생하게 기억하고 있습니다. 그 옆에는 자개와 금으로 만든 흐뭇한 장신구, 금줄에 달린 철제 하트, 다정한 글귀가 새겨진 도자기 잔, 예쁜 그림으로 장식된 코담배 통들도 진열되어 있었지요. 코담배 통을 장식한 그림[2]에는 이를테면 수산나에 관한 성스러운 이야기,[3] 레다의 백조의 노래, 납치당하는 사비니 여인들,[4] 나중에 단도로 드러낸 가슴을 찌른 미덕의 여성 루크레티아,[5] 고(故) 베트만,[6] 라 벨 페로니에르[7]가 있었지요. 이들의 얼굴은 모두 매우 매력적입니다 — 그러나 전 권총을 샀을 뿐입니다. 가격을 많이 깎지도 않고 말이지요. 그리고 총알도 화약도 샀지요. 그런 다음

---

1 Via Burstah. 함부르크에 있는 거리 이름.

2 언급된 사례들은 모두 정상적인 남녀 관계, 특히 결혼의 파탄과 관련됨.

3 구약에 등장하는 정숙한 여성. 「다니엘서」 13장 참조.

4 로마 건국 직후 로물루스는 여성이 부족한 상황을 해결하기 위해 계획적으로 사비니족을 잔치에 초대했는데, 잔치가 끝날 무렵 로물루스의 부하들이 사비니 여인들을 강제로 납치하여 아내로 삼음.

5 고대 로마 전설에 등장하는 미모와 정절로 유명한 여성. 겁탈당한 뒤 가슴을 찔러 자살함.

6 프리데리케 베트만(Friederike Bethmann, 1760~1814). 1800년경 최고 여배우 중 한 명으로 여러 번 결혼함.

7 La belle ferronière. 레오나르도 다빈치가 1495~1496년에 그린 초상화. 모델은 프랑스 왕 프랑수아 1세 또는 루도비코 공작의 내연녀라고 알려졌으나 불확실함.

운베샤이덴 씨의 지하 식당[8]으로 가서 굴과 라인 포도주 한 잔을 주문했습니다 ―

먹을 수도 없는데 하물며 마실 수가 있었겠습니까. 뜨거운 눈물방울이 잔 속으로 떨어지니 거기에서 소중한 고향, 성스러운 푸른 갠지스강, 언제나 빛나는 히말라야, 나무가 그늘을 드리운 길에 영리한 코끼리들과 흰옷을 입은 순례자들이 조용히 거닐고 있는 거대한 벵골보리수 숲이 보였습니다. 그리고 기이하게 생긴 몽환적인 꽃들이 저를 바라보며 은밀하게 경고를 보냈고, 이국적인 황금빛 새들은 격하게 환호했으며, 반짝이는 햇살과 원숭이들의 웃음소리가 전해 주는 듣기 좋은 불협화음은 저를 희롱하였지요. 멀리 사원에선 경건한 성직자들이 기도하는 소리가 울려 퍼졌고, 그 사이로 델리의 술탄 부인이 한탄하는 소리가 애잔하게 들려왔습니다 ― 양탄자로 치장된 방에서 그녀는 성마르게 왔다 갔다 하더니 은색 베일을 찢어발겼고, 공작 깃으로 만든 부채로 흑인 하녀를 바닥에 쓰러뜨렸습니다. 그러고선 울다가, 미친 듯이 날뛰다가, 고함을 지르는 것이었습니다 ― 전 도무지 그녀를 이해할 수 없었지요. 운베샤이덴 씨의 지하 식당은 델리의 하렘과는 3천 마일[9]이나 떨어져 있는 데다 그 아름다운 술탄 부인은 죽은 지 이미 3천 년이 지났기 때문입니다 ― 그래서 전 포도주를, 기쁨을 주는 그 맑은 포도주를 들이켰지만, 마음만 더 어두워지고 슬

8　함부르크의 유명한 해산물 전문 식당.

9　약 4,828킬로미터.

퍼질 뿐이었습니다 ─ 전 사형 선고를 받았습니다 ─ ─ ─
─ ─ ─ ─ ─ ─ ─ ─ ─ ─ ─ ─ ─ ─ ─ ─
─ ─ ─ ─ ─ ─ ─ ─ ─ ─ ─ ─ ─ ─ ─
─ ─ ─ ─ ─ 10

　지하 식당 계단을 올라갈 무렵 사형 집행을 알리는 종소리가
들렸습니다. 사람들이 떼를 지어 몰려갔습니다만, 전 산조반니
거리[11] 모퉁이에 서서 이렇게 혼자 중얼거렸지요.

　　옛날 동화에는 황금 성들이 등장하지,
　　거기에선 하프가 울리고, 아름다운 아가씨들이 춤을
　추지,
　　차려입은 하인들이 돋보이고, 재스민과
　　은매화와 장미는 사방으로 향기를 퍼뜨리지 ─
　　하지만 마법을 푸는 한마디 말은
　　멋진 이 모든 것을 순식간에 흔적도 없이 사라지게 해.
　　그러면 남는 것이라곤 오래된 폐허의 잔해와
　　밤에 울어 대는 새들 그리고 진창뿐이야.
　　그래서 나 역시 한마디 말로
　　피어나는 자연을 전부 마법에서 구해 냈어.
　　볼을 붉게 화장하고
　　손엔 왕홀을 들고 누워 있는

10　검열 삭제 표시가 아니라 줄표임.
11　함부르크의 그로세 요하니스슈트라세(Große Johannisstraße).

염습한 왕의 시신처럼
이제 자연은 활력을 잃고 싸늘하고 창백해졌어.
그런데 왕의 입술은 누렇게 떠서 핏기가 보이지 않아,
붉게 화장하는 걸 잊은 탓이지.
코 주변에서 튀어나온 쥐들이
무례하게 커다란 황금 왕홀을 조롱하는군. — 12

　마담, 총으로 자살하기 전에 독백을 읊조리는 건 일반적으로
인정되는 사실입니다. 그런 상황에서 대부분의 사람은 햄릿의
"죽느냐 사느냐, 그것이 문제로다"를 사용하지요. 적절한 구절
이지요, 저라도 그런 상황에서는 이 구절을 기꺼이 인용했을 겁
니다 — 그러나 누군들 다음이 내 차례 아니겠습니까.13 그리고
누군가 저처럼, 가령 불멸의 알만조르처럼 삶과 결별하는 말을
담고 있는 비극을 썼다면, 자신의 말을 심지어 셰익스피어의 말
보다 더 선호하는 게 지당하지요. 아무튼 그런 말은 지당한 관
습입니다. 그런 말로 적어도 약간의 시간은 벌 수 있을 테니 말
입니다 — 제가 산조반니 거리 모퉁이에 좀 오래 서 있었을 때
일어난 일입니다 — 사형을 선고받은 제가 거기 서 있었을 때,
갑자기 **그녀**가 눈에 들어오는 게 아니겠습니까!
　푸른 비단옷을 입고 장밋빛 붉은 모자를 쓴 그녀의 눈이 그렇

12　그라나다가 배경인 하이네의 비극 「알만조르」(1823)에서 연인 줄레이마가 기독교인 돈 엔리
　　케와 결혼한다는 소식을 들었을 때 알만조르가 하는 독백(1239~1256행).
13　인간의 이기적 본성을 가리키는 속담.

게도 온화하게, 그렇게도 죽음을 물리치며, 그렇게도 삶을 부여
하면서 저를 바라보았습니다 — 마담, 당신은 로마 역사에서 유
래한 에피소드 하나를 알고 계실 겁니다. 고대 로마의 베스타
여신을 섬기는 여사제들이 길을 가던 도중 사형장으로 끌려가
던 범죄자를 만났지요. 사면권이 있던 그녀들은 그 가련한 악한
의 목숨을 구해 주었습니다 — 한 번 흘낏 본 것으로 그녀는 저
를 죽음에서 구원했습니다. 전 죽음에서 되살아난 듯, 아름다운
그녀의 광채에 현혹된 듯 그렇게 그녀 앞에 서 있었고, 그녀는
가던 길을 계속 갔습니다 — 절 되살려 놓은 채로 말입니다.

제3장

그렇게 그녀는 저를 살려 주었고, 전 살아 있습니다. 이게 핵심입니다.

다른 사람들은 연인이 무덤을 화환으로 장식하고 정절의 눈물로 물을 주는 행운을 누리기를 — 오 여성들이여, 나를 원망하고, 나를 비웃고, 나를 차 버리시오! 하지만 살게 해 주시오! 인생은 너무나도 재미있어서 달콤하고, 세상은 너무나도 사랑스러워서 혼란스럽습니다. 세상은 술에 취한 신의 꿈입니다. 그는 흥청망청하는 프랑스풍 술잔치 모임에서 슬쩍 사라져 자신이 꾸는 꿈이 모든 것을 창조한다는 사실을 모른 채 어느 외로운 별에 누워 잠을 잡니다 — 꿈의 형상들은 때론 가지각색으로 멋지게 반짝이기도 하고 때론 조화롭고 이성적이기도 하지요 — 일리아스, 플라톤, 마라톤 전투, 모세, 메디치의 베누스, 슈트라스부르크 대성당, 프랑스 혁명, 헤겔, 증기선 등은 이 창조하는 신의 공간 속의 멋진 개별 생각들입니다 — 하지만 이 꿈은 오래 지속되지 않습니다. 신은 깨어나서 졸린 눈을 비비며 미소 짓지요 — 그러면 우리 세계는 녹아 없어지고 맙니다. 예, 그것은 절대 존재하지도 않았지요.

아무튼! 저는 살아 있습니다. 저 또한 꿈속의 그림자 형상에 지나지 않더라도 죽음이라는 차갑고 캄캄하고 공허한 비존재보다 더 낫습니다. 삶은 지고한 선이며, 최악의 악은 죽음입니다.[1] 홈부르크 왕자[2]가 파헤쳐진 자신의 무덤 자리를 보자 흠칫 놀라는 걸 보고, 베를린 수비대 장교는 여하튼 그를 조롱하며 겁쟁이라고 부를지도 모릅니다 — 그럼에도 불구하고 하인리히 폰 클라이스트는 가슴이 불룩하고 코르셋을 잘 동여맨 동료만큼이나 용기가 있었고, 유감스럽게도 그는 그것을 증명했습니다.[3] 그러나 강한 사람은 누구나 삶을 사랑합니다. 괴테의 에그몬트는 "존재와 활동의 친근한 습관"[4]과 결별하는 것을 좋아하지 않습니다. 이머만의 에드윈은 "어머니의 젖가슴에 매달린 어린아이처럼"[5] 삶에 매달렸습니다. 남의 은혜로 살아가는 일이 힘들었지만 그럼에도 그는 은혜를 간청합니다:

"살아 숨 쉬는 것이 가장 중요한 일이니까요."

---

1   쉴러의 「메시나의 신부」 마지막 구절 "삶은 지고한 선이 아닐지라도, 죄는 지대한 악이다"의 패러디.

2   클라이스트의 동명의 드라마 주인공.

3   하인리히 폰 클라이스트(Heinrich von Kleist, 1777~1811). 독일의 작가. 1811년 불치병을 앓고 있던 헨리에테 포겔과 동반 자살함.

4   괴테의 「에그몬트」 마지막 장면. "달콤한 삶이여! 존재와 활동의 아름답고도 친근한 습관이여! 너와 작별하노라!"

5   카를 이머만의 「에드윈」(1822) 2막 4장 참조.

지하 세계에서 오디세우스가 아킬레우스를 죽은 영웅들의 우두머리로 여기고 살아 있는 사람들에게서 누리는 그의 명성과 심지어 죽은 사람들에게서도 누리는 그의 명망을 근거로 그를 칭찬하자, 그는 이렇게 대답합니다:

"고귀한 오디세우스여, 날 위로한답시고 죽음에 관해 말하지 마시오!
난 사라져 없어진 죽은 자의 무리를 전부 다스리느니
차라리 물려받은 재산도, 가진 재산도 없는 가련한 남자의
날품팔이가 되어 밭을 갈고 싶소이다."[6]

그래요, 뒤벤트 소령이 거대한 이스라엘 사자에게 권총 결투를 신청하면서, 사자 씨, 결투에 응하지 않는다면 당신은 개요! 라고 말하자, 사자는 이렇게 대답했습니다. 전 죽은 사자가 되느니 차라리 살아 있는 개가 되고 싶소이다![7] 그의 말이 옳았습니다 — 마담, 저는 이런 말을 해도 될 정도로 충분히 싸웠습니다[8] — 다행히도! 저는 살아 있습니다!

제 핏줄 속엔 빨간 생명이 들끓고 있으며, 제 발아래선 땅이 움찔거리고, 사랑의 불길 속에서 제가 나무들과 대리석들을 얼싸안으니 이것들이 제 품속에서 생기를 얻습니다. 모든 여성이

---

6   『오디세이아』 2권 488~491행.
7   「전도서」 9장 4절 "사람이란 산 자들과 어울려 지내는 동안 희망이 있다. 그래서 죽은 사자보다 살아 있는 강아지가 낫다고 하는 것이다"의 패러디.
8   하이네가 대학생 시절 여러 번 결투한 사건을 암시함.

제겐 세상의 선물입니다. 저는 여성들의 얼굴에 드러난 멜로디를 한껏 즐기며, 힐끔 보기만 해도 다른 사람들보다 그녀들의 사지 구석구석이나 그녀들의 삶의 시간을 더 많이 향유할 수 있습니다. 제겐 매 순간이 영원입니다. 저는 시간을 브라반트[9]의 엘레[10]나 함부르크의 작은 엘레로 재지 않습니다. 그리고 제2의 삶을 약속하는 성직자를 필요로 하지 않습니다. 왜냐하면 저는 분명 이 세상에서 충분히 체험할 수 있을 것이기 때문입니다. 제가 시간을 거슬러 조상들의 삶 속에서 산다면, 그래서 과거의 제국에서 영원을 정복한다면 말이지요.

그리고 저는 살아 있습니다! 자연의 거대한 박동이 제 가슴속에서도 진동하고, 제가 환호성을 지르면 수천 겹의 메아리가 대답합니다. 저는 수천 가지 밤꾀꼬리 소리를 듣습니다. 대지를 아침잠에서 깨우려고 봄이 이 새들을 보냈습니다. 대지는 황홀해하며 전율하고, 꽃들은 열광하는 태양을 마주하며 부르는 대지의 찬가입니다 — 태양이 너무나도 느긋하게 움직입니다. 더 빨리 가도록 불의 말을 채찍질하여 재촉하고 싶을 정도입니다 — 하지만 태양이 쉿 소리를 내며 바닷속으로 내려가고 동경을 머금은 커다란 눈망울을 가진 거대한 밤이 솟아오를 때면, 오! 그때야 비로소 진정한 쾌락이 저를 전율케 합니다. 저녁의 산들바람이 아양 떠는 소녀처럼 들끓는 제 가슴에 가만히 눕고 별들이 윙크합니다. 그러면 저는 일어나 작은 대지와 인간의 작은 생각들 위를 둥실둥실 떠돕니다.

---

9   Brabant. 벨기에 중부 지방.
10   Elle. 옛 척도. 지역마다 길이가 다름.

제4장

그러나 언젠가 이런 날이 오게 될 것입니다.[1] 그러면 제 핏줄 속의 이글거리는 불꽃이 사그라들고 가슴속에는 겨울이 자리를 잡을 것입니다. 그리고 겨울의 하얀 눈송이가 제 머리에 드문드문 나부낄 것이고 겨울의 안개가 제 눈에 베일을 씌우겠지요. 친구들은 비바람에 시달린 정원에 누워 있는데 수확하다가 빠뜨린 외로운 줄기처럼 저만 홀로 뒤에 남게 되겠지요. 새로운 소망과 새로운 생각을 품은 새로운 세대가 번성할 것입니다. 저는 경탄해 마지않으면서 새로운 이름과 새로운 노래를 들을 것입니다. 옛 이름은 잊히고 저마저도 사라지고 말 것입니다. 아마 소수는 경의를 표하겠지만 다수는 경멸할 것이고, 사라진 이름을 사랑하는 사람은 아무도 없을지도 모르지요! 그리고 볼이 발그레한 소년들이 뛰어와 낡은 하프를 떨리는 제 손에 쥐여

---

1 『일리아스』 4권 164행.

주고는 웃으며 말할 것입니다. 백발노인, 당신은 이미 오랫동안 침묵했습니다. 청춘의 꿈에 대한 당신의 노래를 우리에게 다시 들려주세요.

제가 하프를 집어 들면 옛 즐거움과 고통이 깨어나고 안개가 흩어지며 제 죽은 눈에선 눈물이 다시 피어날 것입니다. 봄이 제 가슴에 다시 찾아오고, 달콤한 음조의 애수가 하프의 현에서 떨리겠지요. 저는 푸른 강과 대리석 궁전들을, 아름다운 여성들과 아가씨들의 얼굴을 다시 볼 것입니다 — 저는 브렌타[2]의 꽃을 노래하겠지요.

그건 제 마지막 노래가 될 것입니다. 제 젊은 날의 밤에 그랬던 것처럼 별들은 저를 바라보고 사랑에 빠진 달빛은 제 뺨에 다시 입 맞추고 죽은 밤꾀꼬리들이 부르는 영혼의 합창이 멀리서 들려오고 제 눈은 잠에 취해 감기고 제 영혼은 제 하프의 선율처럼 서서히 사라질 것입니다 — 브렌타의 꽃들이 향기를 뿜겠지요.

나무 한 그루가 제 묘비에 그늘을 드리울 것입니다. 야자수가 좋겠지만 북쪽 지방에선 잘 자라지 않지요. 보리수일 수도 있겠네요. 그러면 여름밤에 연인들이 그 아래 앉아 서로를 애무하겠지요. 흔들리는 가지에 앉아 엿듣는 방울새는 침묵할 것이고, 제 보리수는 행복한 이들의 머리 위에서 아늑하게 살랑거리겠지요. 이들은 너무나도 행복하여 하얀 묘비에 무엇이

---

2   Brenta. 베네치아 석호로 흘러드는 이탈리아 북부의 강.

쓰여 있는지 읽을 겨를도 없을 것입니다. 하지만 나중에 연인이 사랑하는 아가씨를 잃게 되면 그는 친숙한 이 보리수로 다시 와서 한숨을 쉬기도 하고 울기도 하면서 묘비에 적힌 글을 오랫동안, 그리고 자주 읽게 되겠지요 ― 그는 브렌타의 꽃들을 사랑했노라.

제5장

　마담! 저는 당신을 속였습니다. 저는 갠지스 백작이 아닙니다. 이제껏 살아오면서 저는 그 성스러운 강을 한 번도 본 적이 없으며, 그 강의 경건한 물결에 비치는 연꽃도 본 적이 없습니다. 인도의 야자수 아래 누워 꿈을 꾼 적도, 자간나트의 다이아몬드 신[1] 앞에서 기도하며 엎드린 적도 없습니다. 그랬더라면 큰 도움이 되었겠지요. 어제 점심에 먹은 캘커타[2] 닭구이와 마찬가지로 저는 캘커타에 가 본 적이 한 번도 없습니다. 그러나 저는 힌두스탄 혈통을 물려받았습니다. 그래서 발미키[3]의 드넓은 노래 숲에서 아늑함을 느끼며 신성한 라마의 영웅적인 고뇌가 익숙한 슬픔처럼 제 가슴을 감동시킵니다. 칼리다사[4]의 꽃 노래에서 너무나도 달콤한 기억들이 피어납

1　크리슈나의 아바타로 숭배받는 신. 푸리의 자간나트 사원은 힌두교 4대 성지 중 하나.

2　Kalkutta. 인도 서벵골주의 수도. 2001년 도시명이 콜카타로 공식 변경됨.

3　Valmiki. 산스크리트어로 된 고대 서사시 『라마야나』(라마왕의 일대기)의 저자로 알려진 인물.

4　Kalidasa. 고대 인도의 시인. 산스크리트어 문학의 걸작인 『샤쿤탈라』의 저자.

니다. 몇 년 전 베를린에서 친절한 부인이 오랫동안 인도 총독을 지냈던 그녀의 아버지가 그곳에서 가져온 예쁜 그림을 보여 주었을 때, 부드럽게 그려진 성스러울 정도로 고요한 얼굴들이 몹시 친숙해서 마치 우리 집안의 초상화를 보는 듯했습니다.

프란츠 보프[5] — 마담, 당신은 이 사람의 책 『날루스』와 산스크리트어 동사 변화 체계를 분명 읽어 보셨을 것입니다 — 그는 제게 제 조상에 대한 많은 정보를 주었습니다. 제가 브라흐마의 계안에서 태어난 게 아니라 그의 머리에서 태어났다는[6] 사실을 이제야 분명히 알게 되었습니다. 그뿐만 아니라 전체 20만 개의 시행으로 이루어진 『마하바라타』[7]는 제 까마득한 선조 할아버지가 까마득한 선조 할머니께 쓰신 알레고리적 연애편지일 뿐이라고 저는 짐작합니다 — 오! 그들은 몹시 사랑했으며 그들의 영혼은 서로 입맞춤했으며 그들은 눈으로도 입맞춤했으며 그 두 사람은 단 한 번의 입맞춤이었습니다 —

매혹적인 밤꾀꼬리가 고요한 바다의 붉은 산호 가지에 앉아 제 조상의 사랑을 노래합니다. 이 광경을 진주는 조개껍데기

---

5   프란츠 보프(Franz Bopp, 1791~1867). 비교언어학의 창시자. 기념비적 저서 『산스크리트어의 동사 변화 체계를 그리스어, 라틴어, 페르시아어, 독일어와 비교한 연구』(1816), 인도 고대 서사시 『마하바라타』에 포함된 에피소드를 라틴어로 번역한 『날루스(Nalus)』(1819) 등 많은 저서가 있음.

6   브라흐마는 비슈누, 시바와 함께 힌두교 신화의 주요 세 신 중 하나로 창조를 주관함. 브라흐마의 머리에서 태어났다는 것은 힌두교의 최상위 카스트인 브라만(바라문)의 후손이란 의미.

7   『라마야나』와 더불어 인도 2대 서사시로 불림. 널리 알려진 에피소드로는 날라왕 이야기, 사비트리 이야기, 바가바드기타 등이 있음.

안에서 호기심 어린 눈으로 응시하고, 매우 아름다운 희망봉가래[8]가 우수에 젖어 바라보고, 작고 화려한 도자기 탑을 등에 짊어진 현명한 고둥이 기어 오고, 수련(睡蓮)은 부끄러워 얼굴을 붉히고, 뾰족한 노란 불가사리와 수천 가지 색깔의 유리처럼 투명한 해파리가 꿈틀거리더니 기지개를 켭니다. 모두가 우글대면서 경청합니다 ─

하지만 마담, 이 밤꾀꼬리의 노래는 여기에 담기엔 너무나도 거대합니다. 그것은 세상 자체만큼이나 거대합니다. 심지어 사랑의 신 아낭가[9]에 대한 헌신은 월터 스콧의 소설을 모두 합친 것만큼이나 길며, 아리스토파네스도 이에 관해 언급한 것이 있는데 독일어로는 다음과 같습니다.

"치오치오, 치오치오, 치오칭스,
　토토토토, 토토토토, 토토팅스." (포스의 번역)[10]

아니요, 저는 인도에서 태어나지 않았습니다. 저는 저 아름다운 강변에서 세상의 빛을 보았습니다. 그곳에선 푸른 산에서 자라는 어리석음을 가을이면 꺾어다가 즙을 짠 다음, 통에 넣어 외국으로 수출합니다 ─ 실은 어제 식사를 하던 중에 누군가

8　남아프리카가 원산지인 수중 꽃식물로서 식용 및 관상용으로 이용됨. 학명은 *Aponogeton distachyos*.

9　Ananga. 인도 신화에 등장하는 사랑의 신 카마데바의 별명.

10　밤꾀꼬리 소리의 의성어. 아리스토파네스의 「새」를 시인이자 번역가인 포스(Johann Heinrich Voß, 1751~1826)가 1821년 번역한 것을 인용. 포스는 많은 고전 작품을 독일어로 번역했는데 특히 호메로스의 서사시 번역은 오늘날까지도 유명함.

어리석음을 말하는 걸 들었는데, 그건 제가 1811년[11] 요하니스베르크[12]에서 보았던 포도송이에 앉아 있던 그 어리석음이었습니다 — 하지만 많은 어리석음이 국내에서 소비되고, 그런 사람들은 어디에나 있습니다 — 그들은 태어나서 먹고 마시고 잠자고 웃고 울고 헐뜯으며, 자기 종족의 번식에 엄청나게 신경을 씁니다. 그리고 더 잘난 사람으로 보이려 애쓰고, 할 수 없는 일을 하려고 애를 씁니다. 수염이 날 때까지 면도를 하지 않으며 종종 현명해지기도 전에 수염이 나기도 하며 현명해지면 다시 하얀 어리석음과 빨간 어리석음에 도취합니다.

몽 듀![13] 제가 산을 옮길 수 있을 만큼의 큰 믿음을 가지고 있다면 — 요하니스베르크는 제가 어딜 가든 따라오는 그런 산에 불과할 것입니다. 하지만 제 믿음이 그 정도로 강하지 않기에 상상력의 도움을 받거나 또는 아름다운 라인강으로 제가 가는 수밖에 없습니다.

오, 저기 사랑스러움과 햇살이 가득한 아름다운 나라가 있습니다. 푸른 강물에 성터와 숲과 고풍스러운 도시들이 있는 산기슭이 비칩니다 — 여름날 저녁 저기 대문 앞에 사람들이 모여 앉아 큰 주전자에서 술을 따라 마시며 허물없이 한담을 나누고 있습니다. 다행스럽게도! 포도가 잘 자라고 있다거나, 재판이 완전히 공개되어야 한다거나,[14] 마리 앙투아네트가

---

11 양질의 포도가 수확되어 고급 포도주가 많이 양조된 해.

12 Johannisberg. 라인강 변 뤼데스하임 인근에 있는 리슬링 포도주 산지.

13 Mon dieu. 프랑스어 감탄사. 맙소사.

14 나폴레옹이 라인 지방에 도입한 배심 재판 제도. 나폴레옹 패망 후 프로이센이 다시 폐지함.

아랑곳없이 단두대에서 목이 잘렸다거나, 정부의 담배 독점권[15] 때문에 담뱃값이 올랐다거나, 모든 인간이 평등하다거나 그리고 괴레스[16]가 유능한 인물이라거나 그런 이야기 말입니다.

그런 대화에 전혀 신경 쓰지 않으면서 저는 아치형 창가에 아가씨들과 함께 앉아 그들의 웃음을 비웃었습니다. 아가씨들이 꽃으로 제 얼굴을 때리도록 내버려 두었고 그녀들이 자신의 비밀이나 다른 중요한 이야기를 해 줄 때까지 저는 화난 척했습니다. 제가 아름다운 게르투르트 옆에 앉자 그녀는 뛸 듯이 즐거워했습니다. 활활 타오르는 장미 같은 그 아가씨가 한번은 저를 포옹한 적이 있었는데 그때 그녀가 제 품속에서 불에 타 사라질 것만 같은 생각이 들었습니다. 아름다운 카타리네와 이야기할 때 그녀의 목소리는 부드럽게 울리면서 녹아내렸습니다. 그녀의 두 눈은 그 어떤 인간이나 동물에게서도 본 적이 없는, 꽃에서만 간혹 발견되는, 내면에 존재하는 순수한 파란색이었습니다. 기꺼이 그녀의 눈을 들여다볼 것 같으면 온갖 달콤한 일들을 떠올릴 수 있었습니다. 그러나 아름다운 헤트비히는 저를 사랑했습니다. 그녀에게 다가갔을 때 그녀는 검은 곱슬머리가 상기된 얼굴에 흘러내릴 정도로 고개를 깊이 숙여 인사했으며 두 눈은 캄캄한 하늘에서 반짝이는 별처럼 빛났습니다. 수줍어하

---

15 나폴레옹이 라인 지방에 도입했으나 프로이센이 지배하면서 다시 폐지함.

16 요제프 괴레스(Joseph Görres, 1776~1848). 독일의 정치 저널리스트. 반나폴레옹주의자. 하이네는 그를 여러 번 조롱함.

는 그녀의 입술은 아무 말도 하지 못했고 저 또한 그녀에게 아무 말도 할 수 없었습니다. 제가 기침을 하자 그녀는 몸을 떨었습니다. 제가 더위를 먹거나 술에 취했을 때는 바위를 빨리 오르거나 라인강에서 수영하지 말라고 그녀는 가끔 여동생을 통해 부탁하곤 했습니다. 한번은 작은 램프의 반짝이는 조명을 받으며 현관 벽감에 안치된 금박 장식의 작은 성모상 앞에서 그녀의 경건한 기도 소리를 들었습니다. 저는 그녀가 성모님께 제가 바위를 기어오르고 술을 마시고 수영하지 못하도록 간청하는 소리를 분명히 들었습니다. 그녀가 저를 무심하게 대했더라면 저는 분명 그 아름다운 아가씨와 사랑에 빠졌을 겁니다. 그녀가 저를 사랑하고 있다는 사실을 알았기 때문에 저는 그녀를 무심하게 대했던 것입니다 — 마담, 제 사랑을 원하는 사람은 저를 앙카나이예[17]하게 대해야 합니다.

아름다운 요하나는 그 세 자매의 조카였습니다. 저는 그녀 옆에 앉길 좋아했지요. 그녀는 아름다운 전설을 많이 알고 있었습니다. 그녀가 하얀 손으로 이야기하는 모든 사건이 일어난 산을 창 너머로 가리킬 때면 저는 정말이지 마법에 걸린 듯했습니다. 옛날 기사들이 폐허가 된 성에서 나와 철 갑옷을 토막 내는 것이 보였고, 로렐라이가 다시 산꼭대기에 서서 아래쪽으로 감미로우면서도 치명적인 노래를 불렀으며, 라인강은 이성적으로 기이할 정도로 평온하게 일렁거렸지만 동시에 조롱하

---

17 en canaille. 경멸하는, 업신여기는.

는 듯 섬뜩했습니다 ─ 그리고 아름다운 요하나는 마치 자신이 방금 이야기한 동화 속의 인물이라도 되는 양 저를 아주 기이하게 아주 은밀하게 신비로울 정도로 친근하게 바라보는 것이었습니다. 불치병에 걸린 그 아가씨는 깡마르고 창백했으며 생각에 깊이 잠기는 부류였습니다. 그녀의 눈은 진실 그 자체만큼이나 맑았고, 그녀의 입술은 경건한 아치 모양이었으며, 얼굴에는 위대한 이야기가 깃들어 있었지만 그것은 신성한 이야기였습니다 ─ 혹시 사랑의 전설이 아닐까요? 모르겠습니다. 저는 그녀에게 물어볼 용기도 없었습니다. 그녀를 한참 동안 보고 있노라면 저는 마음이 편안해지고 즐거워졌습니다. 제 가슴에 조용한 일요일이 있어 그 속에서 천사가 예배를 드리는 듯했습니다.

그토록 행복한 시간에 저는 그녀에게 제 유년 시절 이야기를 들려주었고 그때마다 그녀는 진지하게 경청했습니다. 그리고 정말 기묘했습니다! 제가 이름을 기억하지 못할 때면 그녀는 그것을 상기시켜 주는 것이었습니다. 그래서 제가 깜짝 놀라 그 이름들을 어떻게 알았냐고 물으면 그녀는 미소 지으며 창턱에 둥지를 튼 새에게서 들었다고 대답하는 것이었습니다 ─ 심지어 그녀는 그 새들이 내가 어렸을 때 매정한 농부 소년에게 용돈을 주고 산 뒤에 자유롭게 날려 보냈던 그 새들이 맞다고 믿으라는 것이었습니다. 그녀가 그토록 창백하고 정말로 죽음을 앞두고 있었기에 모든 것을 다 알고 있었다는 생각이 듭니다. 그녀는 자신이 죽을 날도 알고 있었기 때문에 자신이 죽기 전날,

제가 안더나흐트[18]를 떠나길 바랐습니다. 작별을 고할 때 그녀는 제게 두 손을 내밀며 — 희고 감미로운 두 손은 성체(聖體)만큼이나 순수했습니다 — 말했습니다. 당신은 좋은 사람이에요. 화가 날 때면 죽은 조그만 베로니카를 생각해 주세요.

조잘대는 새들이 그녀에게 이 이름도 알려 주었을까요? 추억에 잠긴 동안 자주 머리를 쥐어짜며 그 사랑스러운 이름을 떠올리려 애써 보았지만 기억나지 않았습니다.

지금 그 이름을 떠올리니 기억 속에서 아주 어린 시절까지도 다시 피어나려 합니다. 저는 어린아이가 되어 라인강 변에 있는 뒤셀도르프의 슐로스플라츠[19]에서 다른 아이들과 어울려 놀고 있습니다.

---

18 Andernacht. 또는 안더나흐(Andernach). 독일 본 인근에 있는 도시.
19 Schlossplatz. 뒤셀도르프에 있는 지명. 성에 딸린 광장이란 의미.

제6장

예, 마담, 저는 그곳에서 태어났습니다. 제가 죽은 다음에 쉴다, 크래빙켈, 폴크비츠, 보훔, 딜켄, 괴팅엔, 쇠펜슈태트 등 일곱 도시가 저의 고향 도시라는 명예를 두고 다툴 경우에 대비하여[1] 이 사실을 분명히 밝히는 바입니다. 뒤셀도르프는 1만 6천 명의 주민이 살고 있는 라인강 변의 도시일 뿐 아니라 거기에는 수많은 사람이 묻혀 있습니다. 그중에는 아직 살아 있다면 더 좋을 것이라고 어머니께서 말씀하신 사람들이 여럿 있습니다. 가령 제 외할아버지 판 겔더른[2]과 외삼촌 판 겔더른[3] 같은 분 말입니다. 두 분 다 유명한 의사였습니다. 많은 사람을 치료하여 죽음에서 구했지만 정작 자신들은 죽음을 피할 수 없었지요. 그리고 어린 저를 품에 보듬고 다녔던 경건한 우르줄라

---

1   호메로스의 고향을 자처하며 서로 다툰 그리스의 일곱 도시를 패러디함. 언급된 도시들은 모두 속물이나 바보와 연관됨.

2   고트샬크 판 겔더른(Gottschalk van Geldern, 1726~1795). 뒤셀도르프의 유명한 의사.

3   요제프 고트샬크 판 겔더른(Joseph Gottschalk van Geldern, 1765~1796). 제후의 궁정 의사 역임.

도 거기 묻혀 있고 그녀의 무덤에는 장미 덤불이 자라고 있습니다 — 생전에 장미 향을 너무 좋아했던 그녀의 마음은 온통 장미 향과 선함 자체였습니다. 늙고 약삭빠른 성당 참사회원도 거기 묻혀 있습니다. 아아, 마지막으로 보았을 때 그는 얼마나 비참해 보였던지! 그는 정신과 반창고[4]로만 이루어져 있음에도 벌레가 자기 머릿속에서 너무 적은 생각을 발견할까 봐 걱정이라도 되는 듯 밤낮으로 공부했습니다. 어린 빌헬름도 거기 묻혀 있는데 그건 제 잘못입니다. 프란체스코 수도원 학교의 동기였던 우리는 수도원에서 놀고 있었는데, 그 옆에는 돌로 쌓은 둑 사이로 뒤셀[5]강이 흐르고 있었습니다. 제가 말했습니다. "빌헬름! 방금 빠진 새끼 고양이를 건져 와." — 강에 가로놓인 널빤지 다리까지 신나게 내려간 빌헬름은 고양이를 물에서 건져 올리긴 했지만 자신은 빠지고 말았습니다. 사람들이 빌헬름을 건져 올렸을 때 그는 이미 물에 젖은 채 죽어 있었습니다. 하지만 그 새끼 고양이는 오랫동안 살았습니다.

뒤셀도르프는 굉장히 아름답습니다. 여기에서 태어난 사람이 타지에서 이곳을 생각한다면 기묘한 생각이 들 겁니다. 여기서 태어난 저로서는 당장이라도 집으로 가야만 할 것 같은 생각이 듭니다. 제가 집으로 간다고 말할 때는 볼커슈트라세에 있는 제가 태어난 집[6]을 의미합니다. 그 집은 언젠가 굉장한 주목을 받

---

4 Pflaster. 완화제. 위안이란 의미도 있음.
5 Düssel. 라인강의 지류. 길이는 약 40킬로미터 정도이고 폭이 좁음.
6 하이네는 뒤셀도르프 볼커슈트라세 275번지(오늘날 53번지)에서 태어남.

게 될 것입니다. 그래서 그 집을 소유한 할머니께 절대 집을 팔지 마시라고 말할 겁니다. 만약 지금 판다면 그녀는 나중에 초록 베일을 두른 영국 귀부인들이 제가 세상의 빛을 처음 보았던 방, 아버지께서 포도를 훔쳐 먹다가 들킨 저를 가두시곤 했던 닭장, 어머니께서 저에게 분필로 쓰는 법을 가르쳐 주셨던 갈색의 방문 등을 보여 준 대가로 하녀가 받는 팁만큼도 받지 못할 것입니다 — 아아, 마담, 제가 유명한 작가가 된다면 그건 가련한 어머니께서 고생을 많이 하신 덕분일 겁니다.

하지만 저의 명성은 아직도 카라라[7]의 대리석 채석장에 잠들어 있습니다. 사람들이 제 머리에 씌워 준 폐지로 만든 월계관은 아직 향기를 전 세계로 퍼뜨리지 못했습니다. 그렇기에 지금 초록 베일의 영국 귀부인들이 뒤셀도르프로 온다면 그녀들은 그 유명한 집을 둘러보기는커녕 곧장 마르크트플라츠[8]로 직행하여 중앙에 있는 거대한 검은 기마상을 구경할 것입니다. 그것은 선제후 얀 빌헬름의 동상[9]입니다. 그는 검은 갑옷을 입고 길게 늘어뜨린 가발을 쓰고 있습니다 — 제가 어렸을 때 들은 전설에 따르면, 이 동상을 주조한 예술가가 동상을 만들다가 금속이 부족한 걸 알고 깜짝 놀랐답니다. 그러자 시민들이 주조를 완성할 수 있도록 은수저를 들고 왔답니다 — 그래서 저는 몇

---

7   Carrara. 이탈리아 토스카나 지방의 도시로 대리석이 유명함. 미켈란젤로 등 유명한 조각가와 건축가들이 작품 소재로 사용함.

8   Marktplatz. 뒤셀도르프 구시가지에 있는 광장 명칭으로 '시장 광장'이란 의미.

9   1711년에 제작된 팔츠의 선제후 요한 빌헬름(1658~1716)의 기마상. 오늘날에도 마르크트플라츠에 있음.

시간이고 이 기마상 앞에 서서 얼마나 많은 은수저가 저 동상 안에 들어갔으며, 그 은으로 얼마나 많은 사과 타르트를 살 수 있을지를 생각하느라 골머리를 앓은 적이 있었습니다. 당시 사과 타르트는 제 열정이었습니다 — 지금은 사랑, 진리, 자유 그리고 게 수프가 제 열정이지만요 — 그리고 선제후 동상에서 멀지 않은 극장 모퉁이에는 이상할 정도로 깡마르고 다리가 굽은 사나이가 하얀 앞치마를 두르고 먹음직스럽게 김이 모락모락 나는 사과 타르트가 가득 담긴 바구니를 들고 저항하기 어려운 소프라노 음색으로 선전하고 있었습니다. "사과 타르트, 오븐에서 막 꺼냈어요. 냄새가 끝내줍니다." — 정말이지 만년에 악마가 저를 자기 손아귀에 넣으려 할 때마다 그런 매혹적인 소프라노 음색으로 말했습니다. 그리고 시뇨라 줄리에타가 달콤하고 향내 나는 사과 타르트 음색으로 말하지 않았더라면 전 그녀의 집에 열두 시간을 꽉 채워 머물지 못했을 것입니다. 그리고 정말이지 그 구부정한 헤르만 씨가 하얀 앞치마로 사과 타르트를 비밀스럽게 가리지 않았더라면 사과 타르트가 저를 그토록 충동질하지는 못했을 것입니다 — 그건 바로 앞치마입니다 — 하지만 그것 때문에 주제에서 벗어났군요. 그렇게나 많은 은수저를 몸속에 가지고 있는 저 기마상에 관해, 수프가 아니라 선제후 얀 빌헬름의 동상에 관해 말씀드리고 있었는데 말이지요.

그는 예술을 사랑했고 그 자신도 예술적 재능이 있는 멋진 사람이었다고들 하더군요. 그는 뒤셀도르프에 미술관을 설립했습니다. 그곳 천문대에는 겹겹이 포갤 수 있도록 매우 정교하게 만든 나무 컵이 전시되어 있는데, 그가 여가 시간에 — 그는 여가 시간이 매일 24시간이었습니다 — 손수 만든 것입니다.

당시의 제후들은 지금처럼 괴롭힘을 당하는 가련한 사람들이 아니었습니다. 왕관이 그들의 머리에 달라붙어 자랐습니다. 밤이면 그들은 그 위에다 나이트캡을 쓴 채 편안하게 잠을 잤고 백성들도 그들의 발치에서 편안하게 잠을 잤습니다. 백성들이 아침에 일어나서 "좋은 아침입니다, 아버지!"라고 인사하면 제후들은 "좋은 아침이구나, 애들아!"라고 대답했지요.

하지만 갑자기 상황이 바뀌었습니다.[10] 뒤셀도르프에서 우리가 "좋은 아침입니다, 아버지!"라고 인사하려 했던 어느 날 아침 아버지는 떠나고 없었고 도시 구석구석엔 둔중한 압박감만 남아 있었습니다. 도처에 장례식 분위기가 감돌았고 사람들은 아무 말 없이 시장통으로 천천히 걸어가서 시청 문에 기다랗게 붙어 있는 종이에 적힌 공고문을 읽었습니다. 우중충한 날이었습니다. 그럼에도 불구하고 깡마른 재단사 킬리안이 평소 집에서만 입던 난징 재킷[11]을 걸치고 거기 서 있었습니다. 푸른 양모 스타킹이 아래로 축 처져 그의 맨다리가 슬프게 내비쳤습니다. 공고문을 중얼거리며 읽는 동안 그의 얇은 입술이 움직였습니다. 어떤 늙은 팔츠[12] 상이군인이 무언가를 큰 소리로 읽었는데,

---

10 뒤셀도르프가 수도인 베르크 공작령은 당시 바이에른에 속해 있었지만 1806년부터 나폴레옹 제국의 위성 국가인 베르크 대공국으로 바뀌게 되며, 나폴레옹의 여동생과 결혼한 조아생 뮈라가 베르크 대공이 됨.

11 중국 난징의 면직물로 만든 옷으로 염색 견뢰도(堅牢度)가 높아 19세기 유럽에서 유행함.

12 Pfalz. 독일 중서부 지방 이름.

여러 대목에서 선명한 눈물방울이 하얗고 우직한 콧수염에 떨어졌습니다. 저는 그의 옆으로 다가가 함께 울면서 물었습니다. 우리가 왜 우는 거지요? 그러자 그가 대답했습니다. "우리 선제후님이 퇴위하셨어." 그리고 나서 계속 읽어 내려가다 "백성들의 충성심이 입증되었으므로", "그대들의 의무를 면제한다"는 구절에 이르자 그는 한층 격렬하게 울었습니다 — 얼굴에 흉터가 남아 있는 늙은 군인이 빛바랜 제복을 입고 갑자기 그토록 격하게 우는 광경을 보니 기이한 기분이 들었습니다. 우리가 공고문을 읽는 동안 제후의 문장(紋章)도 시청에서 철거되었습니다. 모든 것이 감당하기 어려울 정도로 황량해서 마치 일식을 기다리고 있는 듯했습니다. 자리에서 쫓겨난 시 의회 의원들은 갈피를 잡지 못해 천천히 돌아다녔고 심지어 막강한 권력을 지닌 가센포크트[13]조차도 명령할 것이 더 이상 없다는 듯 평온하고 무심하게 거기 서 있었습니다. 미친 알로이지우스는 다시 짝다리를 짚고 서서 멍청하게 찡그린 얼굴로 프랑스 장군들의 이름을 내뱉고, 구부정한 굼페르츠는 술에 취해 길가의 배수로를 이리저리 구르며 "사이라, 사이라!"[14]를 노래 불렀지만 말입니다.

하지만 저는 집으로 돌아가 울면서 한탄했습니다. "선제후님이 퇴위하셨다니." 어머니께선 당혹스러워하셨습니다. 저는 알건 알았고, 누가 뭐라 하든 듣지 않고 울면서 잠자리에 들었습니다. 밤에 세상이 끝나는 꿈을 꾸었습니다 — 아름다운 화원

---

13 Gassenvogt. 거지나 가난한 사람들을 단속하던 하급 관리.

14 ça ira, ça ira. '괜찮아, 잘될 거야'라는 의미. 프랑스 혁명가의 첫 구절.

과 푸른 초원이 양탄자처럼 바닥에서 솟구쳐 둘둘 말렸고, 가셴포크트는 높은 사다리에 올라가 하늘에서 태양을 떼어 냈으며, 그 옆에는 재단사 킬리안이 서서 중얼거렸습니다. "집으로 가서 꽃단장을 해야겠어. 나는 죽어 오늘 매장될 테니까." — 점점 더 어두컴컴해졌고 하늘엔 드문드문 몇 개의 별이 가물거리다가 가을날의 노란 잎사귀처럼 떨어졌습니다. 사람들이 점점 사라졌고, 가련한 아이인 저는 겁을 먹고 이리저리 헤매다가 마침내 방치된 농가의 버드나무 울타리 앞까지 오게 되었습니다. 거기서는 어떤 남자가 삽으로 땅을 파고 있었습니다. 그 옆에는 추하고 심술궂게 생긴 여자가 잘린 사람 머리 같은 것을 앞치마에 담고 있었는데, 달이었습니다. 그녀는 그것을 매우 조심스럽게 파 놓은 구덩이에 넣었습니다 — 그리고 제 뒤에는 팔츠의 상이군인이 서서 흐느껴 울며 "우리 선제후님이 퇴위하셨어"라고 간신히 말하는 것이었습니다.

깨고 보니 햇빛이 여느 때처럼 창으로 들어왔고 거리에선 북소리가 지나갔습니다. 거실로 가서 하얀 화장 가운을 걸치고 앉아 있는 아버지께 아침 문안 인사를 드렸을 때 민첩한 이발사가 머리를 손질하면서 아버지께 시시콜콜 이야기하는 소릴 들었습니다. 오늘 시청에서 새로운 대공 조아생에게 충성을 맹세하는 의식이 거행되는데, 최고 가문 출신인 그는 나폴레옹 황제의 누이를 아내로 얻었고, 검고 아름다운 곱슬머리의 정말 대단한 품위를 갖춘 인물이며, 조만간 이 도시에 올 예정인데 그러면 모든 여성의 마음을 설레게 할 게 틀림없다는 것이었습니다.

그동안 바깥 거리에선 북소리가 계속 이어졌습니다. 저는 대문 앞으로 나가 행진하는 프랑스 군대, 노래하며 화음을 울리며 세상을 널리 돌아다닌 즐거운 영광의 민족도 보고, 삼색 모표를 단 곰 털가죽 모자를 쓰고 번쩍이는 총검을 지닌 척탄병의 근엄하면서도 환한 얼굴도 보고, 쾌활함과 명예심을 발산하는 경보병도 보고, 은실로 수놓은 제복을 입은 키가 꽤 큰 군악대장도 바라보았습니다. 그는 금박 손잡이가 달린 긴 지휘봉을 2층 높이까지 던져 올렸고 그의 시선은 역시나 창가에 아름다운 아가씨들이 앉아 있는 3층까지 닿았습니다. 우리가 숙박객을 들이게 되어 저는 기뻤지만, 어머니께선 기뻐하지 않으셨습니다. 저는 서둘러 마르크트플라츠로 갔습니다. 이제 모든 것이 완전히 달라 보였습니다. 마치 세상이 다시 색칠된 것 같았습니다. 시청에는 새 문장이 내걸렸고, 시청 발코니의 쇠 난간에는 수놓은 벨벳 휘장이 매달려 있었고, 프랑스 척탄병이 경비를 섰으며, 나들이옷을 쫙 빼입고 새로운 표정을 짓고 있는 시 의회 소속의 노신사들은 프랑스 사람들처럼 보였으며, 봉주르[15]라고 말했습니다. 창문마다 여자들이 내다보고 있었으며, 호기심 많은 시민들과 반짝이는 군인들이 광장을 메우고 있었습니다. 저는 다른 소년들과 같이 커다란 선제후 기마상에 기어올라 형형색색의 북적이는 광장을 내려다보았습니다.

이때 이웃에 사는 피터와 껑다리 쿠르츠는 하마터면 목이 부

---

15 bon jour. 안녕하세요.

러질 뻔했는데 차라리 그러는 편이 나았을지도 모릅니다. 왜냐하면 그중 한 명은 나중에 집에서 달아나 입대했다가 탈영하여 마인츠에서 사살당했기 때문입니다. 그리고 또 다른 한 명은 나중에 남의 가방에서 지형 조사를 한 덕분에 공공 방직 훈련 기관에서 천을 짜는 힘깨나 쓰는 회원이 되었다가 자신을 속박하고 있는 조국과 쇠사슬을 끊고[16] 운 좋게 바다를 건너 런던으로 가서 죽었기 때문입니다. 런던에서 그는 국가 공무원이 그의 발밑에 있는 널빤지를 제거하자 저절로 조이는 넥타이가 너무 옥죄는 바람에 죽었습니다.[17]

껑다리 쿠르츠는 충성의 맹세[18] 때문에 오늘 수업이 없노라고 우리에게 말했습니다. 충성의 맹세가 시작되기까지 우리는 오랫동안 기다려야만 했습니다. 마침내 시청 발코니는 화려한 신사들과 깃발들 그리고 트럼펫들로 가득 찼고 그 유명한 빨간 코트를 입은 시장님이 연설을 하셨습니다. 그 연설은 고무줄처럼 또는 뜨개질해서 만든 나이트캡에 돌을 ― 현자의 돌만 아닐 뿐 ― 넣은 것처럼 상당히 길게 늘어졌습니다. 가령 우리가 행복해질 거라는 구절 등 여러 구절을 똑똑히 알아들었습니다. 연설의 마지막 말에 맞추어 트럼펫이 울리고 깃발이 나부꼈으며 북이 울렸습니다. 저도 함께 만세를 외치면서 옛 선제후의 동상에 바짝 달라붙어 있었습니다. 그럴 수밖에 없던 것이 심한 현

---

16 절도죄로 감옥살이를 하다가 탈옥했다는 뜻.

17 교수형을 당했다는 의미.

18 취임식.

기증이 일었기 때문입니다. 세상이 빙글빙글 돌아서 사람들이 거꾸로 서 있는 듯 느껴졌고, 길게 늘어뜨린 가발을 쓴 선제후가 머리를 끄덕이며 "나를 꼭 잡아!"라고 속삭이는 것 같았기 때문입니다 — 요새 위에서 대포가 울리는 바람에 비로소 정신을 차리고 선제후 기마상에서 천천히 다시 내려왔습니다.

집으로 가는 길에 저는 미친 알로이지우스가 프랑스 장군들의 이름을 중얼거리며 짝다리로 춤추는 모습과 구부정한 굼페르츠가 술에 취해 배수로에 이리저리 구르며 사이라, 사이라를 부르짖는 모습을 다시 보았습니다 — 그리고 저는 어머니께 말씀드렸습니다. "우린 행복해질 거래요. 그래서 오늘은 수업이 없어요."

제7장

다음 날 세상은 제자리로 돌아왔습니다. 수업은 여전히 다시 계속되었고 여전히 외워야 할 것이 많았습니다 — 로마의 왕들, 연도들, im으로 끝나는 명사들, 불규칙 동사들, 그리스어, 히브리어, 지리, 독일어, 암산 — 맙소사! 아직도 제 머리가 어질어질 현기증이 납니다 — 이 모든 것을 외워야 했습니다. 그중 상당수는 결과적으로 저에게 도움이 되었습니다. 로마의 왕들을 외우고 있지 못했더라면 나중에 니부어[1]가 로마의 왕들이 실제로 존재하지 않았다는 사실을 증명했건 하지 않았건 아무런 흥미가 없었을 것입니다. 그 연도들을 몰랐더라면 나중에 물방울이나 척탄병처럼 모양이 비슷한 집이 나란히 붙어 있는 거대한 도시 베를린에서 제가 어떻게 길을 제대로 찾을 수 있었을 것이

---

1   바르톨트 게오르크 니부어(Barthold Georg Niebuhr, 1776~1831). 근대 역사학의 아버지로 간주되는 독일 역사가. 로마 왕정 시대의 일부 왕들이 실존 인물이 아니라 전설이었음을 증명함.

며, 번지를 머릿속에 담아 두지 못한 사람이라면 지인을 어떻게 찾을 수 있었겠습니까. 당시 저는 지인을 방문할 때마다 그 집 번지에 해당하는 연도의 역사적 사건을 떠올렸기 때문에 그 사람을 생각하기만 하면 그 집의 번지를 쉽게 기억할 수 있었습니다. 그래서 어떤 지인을 보기만 하면 언제나 역사적 사건이 떠올랐습니다. 가령 단골 재단사를 만나면 저는 즉시 마라톤 전투가 생각났고, 잘 차려입은 은행가 크리스티안 굼펠 씨를 만나면 금방 예루살렘의 몰락이 떠올랐으며, 빚더미에 올라앉은 포르투갈 친구를 보면 곧장 마호메트의 도피가 생각났으며, 올곧은 정직성으로 널리 알려진 대학 판사를 보면 이내 하만의 죽음[2]을 상기했고, 발책[3]을 보자마자 바로 클레오파트라가 회상되었습니다 — 아이고, 맙소사! 그 가여운 짐승은 이제 죽었고 작은 눈물주머니는 말랐으니 이제 햄릿과 더불어 이렇게 말할 수 있을 것입니다. 어느 모로 보나 그녀는 노파였습니다. 우린 그런 여성을 종종 볼 수 있을 겁니다![4] 라고 말입니다. 이미 언급했다시피 연도는 꼭 필요합니다. 머릿속에 든 것이라곤 연도 몇 개밖에 없는데도 그걸로 베를린에서 집을 제대로 찾을 줄 알았고, 지금은 이미 정교수가 된 사람을 저는 알고 있습니다. 하지만 저는 학교에서 많은 숫자 때문에 곤욕을 치렀습니다! 산수를 본

---

2 페르시아 왕 크세르크세스 1세의 신하인 하만(Haman)은 유대인을 몰살하려다가 도리어 죽임을 당함. 구약 「에스더서」 7장 참조.

3 프란츠 다니엘 프리드리히 발책(Franz Daniel Friedrich Wadzeck, 1762~1823). 독일의 신학자, 약 4백 명의 거리의 아이들을 위한 복지 재단을 설립한 것으로 유명함.

4 햄릿의 대사(「햄릿」 1막 2장) 패러디. 원문 "He was a man, take him for all in all, I shall not look upon his like again."

격적으로 배우면서 상황은 더욱 고약해졌습니다. 저는 뺄셈을
가장 잘 이해했습니다. 거기엔 "3에서 4를 뺄 수는 없다. 그러려
면 나는 1을 빌려 와야 하기 때문이다"라는 매우 실용적인 규칙
이 있었기 때문입니다 ─ 하지만 저는 누구에게나 조언하는 바
입니다. 그럴 경우엔 언제나 여분의 그로셴[5]을 더 빌리라고 권
합니다. 그렇게 해도 아무도 모를 것이기 때문입니다.

그러나 라틴어에 관해 말씀드리자면, 마담, 그게 얼마나 복잡
한지 당신은 짐작조차 못 할 겁니다. 로마인들이 라틴어를 먼저
배워야 했다면 세계를 정복할 시간이 부족했을 것입니다. 이 운
좋은 사람들은 어떤 명사가 im으로 끝나는 대격(對格)을 갖는지
이미 요람에서부터 알고 있었습니다. 반면 저는 얼굴에 땀을 뻘
뻘 흘리며 그것을 암기해야 했지만, 제가 라틴어를 안다는 것은
언제나 좋은 일입니다. 가령 1825년 7월 20일[6] 괴팅엔의 강당에
서 라틴어로 공개 토론했을 때 ─ 마담, 이건 들을 만한 가치가
있었습니다 ─ 제가 sinapim 대신 sinapem이라고 말했다면,
그래서 그 자리에 참석한 새내기들이 그걸 눈치챘더라면 그건
저에게 지울 수 없는 치욕이 되었을 것입니다. Vis, buris, sitis,
tussis, cucumis, amussis, cannabis, sinapis[7]─ 세상의 이목을
끌었던 이 단어들은 특정 부류에 속하지만 예외이기 때문에 그
렇게 되었던 것입니다. 저는 이 단어들을 매우 높이 평가합니

---

5   Groschen. 당시 12페니히에 해당하던 은화.

6   하이네가 교수들 앞에서 자신의 박사 학위 논문에 대해 라틴어로 구두시험 본 날.

7   권력, 쟁깃술, 갈망, 기침, 오이, 자, 대마. is로 끝나는 라틴어 단어들로 대격 어미에 em 대신
    im이 붙는 경우.

다. 그것들이 급히 필요할 때 제가 언제든 준비하고 있으면 종종 삶이 힘든 시기에 내적으로 커다란 안정과 위안이 되기 때문입니다. 마담, 그러나 불규칙 동사는 — 이걸 배울 때는 회초리를 더 많이 맞아야 한다는 것이 규칙 동사와 다른 점입니다 — 끔찍할 정도로 어렵습니다. 교실에서 그리 멀지 않은 프란체스코 수도원의 눅눅한 아치형 회랑에는 당시 커다란 십자가에 못박힌 잿빛 나무 예수상이 매달려 있었습니다. 황량한 느낌의 그 예수상은 지금까지도 이따금씩 밤에 제 꿈속에 나타나 피눈물을 흘리면서 저를 슬프게 응시하곤 합니다 — 이 예수상 앞에 서서 저는 자주 기도했습니다. 오 가련한, 동시에 괴로워하는 신이시여, 제발 제가 불규칙 동사를 외울 수 있게 해 주세요.

그리스어에 대해서는 조금도 말씀드리고 싶지 않습니다. 그렇게 한다면 울화통이 터질 것이기 때문입니다. 중세의 수도승들이 그리스어는 악마의 발명품이라고 주장한 것은 결코 빈말이 아니었습니다. 제가 그때 어떤 고통을 견뎌 냈는지 하느님은 알고 계실 겁니다. 히브리어는 좀 나았습니다. 비록 지금까지 유대인들이 제 좋은 이름을 십자가에 못 박긴 했지만,[8] 제가 언제나 유대인을 엄청나게 편애했기 때문입니다. 그러나 전 히브리어를 제 회중시계만큼 잘하지 못했습니다. 왜냐하면 제 시계는 전당포 주인들과 친밀한 접촉을 자주 함으로써 유대 관습을 많이 받아들였고 — 예를 들자면 그 시계는 토요일[9]이면 가

8　1825년 6월 28일 기독교로 개종한 다음 하이네는 유대인들로부터 비난을 받음.

9　유대교의 안식일은 금요일 저녁부터 토요일 저녁까지임.

지 않았습니다 — 신성한 언어를 익혔으며 나중에는 문법적으로 작동했기 때문입니다. 잠 못 드는 밤이면 그 시계가 계속 혼자서 째깍거리는 소리에 자주 깜짝 놀라 귀를 기울여 들었습니다: 카탈, 카탈라, 카탈리 — 키텔, 키탈라, 키탈리 — — 포캇, 포카데티 — 피캇 — 픽 — 픽 — — 10

하지만 독일어는 더 잘 이해했습니다. 그러나 거저먹기는 아니었습니다. 군대의 숙영, 병역 의무, 인두세 그리고 수천 가지의 징수금으로 이미 충분히 시달리고 있는 우리 가련한 독일인들은 거기에다 아델룽11도 떠맡아야 했고, 3격과 4격 때문에 고통을 받았습니다. 어릴 적부터 저를 돌봐 주셨던 점잖은 성직자인 샬마이어 교장 선생님에게서 독일어를 많이 배웠습니다. 하지만 영원한 평화에 관한 책12을 썼고, 그의 수업 시간에 학생들이 가장 많이 싸웠던 슈람 선생님에게서도 무언가를 배웠습니다.

제가 글을 단숨에 죽 내리 쓰면서 온갖 생각을 하는 동안 갑자기 옛날 학교 시절의 이야기가 떠올랐습니다. 이 기회를 빌려, 마담, 제가 지리 공부를 조금밖에 하지 못했고, 그래서 나중에 세상에서 길을 찾지 못해 헤매게 된 것은 제 잘못이 아니라는 점을 말씀드리고 싶습니다. 당시 프랑스인들은 모든 국경을

---

10 katal, katala, katali – kittel, kittala, kittali – – pokat, pokadeti – pikat – pik – pik – –. 히브리어 동사 변화를 이용한 언어유희.

11 요한 크리스토프 아델룽(Johann Christoph Adelung, 1732~1806). 독일의 언어 연구가, 사전 편찬가. 그가 출간한 어학 교재와 교과서를 하이네도 이용함.

12 요제프 슈람(Josef Schramm, 1770~1847)의 『세계 평화 소고』(1815).

옮겼고, 이전에는 파란색이었던 나라가 갑자기 초록색으로 바뀌었으며, 몇몇 나라는 심지어 선혈처럼 빨간색으로 바뀌는 등 각 나라의 색깔이 하루가 멀다 하고 새로 교체되었으며, 교과서에 기입된 주민의 수도 뒤바뀌고 뒤섞여서 악마라도 더 이상 파악할 수 없을 정도가 되었고, 마찬가지로 각 나라의 생산품도 바뀌어서 이전에는 토끼와 토끼를 쫓는 시골 귀족만 보이던 곳에 지금은 치커리와 사탕무[13]가 자라고, 국민들의 성격도 변해서 독일인들은 유연해지고,[14] 프랑스인들은 더 이상 입에 발린 말을 하지 않으며, 영국인들은 더 이상 돈을 창밖으로 헤프게 던지지 않으며, 베네치아인들은 예전만큼 똑똑하지 않게 되었고, 제후들 중에는 승진한 사람이 많아서 옛날의 왕들은 새 제복을 입었고, 새로 구운 왕국들이 신선한 제멜[15]처럼 구워지고 팔렸으며, 반면에 여러 세력가들은 거주지에서 추방당해 새로운 밥벌이를 구할 수밖에 없었으므로 일부는 일찍이 수공업에 종사하여 예컨대 인장을 만드는 등의 일을 하였습니다 — 마담, 이 시기가 마침내 끝났기에 망정이지 숨이 넘어갈 지경이군요 — 요컨대 그런 시대는 지리 공부를 제대로 하기 어려운 시대라는 얘기입니다.

자연사 과목은 훨씬 나았습니다. 그 과목은 그렇게 많은 변화가 진행되지 않았고, 원숭이·캥거루·얼룩말·코뿔소 등의 일

---

13 나폴레옹의 대륙 봉쇄령으로 인해 커피와 설탕이 부족해 대체품으로 재배함.

14 프리드리히 안의 애국 체조 운동을 암시함.

15 Semmel. 또는 브뢰첸(Brötchen). 주로 아침에 먹는 작은 빵.

정한 동판화가 있었기 때문입니다. 그 동물들의 이미지가 기억에 각인되어 있기 때문에 나중에 사람들을 처음 보았을 때 옛날 수업 시간에 친숙했던 이미지처럼 보이는 경우가 아주 흔했습니다.

신화 과목도 좋았습니다. 그토록 유쾌하게 벌거벗은 몸으로 세상을 다스리는 신들의 패거리를 보면 정말 즐거웠습니다. 일찍이 고대 로마의 어떤 학생도 가령 베누스의 연애 사건 같은 교리 문답의 주요 항목을 저보다 더 잘 알았으리라고는 생각하지 않습니다. 솔직히 말씀드리자면 우리는 한때 고대 신들을 외워서 기억해야 했기 때문에 새로운 로마의 삼상신[16]이나 유대교의 유일신 숭배의 경우에는 그리 큰 도움이 되지 않았을지도 모르지만 말입니다. 그 신화는 따지고 보면 우리가 흔히 비난하는 것만큼 그렇게 부도덕하지 않았을지도 모릅니다. 예를 들자면 많은 사랑을 받은 베누스 곁에 남편을 붙여 준 호메로스의 사고 방식은 꽤나 점잖기 때문입니다.

그러나 다수의 문법책을 썼으며 빨간 가발을 쓰고 다니신, 이주한 프랑스인인 돌누아 수도원장님의 프랑스어 수업이 저는 가장 좋았습니다. 게다가 아르 포에티크와 이스투아[17]를 강의 하실 때면 재치 있게 이리저리 뛰어다니기까지 했습니다 — 그는 김나지움 전체에서 독일사를 가르친 유일한 분이었습니다.

---

16 3과 연관되는 신 또는 세 명의 신이 모여 하나의 집단을 이루는 것. 가령 로마의 신 유피테르, 유노, 미네르바는 카피톨리노의 삼상신으로 간주됨.

17 Art poétique(시학)과 Histoire(역사, 여기선 독일사).

하지만 프랑스어는 어려웠고, 프랑스어를 배우기 위해선 많은 군인의 숙영과 많은 북소리 그리고 아프랑드르 파르 쾨르[18]가 필요했고, 무엇보다 베테 알르망드[19]가 아니어야 했습니다. 프랑스어엔 고약한 단어들이 많았습니다. 라 렐리지옹[20]이란 단어로 인해 겪은 불유쾌한 체험이 마치 어제 일인 듯 아직도 생생하게 제 뇌리에 남아 있습니다. 아마도 여섯 번쯤 질문을 받았던 것 같습니다. 앙리,[21] 데어 글라우베[22]를 프랑스어로 뭐라고 하지? 그러면 여섯 번을, 그때마다 저는 점점 더 울먹이며 이렇게 대답했습니다. 그것은 르 크레디[23]입니다. 일곱 번째엔 화가 나서 얼굴이 버찌처럼 붉으락푸르락 달아오른 시험관이 말했습니다. 그건 라 렐리지옹이야 ― 회초리가 비처럼 쏟아졌고 급우들은 모두 배꼽을 잡고 깔깔거렸습니다. 마담! 그때 이후로 저는 종교라는 단어가 언급되는 걸 듣기만 하면 제 등짝은 소스라치게 놀라 창백해지고 제 뺨은 수치심으로 벌겋게 달아올랐습니다. 솔직히 말씀드리자면 지금까지 살아오면서 제겐 르 크레디가 라 렐리지옹보다 더 유용했습니다 ― 지금 이 순간 볼로냐[24]의 여관 '사자'의 주인장에게 빚진 5탈러가 갑자기 생각나

---

18 apprendre par cœur. 암기하다.

19 bête allemande. 멍청한 독일인.

20 la religion. 종교.

21 하이네의 이름은 원래 Harry(해리 또는 하리)라는 영국식 이름이었으나, 1825년 기독교로 개종하면서 Heinrich(하인리히)로, 1831년 파리로 이주한 이후로는 Henri(앙리)로 불렸음.

22 der Glaube. 종교

23 le crédit. (금전상의) 신용.

24 '독일의 볼로냐'라는 별칭을 가진 괴팅엔을 지칭함.

는군요 — 만일 이번 생에서 불길한 단어인 라 렐리지옹을 절대 두 번 다시 듣지 않아도 된다면 저는 진실로 사자 여관의 주인장에게 5탈러를 더 지불할 용의가 있습니다.

마담! 정말이지 프랑스어에선 많은 진전이 있었습니다! 저는 파투아[25]는 물론이고 귀족적인 보모 프랑스어[26]도 알아들을 수 있습니다. 얼마 전 어느 고상한 사교 모임에서 저는 두명의 독일 백작 부인이 대화하는 내용을 거의 절반이나 알아들었습니다. 64세가 넘은 그녀들은 그만큼 많은 수의 선조들을 열거하는 것이었습니다. 그래요, 언젠가 베를린의 카페 루아얄에서 무슈 한스 미헬 마르텐스가 프랑스어로 수다 떠는 걸 들은 적이 있는데, 비록 그 말 속에 담긴 뜻은 이해하지 못해도 단어는 모두 알아들었습니다. 우리는 언어의 정신을 알아야 하고, 그것은 북소리로 가장 잘 배울 수 있습니다. 파르블뢰![27] 오랫동안 우리 집에 숙영했던 그 프랑스 북재비의 덕을 톡톡히 보았지요. 외모는 악마처럼 보였지만 마음씨는 천사처럼 선량했던 그는 북을 굉장히 잘 쳤습니다.

키가 작고 민첩했던 그는 무시무시한 검은 콧수염을 길렀고 콧수염 아래엔 붉은 입술이 거만하게 솟아 나와 있습니다. 그는 이글이글 타는 눈빛으로 사방을 쏘아보곤 했습니다.

어린 소년이었던 저는 엉겅퀴 열매처럼 그에게 달라붙어 그

---

25 patois. 사투리, 은어.

26 독일 귀족이 프랑스 출신 보모에게 배운 프랑스어.

27 parbleu. 그렇고말고! 물론이지! 등 찬성을 뜻하는 프랑스어 감탄사.

가 군복 단추를 거울처럼 반짝이게 닦거나 백묵으로 조끼를 새하얗게 손질하는 걸 도왔습니다 — 무슈 르그랑은 멋지게 보이길 좋아했습니다 — 그리고 저는 그를 따라 경계 근무에도 점호에도 열병식에도 갔습니다 — 어딜 가든 온통 반짝이는 무기와 유쾌함이 있었습니다 — 잔치는 끝났습니다![28] 무슈 르그랑은 독일어를 — 빵, 입맞춤, 명예 등 중요한 단어만 — 서툴게 조금 알 뿐이었습니다. 하지만 그는 북소리로 자기 생각을 전달하는 데는 아주 능숙했습니다. 가령 제가 '리베르테'[29]라는 단어가 무슨 의미인지 모르면 그는 마르세유 행진곡을 북으로 들려주었고 — 그러면 제가 그 단어를 이해했습니다. 제가 '에갈리테'[30]라는 단어의 의미를 모르면, 그는 "잘될 거야, 잘될 거야. […] 귀족들을 가로등에 매달아라!"[31]를 북으로 연주했습니다 — 그러면 저는 이해했습니다. '베티즈'[32]가 무언지 모르면 그는 괴테도 언급한 바 있듯이 우리 독일인이 샹파뉴에서 연주했던 데사우 행진곡을 들려주었습니다 — 그러면 전 알아들었지요. 한번은 그가 '랄르망'[33]이란 단어를 저에게 설명하려 했는데 굉장히 단순한 원시적인 멜로디를 북으로 들려주었습니다. 장날 개들이 춤을 출 때 자주 들을 수 있는 둠 - 둠 -

---

28 les jours de fête sont passés! 프랑스 작곡가 앙드레 그레트리(1741~1813)의 희극 오페라 「말하는 그림」(1769)의 구절.

29 liberté. 자유.

30 égalité. 평등.

31 ça ira, ça ira − − − les aristocrats à la lanterne!. 프랑스 혁명 당시 유행했던 노래 구절.

32 bêtise. 어리석음.

33 l'Allemagne. 독일.

둠 –[34] 이렇게 들리는 소리를요 — 그러면 짜증은 났지만 그 단어를 이해할 수 있었습니다.

비슷한 방식으로 그는 저에게 현대사를 가르쳐 주었습니다. 그가 하는 말을 이해할 순 없어도 말하는 동안 계속해서 북을 쳤기 때문에 저는 그가 무엇을 말하려 하는지 알 수 있었습니다. 잘 생각해 보면 그것은 최고의 교수법이었습니다. 바스티유 감옥이나 튈르리궁을 습격한 사건 등은 그때 북이 어떻게 연주되었는지를 알아야 우리가 비로소 제대로 이해할 수 있습니다. 우리는 교과서에서 단지 "남작 각하들과 백작 각하들 그리고 그분들의 고귀한 배우자들께서 참수되었습니다 — 공작 각하들과 왕자 저하들 그리고 그분들의 매우 고귀한 배우자들께서 참수되었습니다 — 국왕 전하와 그분의 가장 고귀한 배우자인 왕비께서 참수되었습니다 —"라고만 읽을 수 있습니다. 하지만 검붉은 기요틴 행진곡을 북소리로 듣는다면 그때야 비로소 그것을 제대로 이해할 수 있고, 그 이유와 방식도 알 수 있습니다. 마담, 그것은 정말이지 경이로운 행진곡입니다! 처음 듣자마자 그 행진곡은 제 뼛속까지 파고들었습니다. 그걸 잊은 것이 정말 다행이었습니다 — 나이를 먹으면 그런 것들은 잊게 마련입니다. 요즘 젊은이들은 다른 지식을 많이 — 휘스트 게임, 보스턴 게임,[35] 족보, 연방 의회의 결정, 극작술, 예배 의식, 고기 써

---

34 Dum – Dum – Dum. 북소리의 의성어이기도 하지만 독일어 dumm은 '어리석은, 바보 같은'의 뜻.

35 휘스트 게임, 보스턴 게임은 카드놀이의 일종.

는 법 — 머리에 담아야 합니다 — 정말이지 이마를 문지르며 아무리 고민을 해 봐도 오랫동안 그 강력한 멜로디가 생각나지 않았습니다. 하지만 생각해 보세요, 마담! 얼마 전에 저는 백작, 왕자, 공주, 남녀 시종, 궁정 주류 담당관, 여성 궁내부 장관, 은식기 관리자, 여성 궁정 사냥꾼 등으로 구성된 모든 동물과 함께 식사한 적이 있었습니다. 그리고 그 고상한 하인들이 무엇이라 불리건 간에 그 하급 하인들은 그들이 앉아 있는 의자 뒤로 가서 음식이 가득 담긴 접시를 그들의 주둥이 앞에 들이밀었습니다 — 하지만 무시당하고 괄시받던 저는 턱뼈의 상하 운동을 조금도 하지 않은 채 한가롭게 앉아 있었지요. 저는 빵을 짓이겨 작은 경단을 만들다가 지루한 나머지 북을 치듯 손가락 연주를 했습니다. 소름 끼치게도 오랫동안 잊고 있던 붉은 기요틴 행진곡을 갑자기 연주했던 것입니다.

"그래서 무슨 일이 벌어졌나요?" 마담, 이 사람들은 조금도 방해받지 않고 식사를 하지만 사람들이 먹을 것이 없어지면 갑자기 북을, 그것도 오랫동안 잊어버린 줄로 생각했던 기묘한 행진곡들을 연주하기 시작한다는 사실을 모릅니다.

지금의 북 연주는 타고난 재능일까요, 아니면 제가 일찍 배운 탓일까요. 그건 제 사지에 두 손과 두 발에 충분히 녹아 있어서 부지불식간에 표현되는 경우가 흔히 있습니다. 부지불식간에 말입니다. 언젠가 저는 베를린에서 빨간 망토와 까만 망토의 위협에 관한 책으로 나라를 구한 추밀 고문관 슈말츠[36]의 강의실에 앉아 있던 적도 있었습니다. 마담, 당나귀의 비명 덕분에 위험한 음모가 발각되었다는 파우사니아스[37]의 구절을 기억하실 겁니다. 또한 거위가 카피톨[38]을 구했다는 이야기를 리비우스나 베커[39]의 세계사에서, 그리고 수다쟁이 간통녀 풀비아 덕분에 카틸리나의 끔찍한 모반 음모가 만천하에 드러났다는 사실[40]을 살루스트[41]의 책을 통해 알고 계실 겁니다 — 앞서 언급했던 추밀 고문관 슈말츠 씨의 강의실에서 국제법을 들은 이야기로 다시 돌아갑시다. 아주 따분한 여름날 오후였습니다. 강의실 긴 의자에 앉아 있던 제 귀에 강사의 목소리가 점점 더 가늘게 들렸습니다 — 제 머리는 이미 잠에 빠졌습니다 — 그러다 제 발이 내는 소리에 화들짝 놀라 잠에서 깼습니다. 제 발은 잠을 자지 않고 있다가 국제법과 정반대되는 의견이 개진되고 입헌적 신념이 폄훼되는 걸 들었던 모양입니다. 유노 여신의 큼직한 눈과 말 못 하는 가련한 발을 가지고 있으며 말로 자신의 허접한 의견을 제대로 표현할 줄도 모르는 추밀 고문관보다 제 발이 조그만 계안으로 세상 돌아가는 추세를

---

36 테오도르 슈말츠(Theodor Schmalz, 1760~1831). 독일의 법학자, 베를린 대학 초대 총장. 당시의 애국 청년 운동이 국가에 위협이 된다고 비난하는 글을 씀.

37 Pausanias. 그리스 지리학자. 그의 저서 『그리스 주유기』 10권 18장 참조.

38 로마의 일곱 언덕 중 하나인 카피톨리노 언덕. 갈리아인이 야습했을 때 이 언덕에 있던 유노 신전의 거위가 울어 잠자던 로마군을 깨웠다는 전설이 있음. 티투스 리비우스의 『로마사』 5권 47장 참조.

39 유명한 역사 교과서 『아이들과 교사를 위한 세계사』(1801~1805)의 저자 카를 프리드리히 베커(Karl Friedrich Becker, 1777~1806).

40 루키우스 세르기우스 카틸리나의 공화정 전복 음모에 가담했던 퀸투스 쿠리우스와 혼외정사를 가졌던 여성 풀비아가 키케로에게 이 음모를 알림.

41 가이우스 살루스티우스 크리스푸스(Gaius Sallustius Crispus, 기원전 86~35). 『카틸리나의 음모』를 저술한 로마의 역사가.

더 잘 들여다 보았던 것입니다. 그래서 제 발은 북소리로 자신을 표현하고자 했던 것인데, 북 연주를 너무 크게 한 나머지 하마터면 난처한 꼴을 당할 뻔했습니다.

빌어먹을 경솔한 발 같으니라고! 예전에 괴팅엔에서 잘펠트 교수[42]의 강의를 청강할 때도 제 발은 저를 비슷한 곤경에 빠뜨린 적이 있습니다. 그 교수는 뻣뻣한 민첩성으로 강단 위를 이리저리 뛰어다니며 나폴레옹 황제를 제대로 비난하려고 몸을 달구었습니다 — 아니야, 가련한 발아! 당시에 북 연주를 했다고 너희들을 비난할 순 없어. 사실 너희들이 말없이 소박하게 발장단을 더욱 뚜렷하게 표현했더라면 난 너흴 절대 비난하지 않았을 거야. 르그랑의 제자인 제가 감히 황제를 비방하는 소리를 어떻게 들을 수 있겠습니까? 황제를! 황제를! 그 위대한 황제를 말입니다!

그 위대한 황제를 생각하면 제 기억은 다시 선명하게 여름의 푸르름과 황금빛으로 변합니다. 길게 이어진 보리수 가로수 길에선 꽃이 피어나고, 잎이 무성한 가지에는 밤꾀꼬리가 앉아 노래하며, 폭포수 흘러내리는 소리가 들리고, 무성한 화단의 꽃들은 아름다운 머리를 황홀하게 움직이지요 — 저는 이 꽃들과 기묘하게 소통했습니다. 화장한 튤립들은 거지의 자존심으로 거만하게 저에게 인사했으며, 우울증을 앓고 있는 백합들은 애처로우면서도 상냥하게 고개를 끄덕였고, 취해서 홍조를 띤 장미

---

42 프리드리히 잘펠트(Friedrich Saalfeld). 독일 역사학자. 나폴레옹 반대자. 『나폴레옹 보나파르트의 역사』(1815) 저술.

들은 멀리서부터 저를 보고 웃었으며, 보라십자화들은 탄식했습니다 — 그 당시 저는 은매화나 월계수[43]에 대해서는 잘 몰랐습니다. 그들은 은은하게 빛나는 꽃으로 유혹하지 않았기 때문입니다. 지금은 소원한 사이가 되었지만 목서초(木犀草)와는 당시 아주 친밀한 사이였습니다 — 저는 뒤셀도르프의 호프가르텐에 대해 말씀드리고 있습니다. 무슈 르그랑이 위대한 황제가 전쟁에서 거둔 공적에 관해 이야기할 때면 저는 자주 그곳 잔디밭에 누운 채 귀 기울여 들었지요. 그는 각각의 공적을 이야기할 때마다 행진곡을 북으로 연주했기 때문에 저는 모든 것을 생생하게 보고 들었습니다. 저는 심플론 고개[44]를 넘는 행렬을 보았습니다 — 황제께서 앞장서고 그 뒤를 용감한 척탄병들이 따르면서 고갯길을 올라갔습니다. 깜짝 놀라 날개를 퍼덕이며 공중으로 솟구치는 새들은 비명을 질러 댔고, 멀리 고산의 빙하에서 우레 같은 소리가 들렸습니다 — 깃발을 들고 로디 다리를 건너는 황제[45]를 저는 보았습니다 — 마렝고에서 회색 망토를 걸친 황제[46]를 저는 보았습니다 — 피라미드 전투[47]에서 말을 타고 있는 황제를 저는 보았습니다 — 화약 연기와

---

43 사랑과 시인의 명성을 상징하는 꽃들.

44 Simplon Pass. 스위스와 이탈리아 사이에 있는 알프스 고갯길.

45 로디 다리에서 나폴레옹군이 오스트리아군을 상대로 대승을 거두고 밀라노로 입성한 1796년의 로디 전투를 암시함.

46 이탈리아 마렝고 평원에서 오스트리아군의 기습을 받았지만 이를 격퇴한 1800년의 마렝고 전투를 암시함.

47 또는 엠바베 전투. 1798년 나폴레옹군이 이집트에서 맘루크군과 싸워 대승을 거둔 전투.

맘루크[48]군 외엔 아무것도 보이지 않았습니다 ― 아우스터리츠 전투[49]에 참여하고 있는 황제를 저는 보았습니다 ― 아이고야, 빗발치는 총소리가 미끄러운 빙판길 위로 어떻게나 많이 들렸던지! ― 예나 전투[50]도 저는 보았고 들었습니다. ― 둠, 둠, 둠 ― 아일라우 전투[51]와 바그람 전투[52]도 저는 보았고 들었습니다 ― ― ― ― ― 아, 저는 도저히 견딜 수가 없었습니다! 무슈 르그랑이 제 고막[53]이 거의 찢어질 정도로 북을 연주했기 때문입니다.

---

48 Mamluk. 나폴레옹의 이집트 원정 당시 이집트 일부를 실질적으로 지배하고 있던 이슬람계 노예 군인 및 해방 노예 출신 집단.
49 1805년 12월 아우스터리츠(오늘날 체코의 슬라브코프우브르나) 인근에서 나폴레옹군이 러시아-오스트리아 연합군에 맞서 대승을 거둔 전투.
50 나폴레옹군이 프로이센을 대파하고 베를린으로 입성한 1806년의 전투.
51 1807년 2월 당시 프로이센 영토였던 아일라우에서 나폴레옹군과 러시아군이 충돌하여 양측이 막대한 손실을 당했던 전투.
52 1809년 7월 오스트리아 빈 근처 바그람에서 나폴레옹군이 오스트리아군을 대파하고 승리한 전투.
53 Trommelfell. '고막' 외에 '북의 가죽'이란 의미도 있음.

제8장

    하지만 제가 그를 직접 보았을 때,[1] 은총을 입은 제 눈으로, 다름 아닌 그를, 호지안나![2] 황제를! 직접 보았을 때, 제 심정이 어떠했겠습니까?

    뒤셀도르프의 바로 그 호프가르텐 가로수 길에서였습니다. 구경꾼들 틈을 비집고 나가면서 무슈 르그랑이 북소리로 알려주었던 업적들과 전투들을 떠올렸습니다. 제 심장은 장군 행진곡을 연주했습니다 — 그럼에도 불구하고 동시에 도로 중앙으로 말을 타고 가면 벌금이 5탈러라는 경찰 규정이 생각났습니다. 황제는 부하들을 대동한 채 도로 한가운데로 말을 타고 갔습니다. 황제가 지나갈 때 전율을 느낀 나무들은 몸을 앞으로 숙였고, 무서워하면서도 호기심이 발동한 햇빛은 초록 잎들 사

---

1   나폴레옹은 1811년 11월 2일부터 5일까지 뒤셀도르프에 체류. 11월 3일 퍼레이드 행사. 이 장에 묘사된 자연은 사실과 거리가 있음.

2   Hosiannah, 또는 호산나(Hosanna). 유대교와 기독교에서 간청과 환호를 나타내는 감탄사.

이로 떨렸으며, 푸른 하늘 위에선 황금 별이 헤엄치는 게 보였습니다. 황제는 수수한 초록 제복을 입고 세계사적인 작은 모자를 쓰고 있었습니다. 그는 체구가 작은 백마를 타고 있었습니다. 그 말은 매우 침착하게 매우 위풍당당하게 매우 출중하게 걸어갔습니다 — 그 당시 제가 프로이센의 황태자였더라면 그 말을 시샘했을 겁니다. 무심하게 거의 걸쳐진 듯이 황제는 말 위에 앉아 한 손으로는 고삐를 높이 쳐들고 다른 손으로는 말의 목을 인자하게 토닥였습니다 — 그건 햇빛처럼 빛나는 대리석 손, 강력한 손, 무정부 상태라는 머리 여럿 달린 괴물을 제압하고 민족 간의 다툼을 수습했던 두 손 중 한 손이었습니다 — 그 손은 인자하게 말의 목을 토닥였습니다. 또한 그의 안색은 우리가 그리스나 로마의 대리석 두상에서 볼 수 있는 것이었고, 이목구비 역시 고대인들의 그것처럼 고상한 비율을 지녔습니다. 그 얼굴에는 다음과 같이 쓰여 있었습니다. 너는 나 외에 다른 신들을 섬기지 말지니라.[3] 모든 이의 가슴을 따스하게 하고 다독이는 미소가 입술 주위에 감돌았습니다 — 그러나 그 입술이 휘파람을 불기만 하면 된다는 것을 누구나 알았습니다 — 프로이센은 더 이상 존재하지 않았습니다[4] — 그 입술이 휘파람을 불기만 하면 되었습니다 — 그러면 모든 성직자가 종을 울려 공고문을 알렸습니다. 그 입술이 휘파람을 불기만 하면 되었습니다 — 그러면 신성 로마 제국 전체가 춤을 추었습니다. 그러면

---

3   구약「출애굽기」20장 3절 참조.

4   et la Prusse n'existait plus.

그 입술은 미소 지었고 눈도 덩달아 미소 지었습니다 ─ 하늘처럼 청명한 눈은 인간의 마음속도 읽을 수 있었고, 슬쩍 눈길 한 번 주는 것만으로도 이 세상의 모든 것을 단박에 보았지만 우리 같은 보통내기는 하나하나씩만 또는 채색된 그림자만 봅니다. 이마는 그리 맑지 않았는데 거기엔 다가오는 전투의 유령이 깃들어 있었습니다. 때때로 이마 윗부분이 움찔거렸습니다. 그것은 황제의 정신이 비가시적으로 온 세상을 주유했던 위대한 7마일 장화[5] – 생각, 창조적 생각이었습니다 ─ 이러한 생각 하나하나가 독일 작가에게 평생 동안 충분한 쓸거리를 줄 수도 있을 것이라고 저는 생각합니다.

　　황제는 말 위에 앉아 가로수 길 중앙을 유유히 지나갔습니다. 이의를 제기하는 경찰은 아무도 없었습니다. 황제를 뒤따라 그의 수행원들이 황금과 장신구를 싣고 자랑스럽게 연신 콧김을 뿜어 대는 말을 타고 지나갔습니다. 북소리가 이어졌고 트럼펫 소리가 울려 퍼졌습니다. 제 곁에선 정신이 이상한 알로이지우스가 빙글빙글 돌면서 장군들의 이름을 주워섬기고 있었고, 얼마 떨어지지 않은 곳에선 취한 굼페르츠가 고래고래 소리를 지르고 있었습니다. 그리고 군중은 수천 개의 목소리로 소리쳤습니다. 황제 만세!

5　유럽의 동화나 민담, 시나 소설 등에 널리 퍼져 있는 '마법의 장화' 모티프로서, 이 장화를 신은 사람은 먼 거리를 단숨에 이동할 수 있음.

제9장

황제께서 돌아가셨습니다. 인도양[1]의 황량한 섬에 그의 외로운 무덤이 있습니다. 세상이 너무 비좁다고 느꼈던 그가 작은 언덕 아래 조용히 누워 있습니다. 그 언덕에는 다섯 그루의 수양버들[2]이 비통하게 초록 머리칼을 늘어뜨리고 있으며 그 곁으로 유순한 실개천이 애처롭게 탄식하며 흘러 지나갔습니다. 그의 묘비에는 비문이 없습니다. 하지만 그 위에 클리오[3]는 정의의 펜으로 보이지 않는 말을 써넣었는데 그 말은 영혼의 소리처럼 수천 년이 지나도 울려 퍼질 것입니다.

브리타니아! 너는 바다를 소유하고 있다. 하지만 위대한 망자가 죽어 가면서 네게 남겨 준 치욕을 씻어 내기에는 네 바닷물이 충분하지 않구나. 너의 미덥지 못한 허드슨 경이 아니었

---

1 하이네의 착각 또는 출판 과정상의 오류로 보임. 세인트헬레나섬은 대서양에 있음.
2 수양버들의 독일어 Trauerweide는 Trauer(애도)와 Weide(버드나무, 목초지)가 결합된 복합 명사.
3 Klio. 또는 클리오(Clio). 그리스 신화에 등장하는 아홉 명의 무사이(Musai) 여신 중 역사를 관장하는 여신.

다. 아무렴, 아니고말고. 작당하여 음모를 꾸민 왕들에게 고용된 시칠리아의 앞잡이는 바로 너 자신이 아니었더냐, 언젠가 민중이 공개적으로 너희 일족에게 저질렀던 일을 민중의 대장부에게 은밀히 앙갚음하려고 말이다 ― 그리고 그는 너의 손님이었기에 네 난롯가에 앉아 있었다.

먼 후일까지 프랑스 소년들은 벨레로폰4의 지독한 환대에 관해 노래 부르고 이야기할 것입니다. 그리고 이 조롱의 노래와 눈물의 노래가 해협 너머까지 울려 퍼지면 모든 고상한 영국인들의 뺨이 달아오를 것입니다. 그러나 언젠가 이 노래가 울려 퍼지면 영국인들은 더 이상 존재하지 않고 자부심의 국민은 바닥에 내동댕이쳐지고 웨스트민스터 사원의 무덤들도 파괴되며 그들이 봉인해 둔 왕가의 먼지도 잊힐 것입니다 ― 그리고 세인트헬레나섬은 동양과 서양의 여러 민족이 다채로운 깃발을 단 배를 타고 순례하는 성스러운 무덤이 될 것이고, 라스 카즈5와 오메라6 그리고 앙토마르시7의 복음서

---

4 Bellerophon. 또는 벨레로폰테스. 1) 그리스 신화에 등장하는 영웅. 아르고스의 왕비가 왕에게 벨레로폰이 자신을 농락했다고 거짓으로 고하자, 왕은 벨레로폰에게 편지를 가져온 자를 죽이라는 내용의 봉인된 편지를 주어 장인에게 보냄. 장인은 그를 9일 동안 환대한 다음 그를 죽이고자 불가능한 임무를 맡겼으나 그는 완수함. 2) 영국 군함 이름. 1815년 나폴레옹은 이 배에 올라 항복함.

5 에마뉘엘 드 라스 카즈(Emmanuel de Las Cases, 1766~1842). 프랑스 장교. 나폴레옹과의 대화를 기록한 『세인트헬레나 회상록』(8권, 1821~1823)으로 부와 명성을 얻음.

6 배리 에드워드 오메라(Barry Edward O'Meara, 1786~1836). 아일랜드의 의사. 나폴레옹의 첫 번째 주치의. 『유배 중인 나폴레옹 또는 세인트헬레나섬에서 전하는 목소리』(1822)에서 허드슨 로의 나폴레옹 학대를 폭로함.

7 프란체스코 앙토마르시(Francesco Antommarchi, 1780~1838). 프랑스 의사. 1818년 오메라의 후임으로 나폴레옹의 주치의가 됨. 『나폴레옹의 마지막 나날들』(1825)의 저자.

에 기록된 것처럼 허드슨 로[8]의 통제 아래 고통당했던 세속적인 구세주의 행위를 크게 기억함으로써 그들의 심장은 강건해질 것입니다.

참으로 기이한 일입니다! 황제를 극도로 적대했던 세 사람은 이미 끔찍한 운명과 맞닥뜨렸으니 말입니다. 런던데리[9]는 스스로 목을 베었고, 루이 18세[10]는 왕좌에서 썩었으며, 그리고 잘펠트 교수는 여전히 괴팅엔 대학의 교수입니다.

---

8   Hudson Lowe. 1815~1821년 나폴레옹이 유배되었던 세인트헬레나섬의 총독.

9   로버트 스튜어트(Robert Stewart, 1769~1822). 흔히 캐슬레이 경 또는 캐슬레이 자작으로 불림. 나폴레옹 전쟁의 승리와 빈 체제 성립에 기여한 영국 외교관, 정치가. 아버지의 죽음으로 제2대 런던데리 후작 칭호를 계승함. 1822년 면도칼로 목을 베어 자살함.

10   나폴레옹 실각 후 1814년 프랑스 왕위에 오름. 비만, 통풍, 당뇨 등으로 다리와 척추에 괴저 현상을 겪다가 1824년 사망.

제10장

　대학생으로 보이는 젊은이가 뒤셀도르프의 호프가르텐 가로수 길을 천천히 거닐고 있던 때는 청명하고 싸늘한 어느 가을날[1]이었습니다. 그는 때론 어린애처럼 즐거워하며 길바닥에 떨어져 바스락거리는 낙엽을 발로 차올렸고, 때론 우수가 가득한 눈길로 황금빛 잎사귀가 아직 몇 잎 남아 있는 앙상한 나무들을 바라보았습니다. 그렇게 나무를 쳐다볼 때마다 그는 글라우코스[2]의 말을 떠올렸습니다.

　　인간의 가문도 숲의 나뭇잎이나 마찬가지요.
　　바람 불어 나뭇잎이 땅으로 떨어지지만, 봄이 다시 생기를 얻으면
　　싹을 틔우는 숲은 다시 다른 잎을 재촉하지요.

1　1820년 9월 하이네는 뒤셀도르프를 방문함.
2　그리스 신화에는 여러 명의 글라우코스가 등장하는데, 여기선 시시포스의 아들을 지칭함.

인간의 가문도 이와 같아서, 자라는 것이 있으면 사라지는
것도 있지요.[3]

예전에는 이 젊은이가 같은 나무를 전혀 다른 생각으로 올려
다보았습니다. 당시 소년이었던 그는 새집이나 여름 딱정벌레
를 찾고 있었습니다. 딱정벌레들이 유쾌하게 윙윙거리면서 아
름다운 세상을 즐기면 소년도 신이 났습니다. 딱정벌레들은 수
액이 많은 초록 잎사귀에 맺힌 이슬방울에, 따스한 햇살에, 달
콤한 허브 향기에 흡족해했습니다. 당시엔 소년의 마음이 파닥
이는 작은 동물만큼이나 흥겨웠습니다. 그러나 이제는 그의 마
음도 나이가 들었고, 그 안에 있던 작은 햇살도 꺼져 버렸고, 그
안에 있던 모든 꽃도 시들어 버렸고, 심지어 그 안에 있던 아름
다운 사랑의 꿈조차 희미해졌습니다. 가련한 마음속에 남은 것
이라곤 가장 고통스러운 것도 말할 수 있는 배짱과 비탄뿐이었
습니다 — 이것이 제 마음이었습니다.

　바로 그날 고향으로 돌아갔지만 그곳에서 묵을 생각은 없었
습니다. 저는 고데스베르크[4]로 가서 친구의 발치에 앉아 어린
베로니카에 대해 이야기하고 싶은 생각이 간절했습니다. 저는
친애하는 무덤들을 찾아가 봤습니다. 현재 살아 있는 친구나
친척 중에서 찾아뵌 사람은 외삼촌과 외숙모뿐이었습니다. 길
거리에서 낯익은 얼굴들을 만나도 저를 알아보는 사람은 아무

3　호메로스의 『일리아스』 6권 146~149행.
4　바트고데스베르크(Bad Godesberg). 독일의 본 남서쪽에 위치한 도시.

도 없었습니다. 도시 자체가 저를 낯선 눈으로 바라보았고 그동안 많은 집이 새로 칠해졌으며 낯선 얼굴들이 창밖으로 내다보았고 낡은 굴뚝들 주위로 노쇠한 종달새들이 날개를 푸드덕거리며 날아다녔습니다. 교회당 묘지에서 자라는 양상추처럼 모든 것이 죽은 듯 보이면서도 동시에 신선하게 보였습니다. 예전에 프랑스어가 쓰이던 곳이 이제는 프로이센어를 쓰고 있었습니다.[5] 심지어 작은 프로이센 궁정도 이곳에 자리를 잡았고 사람들은 궁정 칭호를 달고 다녔습니다. 옛날 제 어머니의 머리를 손질하던 미용사가 궁정 미용사가 되었듯이, 이제는 궁정 재단사, 궁정 제화공, 궁정 빈대 방제사, 궁정 술 가게 등이 있었습니다. 도시 전체가 궁정 정신병자를 위한 궁정 병원처럼 보였습니다. 연로한 선제후만이 저를 알아보았습니다. 그는 옛날 그 광장에 그대로 서 있었지만 수척해 보였습니다. 그는 언제나 마르크트플라츠 한가운데 서 있었기 때문에 시대의 비참상 전부를 목격할 수 있었습니다. 그런 광경을 보고도 살이 찔 사람은 없을 것입니다. 저는 마치 꿈을 꾸고 있는 듯했는데 마법에 걸린 마을에 관한 동화를 떠올리고는 너무 일찍 꿈에서 깨지 않도록 서둘러 성문 밖으로 나갔습니다. 호프가르텐에서 저는 나무들이 상당수 사라진 것을 보고 한탄했습니다. 상당수의 나무는 기형적으로 자랐습니다. 예전에 초록의 거인처럼 보였던 네 그루의 키 큰 포플러는 작아졌습니다. 서너 명의 어여쁜 아가씨들이

---

5 빈 회의의 결정으로 베르크 대공령 대부분이 1815년 프로이센에 귀속됨.

화사하게 차려입고 걸어 다니는 튤립처럼 산책하고 있었습니다. 저는 이 튤립들이 아직 알뿌리였을 때를 기억했습니다. 아! 이들은 제가 옛날 '탑 속의 공주'라고 놀렸던 이웃의 아이들이었기 때문입니다. 하지만 제가 한때 피어나는 장미로 알고 있던 그 예쁜 아가씨들을 지금 보니 시든 장미였습니다. 한때 제 마음을 설레게 했던, 자부심이 서려 있던 시원한 이마엔 사투르누스[6]가 낫으로 주름을 새겨 놓았습니다. 아! 아쉽게도 너무나 늦게, 예전에 그녀가 사춘기에 접어든 소년에게 보냈던 눈길의 의미를 이제야 비로소 이해할 수 있었습니다. 그동안 저는 타지에서 그와 비슷한 눈길을 아름다운 눈에서 여러 번 보았기 때문입니다. 한때 부유한 귀족이었다가 나중에 거지로 전락한 남자가 모자를 살짝 들어 올려 겸손하게 인사했을 때 저는 깊은 감동을 받았습니다. 일단 전락하기 시작하면 마치 뉴턴의 법칙을 따르듯 점점 더 빠르게 비참한 상태로 떨어지는 사람들을 세상 어디에서나 쉽게 볼 수 있기 때문에 그렇습니다. 하지만 전혀 변하지 않은 것처럼 보이는 사람이 있었는데, 그는 키가 작은 남작이었습니다. 그는 한 손으론 왼쪽 재킷 자락을 높이 치켜들고 다른 손으론 가느다란 등나무 지팡이를 이리저리 흔들면서 예전처럼 즐겁게 춤추는 듯한 걸음으로 호프가르텐을 걸어갔습니다. 장밋빛 홍조가 코 쪽에 몰려 있는 작은 얼굴은 예전처럼 여전히 다정했으며 고깔모자도 예전과 마찬가지

---

6 Saturnus. 그리스 신화의 크로노스에 해당하는 로마 신화의 농경의 신. 주로 낫을 들고 있는 형상으로 묘사됨.

였고 묶어 올린 머리도 예전과 같았습니다. 다만 예전의 검은 머리카락 대신 이젠 흰 머리카락이 조금 보이기 시작했습니다. 하지만 제아무리 즐거워 보여도 저 가련한 남작이 그동안 많은 고초를 견뎌 냈음을 알 수 있었습니다. 그의 작은 얼굴은 그 사실을 숨기려 했지만 묶은 머리에서 삐져나온 흰 머리칼이 등 뒤에서 제게 누설했습니다. 그리고 묶음 머리도 그 사실을 부정하려는 듯 애처로우면서도 유쾌하게 흔들렸습니다.

저는 피곤하지 않았습니다. 예전에 내 사랑의 이름을 새겼던 나무 벤치에 다시 앉아 보고 싶은 생각이 들었습니다. 그 위에 수많은 이름이 덧새겨져 있어 그 이름을 좀처럼 찾을 수가 없었습니다. 아! 예전에 저는 이 벤치에서 잠들어 행복과 사랑을 꿈꿨지요. "꿈은 거품입니다." 옛날 아이들의 놀이도, 그리고 옛날 예쁜 동화도 다시 머리에 떠올랐습니다. 하지만 거짓된 새 놀이와 추한 새 동화가 계속해서 울려 퍼졌습니다. 그건 서로에게 충실하지 못하게 된 두 가련한 영혼이 나중에 배신하기에 이르렀고, 심지어 사랑하는 하느님과의 믿음마저도 저버린 이야기입니다. 이건 나쁜 이야기입니다. 할 일이 없다면 이 이야기를 듣고 울어도 좋습니다. 오, 신이시여! 예전에 세상은 참으로 아름다웠습니다. 새들은 당신의 영원한 영광을 노래했고, 작은 베로니카는 고요한 눈으로 저를 바라보았습니다. 우리는 슐로스플라스 광장에 있는 대리석상 앞에 앉았습니다. 광상 한편에는 황폐한 옛 성이 있는데 그 성에는 유령이 출몰합니다. 밤이면 검은 비단옷을 입은 머리 없는 여성[7]이 긴 옷자락을 사각사

각 끌며 돌아다닙니다. 다른 편에는 높은 흰색 건물8이 있습니다. 이 건물 위층에 있는 방에는 황금 액자에 넣은 화려한 그림들이 신기하게 반짝였고 반지하실에는 수천 권의 굉장한 책들이 있었습니다. 신심 깊은 우르줄라가 우리를 커다란 창가로 들어 올려 주면 저와 작은 베로니카는 종종 호기심이 가득한 눈으로 그 책들을 바라보곤 했습니다 — 나중에 키 큰 소년이 되었을 때 저는 매일 그곳에서 사다리의 꼭대기 단까지 올라가 가장 위에 있는 책들을 가지고 내려와 아무것도 두려워하지 않을 때까지, 적어도 머리 없는 여성들을 두려워하지 않을 때까지 오랫동안 읽었습니다. 저는 너무 영리해져서 예전의 놀이와 동화와 그림과 그리고 어린 베로니카와 심지어 그녀의 이름까지도 깡그리 잊고 말았습니다.

하지만 제가 호프가르텐의 옛날 그 벤치에 앉아 과거를 꿈꾸고 있는 동안 뒤쪽에서 어수선한 목소리가 들렸습니다. 그것은 러시아 전쟁에 참전했다가 포로가 되어 시베리아로 끌려갔던 가련한 프랑스인들이 운명을 한탄하는 소리였습니다.9 그들은 전쟁이 끝난 다음에도 거기서 여러 해 동안 억류되었다가 이제야 고향으로 돌아갈 수 있었습니다. 고개를 들어 보니 정말로 명예의 고아들이 보였습니다. 너덜너덜해진 군복의 찢어진 틈으로 벌거벗은 비참함이 엿보였고, 설한풍에 찌든 얼굴에는

---

7   교살당한 것으로 추정되는 야코베 폰 바덴 공작 부인(Jakobe van Baden, 1558~1597)의 유령이 뒤셀도르프성에 출몰한다는 전설이 있음.

8   미술관 건물. 위층은 미술관으로, 지하층은 하이네도 자주 이용했던 도서관으로 쓰임.

9   하이네의 『노래의 책』에 포함된 시 「척탄병들(Die Grenadiere)」 참조.

퀭한 눈이 슬픔에 잠겨 웅크리고 있었습니다. 비록 불구의 몸에 지치고 대부분 절뚝거렸음에도 불구하고 그들은 여전히 군인다운 절도 있는 걸음걸이를 유지하고 있었습니다. 그리고 정말 기이하게도 북을 멘 고수가 비틀거리면서도 선두를 유지했습니다. 낮에 전투에서 쓰러졌던 병사들이 밤이 되면 전장에서 다시 일어나 고수를 앞세우고 고향으로 행진했다는 전설이 떠올라 몸서리가 났습니다. 이 전설에 대해 옛날 민요는 이렇게 노래하고 있습니다.

> 그가 북채를 위아래로 두드리며 북을 울리자,
> 그들은 숙영지를 다시 떠나,
> 밝은 골목길을 통과하여,
> 트랄러리, 트랄러라이, 트랄러라,
> 애인의 집 앞을 지나가네.
>
> 아침에 거기엔 유골이
> 오와 열을 맞춰 묘비처럼 서 있네.
> 북이 선두에서 가고 있기에,
> 트랄러리, 트랄러라이, 트랄러라,
> 그녀는 그를 볼 수 있다네.[10]

---

10 아르님과 브렌타노가 수집한 민요집 『소년의 마적(*Des Knaben Wunderhorn*)』(1805~1808)에 수록된 「기상 신호(Rewelge)」 7연과 8연.

정말이지 그 가련한 프랑스 고수는 반쯤은 썩은 채로 무덤에서 나온 것 같았습니다. 그건 다름 아닌, 더럽고 너덜너덜한 모자 속에 있는 작은 그림자였습니다. 다시 말하자면 그건 죽어서 누렇게 변색된 얼굴이었는데 거기엔 핏기 없는 입술 위에 애처롭게 드리워진 커다란 콧수염이 있었고, 타 버린 재와 같은 눈에는 아직 약간의 작은 불꽃이 아른거렸습니다. 그럼에도 불구하고 이 작은 불꽃 중 하나에서 저는 그가 무슈 르그랑임을 알아보았습니다.

그도 저를 알아보고는 잔디밭으로 저를 끌어 내렸습니다. 그가 저에게 북소리로 프랑스어와 현대사를 가르쳐 주었던 그때처럼 우리는 잔디밭에 앉았습니다. 그것은 여전히 낯익은 옛날 그 북이었는데 그가 탐욕스러운 러시아인들에게서 그 북을 어떻게 지켜 냈는지 놀라지 않을 수 없었습니다. 그는 다시 한번 예전처럼 북을 쳤지만 북을 치면서 말을 하지는 않았습니다. 하지만 입술을 꽉 다물고 있어도 예전의 행진곡을 북으로 연주하는 동안 의기양양하게 반짝이는 그의 눈은 더 많은 것을 말하고 있었습니다. 그가 다시 한번 붉은 기요틴 행진곡을 요란하게 연주하자 옆에 있던 포플러들이 전율했습니다. 예전의 자유의 투쟁, 예전의 전투, 황제의 행위 등도 그는 예전처럼 북으로 연주했습니다. 북은 내면의 욕망을 표현할 수 있어서 즐거워하는, 살아 있는 생명체처럼 보였습니다. 저는 대포의 굉음, 총알이 귓전을 스치는 소리, 전장의 소음 등도 다시 한번 들었습니다. 근위대의 죽음을 불사하는 용기도 다시 한번 보았고,

휘날리는 깃발도 다시 한번 보았으며, 말을 탄 황제도 다시 한 번 보았습니다 — 그러나 매우 즐거운 그 난장판 속으로 점차 음울한 음조가 스며들었습니다. 북에서 거친 환호성과 엄청나게 끔찍한 슬픔이 교묘하게 뒤섞인 소리가 밀려 나왔습니다. 그것은 승리의 행진곡 같았지만 동시에 죽음의 행진곡 같았습니다. 르그랑의 두 눈이 유령처럼 부릅떠졌을 때 제가 거기서 본 것이라곤 시체로 뒤덮인 드넓고 하얀 빙판뿐이었습니다 — 그것은 모스크바 전투였습니다.

지금 무슈 르그랑이 꾀어내자 낡고 딱딱한 그 북이 그토록 고통스러운 소리를 뱉어 낼 줄은 정말 몰랐습니다. 그것은 북소리에 실린 눈물이었습니다. 흐느낌 소리는 점점 잦아들었고 침울한 메아리처럼 르그랑의 가슴에서 장탄식이 터져 나왔습니다. 그는 점점 생기를 잃어 가더니 유령처럼 되었고 그의 여윈 손은 추위로 떨렸습니다. 그는 앉아서 꿈을 꾸듯 북채로 허공을 휘저으며 먼 곳에서 들려오는 목소리에 귀 기울이는 듯했습니다. 이윽고 그는 퀭하고 웅숭깊고 애원하는 시선으로 저를 물끄러미 바라보더니 — 저는 그를 이해했습니다 — 북 위에 머리를 떨구었습니다.

무슈 르그랑은 이생에서 더 이상 북을 연주하지 않았고 그의 북도 더 이상 소리를 내지 않았습니다. 자유의 적이 그 북을 굴종적인 귀영(歸營) 신호를 알리는 데 사용하면 안 될 것입니다. 르그랑의 애원하는 마지막 시선을 아주 잘 이해했기에 저는 즉시 소지품에서 단검을 꺼내 북을 찔렀습니다.

제11장

숭고함과 우스꽝스러움은 한 걸음 차이입니다,[1] 마담!

하지만 삶이란 사실상 치명적일 정도로 진지해서 파토스적인 것[2]을 희극적인 것과 연결하지 않고는 견딜 수 없을 것입니다. 우리의 시인들은 이 사실을 알고 있지요. 아리스토파네스는 인간 광기의 가장 끔찍한 이미지들을 오직 위트라는 웃는 거울을 통해서만 우리에게 보여 주고, 괴테는 자신의 허무를 포착한 사상가의 거대한 고통을 오직 인형극의 크니텔 시행[3]으로만 감히 표현하며, 셰익스피어는 세상의 참상에 대한 치명적인 한탄을 방울 달린 모자를 조바심치며 흔들어 대는 어릿광대의 입을 통해서 말합니다.

1　Du sublime au ridicule il n'y a qu'un pas. 1812년 12월 10일 나폴레옹이 러시아에서 퇴각할 때 바르샤바 주재 대사 몽셰뇌르 드 프라트에게 말했다고 전해지는 구절.

2　하이네는 여기서 파토스를 숭고함이나 진지함과 유사한 개념으로 사용함.

3　Knittelvers. 16세기 독일 희곡이나 민중 문학에서 자주 사용된 시행 형식. 희극적인 내용을 표현할 때 자주 쓰임.

우리가 그것을 매일 보듯이, 그들은 그것을 모두 수천 개의 막으로 구성된 세계 비극에서 유머를 최고의 경지로 끌어 올릴 줄 아는 위대한 근원(根源) 시인에게서 보고 배웠습니다 — 영웅이 떠난 뒤에 지팡이나 딱따기를 든 어릿광대나 그라시오소[4]가 등장하고, 선혈이 낭자한 혁명이나 황제의 출정 다음에는 김빠진 웃음거리와 은근하게 합법적인 재담을 장착한 뚱뚱한 부르봉 왕가의 인물이 뒤뚱거리며 다시 걸어 나오고, 굶주린 미소와 함께 늙은 귀족이 이쪽으로 우아하게 경중경중 뛰어오며, 뒤이어 경건한 카푸친 교단 성직자가 촛불과 십자가와 교단 깃발을 들고 격렬하게 움직입니다 — 심지어 세계 비극의 최고 파토스에서도 희극적 특성이 암암리에 포함되어 있습니다. 브루투스처럼 자신의 가슴에 칼을 찔러 넣었던 자포자기한 공화주의자는 아마도 그전에 그 칼로는 청어도 자르지 못할 것이라는 낌새를 알아차렸는지도 모릅니다. 그뿐만 아니라 이 거대한 세계 무대에서 벌어지는 일은 우리 누더기 널빤지 무대에서 벌어지는 일과 똑같습니다. 거기에는 또한 만취한 영웅들과 자기 역할을 망각한 왕이, 걸려 있는 배경 그림이, 무대 뒤에서 대사를 읽어 주는 목소리가, 엉덩이 시로 효과를 배가하는 무희가, 가장 중요하게 반짝이는 의상 등이 있습니다 — 그리고 그 사이 저 위 하늘 관람석 맨 앞줄에는 귀여운 작은 천사들이 앉아서 여기 아래쪽의 우리 희극 배우들을 오페라글라스로 구경하고 있으며,

---

4　Grazioso. 스페인 희극에 등장하는 우스꽝스러운 인물.

사랑하는 하느님은 널널한 특별석에 근엄하게 앉아 있습니다. 그는 아마 지루해하거나 아니면 이 연극이 조만간 끝날 것이라고 셈을 거듭하고 있는지도 모릅니다. 왜냐하면 어떤 이는 너무 많은 출연료를 받고, 또 어떤 이는 너무 적은 출연료를 받으며, 배우들 모두 연기를 너무 못하기 때문입니다.

숭고함과 우스꽝스러움은 한 걸음 차이입니다, 마담! 이전 장의 마지막 부분을 마무리하면서 무슈 르그랑이 어떻게 죽었는지, 그리고 그의 마지막 시선에 담겼던 군사적 유언[5]을 얼마나 양심적으로 수행했는지를 당신께 이야기하는 사이 제 방문을 두드리는 소리가 들리더니 가련한 노파가 들어와 친근하게 제가 닥터[6]냐고 물었습니다. 제가 그렇다고 하자 그녀는 매우 친절하게 그녀의 집으로 같이 가자고 청했습니다. 가서 집에 있는 남편의 계안을 제거해 달라는 것이었습니다.

---

5 Testamentum Militare. 율리우스 카이사르는 복무 중인 군인들에게 형식에 구애받지 않으면서도 다른 규정에 우선하는 유효한 유언장을 작성할 수 있는 특권을 최초로 부여함.
6 동음이의어를 이용한 언어유희.

제12장

독일의 검열관들은 ━ ━ ━ ━ ━ ━ ━ ━ ━ ━ ━
━ ━ ━ ━ ━ ━ ━ ━ ━ ━ ━ ━ ━ ━ ━ ━
━ ━ ━ ━ ━ ━ ━ ━ ━ ━ ━ ━ ━ ━ ━ ━
━ ━ ━ ━ ━ ━ ━ ━ ━ ━ ━ ━ ━ ━ ━ ━
━ ━ ━ ━ ━ ━ ━ ━ ━ ━ ━ ━ ━ ━ ━ ━
━ ━ ━ ━ ━ ━ ━ ━ ━ ━ ━ ━ 돌대가리들 ━ ━
━ ━ ━ ━ ━ ━ ━ ━ ━ ━ ━ ━ ━ ━ ━ ━
━ ━ ━ ━ ━ ━ ━ ━ ━ ━ ━ ━ ━ ━ ━ ━
━ ━ ━ ━ ━ ━ ━ ━ 1

---

1 당시 검열에서 삭제당한 단어나 구절은 이처럼 옆줄로 표시됨. 여기선 실제 검열당한 것이 아니라 검열에 대한 패러디.

제13장

마담! 레다가 품고 있는 반구 아래 이미 트로야 전쟁이 통째로 놓여 있었습니다. 제가 먼저 고대의 백조의 알에 관해 말씀드리지 않는다면 당신은 저 유명한 프리아모스의 눈물을 절대 이해하지 못할 것입니다.[1] 잠시 옆길로 돌아간다고 저를 너무 나무라지 마시기 바랍니다. 전술한 모든 장에서 맥락을 벗어난 행은 단 한 줄도 없습니다. 저는 간결하게 쓰고 군말은 일절 회피하며 심지어 필수적인 사항조차 간과한 일도 종종 있었습니다. 예를 들자면 아직 한 번도 제대로 인용한 적이 없었습니다 — 저는 정신을 의미하는 게 아니라 오히려 작가를 의미합니다 — 고금의 책을 인용하는 것은 젊은 작가의 주된 즐거움이며, 몇몇 박학다식한 인용은 사람 전체를 치장해 줍니다. 마담,

---

1 『일리아스』에서 다루고 있는 트로야 전쟁의 시작과 끝. 백조로 변한 제우스와 동침한 레다가 낳은 자식 중 하나가 트로야 전쟁의 불씨가 된 헬레네. 트로야의 왕 프리아모스가 아킬레우스에게 간청하여 아들 헥토르의 시신을 돌려받는 장면이 『일리아스』의 마지막 부분.

책 제목에 대한 지식이 제게 결핍되었다고 생각하진 마십시오. 게다가 저는 빵에서 건포도를, 그리고 교수의 강의 노트에서 인용문을 골라낼 줄 아는 위대한 사람들의 요령을 알고 있습니다. 저는 또한 바르텔스가 어디서 모스트[2]를 가져오는지도 알고 있습니다. 필요한 경우에는 박식한 친구들에게 인용문을 차용할 수도 있을 것입니다. 베를린에 있는 제 친구 G.[3]는 말하자면 인용에 있어서는 작은 로트쉴트[4]이며, 수백만 개의 인용문을 기꺼이 저에게 빌려줄 것이고 재고로 쌓아 두고 있지 않은 인용문들은 몇몇 다른 국제적인 정신 은행가에게서 조달해 줄 것입니다 ― 하지만 저는 매년 1만 개의 제 인용을 소비할 정도로 형편이 좋은 남자여서 아직까지 차용할 필요를 느끼지 못합니다. 게다가 저는 심지어 가짜 인용을 진짜 인용으로 착각하게 만드는 기술도 발명했습니다. 가령 미하엘 베어[5]처럼 대단하면서도 부유한 어떤 학자가 저에게 이 비밀을 구매하려 한다면 저는 기꺼이 1만 9천 탈러 은화에 그것을 양도하겠습니다. 저 자신도 매각하겠습니다. 문학의 이익을 위해 저의 또 다른 발명을 은폐하지 않고 무료로 공유하겠습니다.

　잘 알려지지 않은 작가의 말을 인용할 경우엔 항상 그가 살고

2　Most. 발효가 덜 된 과즙.

3　하이네의 대학 동창이자 헤겔의 제자인 에두아르트 간스(1797~1839)를 암시함.

4　Rothschild. 로스차일드(영어)로도 불림. 프랑크푸르트 게토 출신인 마이어 암셀 로트쉴트 (1744~1812)의 다섯 아들은 유럽 대도시에 각각 은행을 설립하여 19세기 유럽 최대의 금융 가문으로 부상했으며, 오늘날까지도 세계 경제에 상당한 영향력을 행사하고 있음.

5　미하엘 베어(Michael Beer, 1800~1833). 독일 극작가. 음악가 자코모 마이어베어의 동생. 부친은 설탕 제조업자이자 은행가.

있는 집의 번지로 인용하는 편이 바람직하다고 생각합니다.

이 "좋은 사람들이자 나쁜 음악가들"[6] ―「폰세 데 레온」에서 오케스트라는 이렇게 불립니다 ― 하지만 이 알려지지 않은 작가들은 오래전에 소실된 것으로 간주된 소책자의 사본을 여전히 소지하고 있습니다. 이 소책자를 찾으려면 번지수를 알아야 합니다. 가령 제가 '슈피타[7]의 수공업 직인을 위한 작은 노래책'을 인용하고 싶다면 ― 마담, 당신이라면 이 책을 어디서 찾으시겠습니까? 그러나 제가 다음과 같이 인용한다면, "참조. 수공업 직인을 위한 작은 노래책. 필리프 슈피타 지음. 뤼네부르크, 뤼네슈트라세 2번지, 모퉁이 오른쪽." ― 마담, 당신이 그 책을 찾는 수고를 할 만하다고 생각하시면 찾을 수 있을 것입니다. 하지만 그럴 만한 가치는 없습니다.

그런데 마담, 당신은 제가 얼마나 수월하게 인용할 수 있는지 모르실 겁니다. 저는 어디에서든 제 심오한 학식을 끄집어낼 기회를 발견합니다. 가령 음식에 관해 말한다면 로마인들과 그리스인들 그리고 히브리인들도 먹었다는 메모를 보면서 루쿨루스[8]의 요리사가 준비했던 맛있는 음식을 모두 인용합니다 ― 오호통재라! 내가 1천5백 년 더 일찍 태어났더라면! ― 저는 또한 그리스인들은 공동 식사를 이러저러하게 지칭했으며 스파

6 클레멘스 브렌타노의 희곡「폰세 데 레온」(1804) 5막 2장.
7 필리프 슈피타(Philipp Spitta, 1801~1859). 하이네의 괴팅엔 대학 재학 시절의 친구. 두 사람은 민요에 대한 관심을 공유했음.
8 루키우스 리키니우스 루쿨루스(Lucius Licinius Lucullus, 기원전 118~56). 로마의 장군. 사치스러운 연회로 유명함. 그의 이름은 오늘날까지도 음식이나 향락과 연관하여 사용됨.

르타인들은 맛없는 검은 수프를 먹었다는 이야기도 곁들입니다 — 그 당시에 제가 태어나지 않았다는 사실은 정말 다행스러운 일입니다. 불쌍한 인간인 제가 스파르타인이었더라면 이보다 더 끔찍한 일은 상상조차 할 수 없기 때문입니다. 수프는 제가 가장 좋아하는 음식입니다 — 마담, 저는 곧 런던에 갈 생각입니다만, 그곳에서 수프를 구할 수 없는 게 사실이라면 고기 수프에 대한 간절한 그리움이 저를 이내 고국으로 되돌려 보낼 것입니다. 멀리 고대 히브리인의 음식은 물론이고 최근의 유대 음식까지도 말씀드릴 수 있습니다 — 이 경우 저는 슈타인백[9] 전부를 인용할 것입니다 — 저는 또한 많은 베를린 학자들이 유대인의 음식을 얼마나 인간적으로 표현했는지도 인용하고, 그 다음엔 유대인의 다른 장점과 우수성에 대해, 그리고 가령 어음이나 기독교 등 우리가 덕을 보고 있는 그들의 발명품에 대해 언급할 것입니다 — 하지만 여기서 잠깐! 우리는 기독교를 너무 높이 평가하고 싶진 않습니다. 사실 우리는 그것을 거의 사용하지 않았기 때문입니다 — 유대인들조차도 어음의 발명보다 기독교의 발명을 더 낮게 산정했다고 생각합니다. 유대인의 경우, 저는 타키투스를 인용할 것입니다 — 유대인은 사원에서 당나귀를 바쳤다고 타키투스는 말했습니다[10] — 그리고 당나귀의 경우, 이 얼마나 폭넓은 인용 범위가 저에게 열려 있는 것일까요! 현대의 당나귀와는 달리 고대의 당나귀에 관해 기이한 것이

---

9 Steinbeck. 유대인 식당이 즐비한 함부르크의 거리.

10 타키투스의 『역사』 5권 4장 참조.

얼마나 많이 인용될 수 있을까요. 고대의 당나귀는 얼마나 이성적이었으며, 그리고 아! 현대의 당나귀는 얼마나 어리석은지. 예를 들자면 발람의 당나귀는 얼마나 분별력 있게 말하는지,[11]

참조. 모세 오경. ― ― ― ― ―

마담, 공교롭게도 제가 지금 이 책을 가지고 있지 않군요. 그래서 이 자리를 나중에 채우기 위해 비워 두겠습니다. 대신 현대 당나귀의 어리석음에 대해 인용하겠습니다.

참조.   ― ― ― ―
                ― ― ― ―

아니, 저는 이 부분 또한 비워 두겠습니다. 그렇지 않으면 제가 마찬가지로 인용될 것입니다.[12] 모욕죄로 말이지요. 현대 당나귀는 큰 당나귀입니다. 문화적 수준이 아주 높았던 고대 당나귀는,

참조. 요한 마티아스 게스너. 고대 당나귀의 정직성에 대해. (1752년 2월 5일 괴팅엔 왕립 학회에서 낭송한 논평. 괴팅엔 왕립 학회 논평집 2, 32쪽)[13]

---

11 모세 오경 중 「민수기」 22장 28절 이하 참조.

12 zitieren에는 '인용하다'는 뜻 외에 '법정에 소환되다'라는 의미도 있음.

13 Gesneri: De antiqua honestate asinorum. (In comment. Götting., T, II., p. 32)

그들은 사람들이 그들의 후손에 대해 어떻게 말하는지를 듣는다면 아마도 무덤에서 뒤집어질 것입니다. 한때 '당나귀'는 명예로운 이름이었습니다 ─ 그때는 지금의 '궁정 고문관', '남작', '철학 박사' 등과 거의 같은 의미였습니다 ─ 야곱은 그의 아들 이싸갈을 당나귀에 비유하고,[14] 호메로스는 영웅 아약스를 당나귀에 비유했으며,[15] 그리고 지금은 사람들이 V......... 씨를 비유하는 데 당나귀를 사용합니다! 마담, 당나귀와 맺은 이런 계기로 저는 문학사에 깊이 빠져들 수 있었고,[16] 아벨라르둠, 피쿰 미란둘라눔, 보르보늄, 쿠르테시움, 안젤룸 폴리티아눔, 라이문둠 룰룸, 헨리쿰 하이네움[17] 등 사랑에 빠졌던 모든 위대한 인물들을 인용할 수 있을 것입니다. 사랑에 관해서라면 저는 다시 가령 키케로, 유스티니아누스, 괴테, 후고,[18] 그리고 저와 같이 담배를 피우지 않았던 위대한 인물을 모두 인용할 수 있을 것입니다[19] ─ 공교롭게도 우리 다섯 명은 모두 반쪽은 법률가입니다.

마비용[20]은 다른 사람의 파이프에서 나오는 연기조차 견딜 수

---

14 「창세기」 49장 14절. "이싸갈은 힘센 나귀, 양 우리 사이에 엎드려 있으며."

15 호메로스의 『일리아스』 11권 558~565행.

16 이 부분부터는 요한 아담 베른하르트의 『학자들의 진기한 이야기 개괄』(1718)의 구절들을 그대로 인용하거나 변형하여 패러디함. 베른하르트의 저서는 학자의 삶에 관한 잡다하고 방대한 자료를 210개의 장에 걸쳐 현학적이고 난삽하게 체계화한 것으로 유명함.

17 베른하르트의 저서에서 '사랑에 빠진 또는 정확히 말하자면 오입질한 학자들' 장에서 인용. 마지막의 헨리쿰 하이네움(Henricum Heincum)은 하인리히 하이네의 라틴어 이름.

18 구스타프 폰 후고(Gustav von Hugo). 하이네가 법학 박사 학위를 받을 당시 법대 학장.

19 베른하르트의 저서에서 '골초 학자에 관하여' 장 참조

20 장 마비용(Jean Mabillon, 1632~1707). 프랑스 베네딕토회 수도사, 학자. 고문서학 연구의 선구자.

없었습니다. 그는 독일 여관에 대해 "독한 담배 냄새 때문에 괴로웠다"[21]라고 자신의 『독일 여행』에서 불평했습니다. 그러나 다른 위인들은 담배를 애호했다고 알려져 있습니다. 라파엘 토리우스[22]는 담배를 예찬하는 시를 지었습니다 — 마담, 당신은 아마 이 담배 찬가를 이작 엘제피어가 1628년에 라이덴에서 4절판으로 출간했다는 사실을 모르실 겁니다 — 그리고 루도비쿠스 킨숏이 거기에 서문을 썼습니다. 심지어 그래비우스[23]는 담배에 관한 소네트를 짓기도 했습니다. 위대한 복스호르니우스[24]도 담배를 사랑했습니다. 벨[25]은 『역사 비평 사전』에서 복스호르니우스를 언급하고 있습니다. 그는 위대한 복스호르니우스가 담배를 피울 때 챙 앞쪽에 구멍이 뚫린 큰 모자를 썼다는 이야기를 들었다고 했습니다. 연구할 때 걸리적거리지 않도록 파이프를 그 구멍에 자주 끼워 두곤 했다는 것입니다 — 덧붙여 말씀드리자면 위대한 복스호르니우스를 언급하고 나니 저는 이제 염소 뿔에 받혔다가[26] 도망친 위대한 학자들[27]을 모두 인용할 수 있다는 생각이 듭니다. 하지만 저는 다만 요한 게오르

---

21 quod molestus ipsi fuerit tabaci grave olentis foetor.

22 Raphael Thorius. 영국의 의사, 시인.

23 요한 게오르크 그래비우스(Johann Georg Grävius, 1632~1703). 독일의 고전 문헌 학자, 교수.

24 마르쿠스 주에비우스 복스호르니우스(Marcus Suevius Boxhornius, 1612~1653). 네덜란드의 언어학자, 역사학자.

25 피에르 벨(Pierre Bayle, 1647~1706). 프랑스 계몽주의 철학자. 『역사 비평 사전』(3권, 1697)의 저자.

26 jn. ins Bockshorn jagen(누구를 겁주다, 위협하다). Boxhorn(염소 뿔).

27 베른하르트의 저서에서 '도망친 학자들에 관하여' 장 참조.

크 마르티우스[28]의 「문인 등등의 도주에 대해」 기타 등등만 언급하고자 합니다. 마담, 역사를 살펴볼 것 같으면 롯,[29] 타르퀴니우스,[30] 모세,[31] 유피테르,[32] 스탈 부인, 네부카드네자르,[33] 베뇨프스키,[34] 마호메트, 프로이센 대군, 그레고리오 7세, 랍비 이삭 아브라바넬, 루소 등의 위대한 인물들은 모두 인생에서 적어도 한 번은 도망친 적이 있었습니다 ─ 여기에 훨씬 더 많은 이름을 인용할 수 있을 것입니다. 예를 들자면 증권 거래소 게시판에 걸린 이름들[35] 말이지요.

보시다시피 마담, 제가 철저함과 깊이는 부족하지 않지만 체계화에는 아직 서툽니다. 진정한 독일인으로서 저는 신성 로마 제국의 오래된 관행을 따라 책의 제목을 설명하는 것으로 이 책을 시작했어야 했습니다. 페이디아스[36]가 자신이 제작한 유피테르상에 머리글을 붙이지 않았듯이 메디치의 베누스[37]에도 마찬가지입니다. 저는 그 베누스상을 사방으로 살펴

---

28 요한 마르티우스(Johann Martius, 1671~1750). 라이프치히의 공증인, 호텔업자.

29 구약 성서에 등장하는 의인으로, 불타는 소돔에서 도망감. 「창세기」 19장 참조.

30 루키우스 타르퀴니우스 수페르부스(Lucius Tarquinius Superbus, ?~기원전 510). 로마의 마지막 왕. 브루투스 등 공화주의자들의 반란 소식을 듣고 도망감.

31 이스라엘 사람들을 이끌고 이집트를 탈출함. 「출애굽기」 12~14장 참조.

32 Jupiter. 그리스 신화의 제우스에 해당하는 로마 신화의 최고신.

33 한글 성서의 느부갓네살. 「다니엘서」 4장 32절 참조.

34 모리스 베뇨브스키(Maurice Benyovszky, 1746~1786). 헝가리, 폴란드, 슬로바키아의 귀족, 장교, 모험가. 1769년 러시아군의 포로로 캄차카에 유배되었으나 탈출하여 일본, 타이완, 마카오를 거쳐 프랑스에 도착함.

35 당시에는 파산하고 도주한 사람들의 명단을 증권 거래소 게시판에 고지했음.

36 Pheidias. 고대 그리스의 조각가. 올림피아 제우스 신전에 12미터의 제우스 좌상을 제작하였으나 소실됨.

37 이탈리아 피렌체의 메디치가에 전해 오는 아프로디테상.

본 적이 있습니다만 어디에서도 인용된 문구 한 자 발견하지 못했습니다 — 그러나 고대 그리스인들은 그리스인이었지만, 우리는 정직한 독일인이기 때문에 독일의 미덕을 완전히 부정할 수 없습니다. 그래서 저는 뒤늦게나마 제 책의 제목에 대해 말씀드리지 않을 수 없습니다.

그러니 마담, 이렇게 말씀드리겠습니다.

I. 이념에 대하여

  A. 이념 일반에 대하여

    a. 합리적 이념에 대하여

    b. 불합리한 이념에 대하여

      a) 평범한 이념에 대하여

      b) 녹색 가죽으로 덮인 이념에 대하여

이것은 다시 세분화됩니다 — 하지만 이 모든 것은 곧 나타나게 될 것입니다.

제14장

마담, 이념[1]에 대한 이념을 가지고 계신가요? 이념이란 무엇입니까? "이 재킷에는 좋은 이념이 몇 가지 있습니다." 세련된 베를린 시절에 입었으나 이제는 점잖은 실내용 가운이 될 운명에 놓인 재킷을 진지하게 검토하며 제 재단사가 말했습니다. 세탁소 여주인이 불평을 늘어놓습니다. "S. 목사가 자기 딸 머리에 이념을 심어 놓아서 그 애가 바보가 되었다는 거예요. 그래서 사리 분별도 못 한다지 뭐예요." 마부 파텐센은 틈만 나면 투덜거립니다. "그거 괜찮은 이념이군! 그거 괜찮은 이념이야!" 하지만 어제 제가 이념을 무엇이라고 생각하는지를 묻자 그는 몹시 짜증을 냈습니다. 짜증 섞인 소리로 말하길, "예, 예, 이념은 이념이죠! 이념이란 건 전부 머릿속에 떠오른 헛소리일 뿐이죠." 동일한 의미로 이 단어를 괴팅엔의 궁정 고문관 혜렌이 책

---

1 독일어 Idee는 아래 사례에서 보듯 착상이나 구상, 관념, 생각, 견해, 이념 등으로 다양하게 사용됨. 이 책에서는 Idee를 모두 '이념'으로 옮김.

제목으로 사용했습니다.[2]

마부 파텐센은 광활한 뤼네부르크 황야의 어둠과 안개 속에서도 길을 찾아내는 사람이고, 궁정 고문관 헤렌은 현명한 본능으로 동양의 고대 무역로를 찾아내어 수년간 그곳을 고대의 낙타처럼 꾸준하고 끈기 있게 이리저리 돌아다닌 사람입니다. 그런 사람들은 믿을 수 있을뿐더러 안심하고 따를 수 있습니다. 그 때문에 저는 이 책에 '이념'이란 제목을 붙였습니다.

따라서 이 책의 제목은 저자의 이름만큼이나 중요하지 않으며, 그는 이 제목을 학문적 자부심에서 선택한 것이 아닙니다. 그렇기에 이 제목은 저자의 허영심에 지나지 않는 것으로 해석되어야 합니다. 마담, 제가 허영에 사로잡혀 있지 않다는 매우 슬픈 장담을 받아들이세요. 가끔 눈치채시겠지만 이 언급은 꼭 해야겠습니다. 저는 허영에 사로잡혀 있지 않습니다 — 그리고 제 머리엔 월계수 숲이 자라고 향기로운 바다가 제 젊은 심장으로 쏟아져 들어온다 하더라도 — 그렇더라도 저는 허영에 사로잡히지 않을 겁니다. 제 친구들은 물론이고 공간과 시대를 공유하는 다른 사람들도 충실하게 그 사실을 보증했습니다 — 아시다시피 마담, 아이를 돌보는 노파는 아이를 칭찬할 때 그 아이에게 침을 약간 뱉습니다. 아이가 예쁘다고 칭찬하면 그 칭찬이 사랑스러운 아이에게 해를 끼칠지도 모른다고 생각해서 그러는 겁니다 — 로마에서 명성이 자자한 개선장군이 자주색으로

2　괴팅엔 학파에 속하는 역사학자 아르놀트 헤르만 루트비히 헤렌(1760~1842)의 『고대 세계 주요 민족의 정치 교류 상업에 관한 이념』(1793~1796)을 암시함.

치장한 다음 마르치오 광장3에서부터 백마가 이끄는 황금 마차를 타고 릭토르, 악사, 무용수, 사제, 노예, 코끼리, 전리품 운반자, 집정관, 원로원 의원, 군인 등이 참여한 축제 행렬 가운데서 신처럼 우뚝 솟은 채 들어오면, 하층민들이 그 뒤를 따르며 온갖 조롱의 노래를 불렀다는 사실을 알고 계십니까, 마담? — 아시다시피 마담, 사랑하는 독일에는 노파와 하층민이 많습니다.

말씀드렸다시피 마담, 여기서 이야기하고 있는 이념들은 아테네가 괴팅엔에서 멀리 떨어져 있듯이 플라톤의 이념과는 거리가 멉니다. 당신은 이 책의 저자만큼이나 이 책 자체에 대해서도 큰 기대를 품지 마셔야 합니다. 저자가 도대체 어떻게 그런 기대를 불러일으킬 수 있었는지 정말이지 저는 물론이고 제 친구들도 이해할 수 없습니다. 이 문제를 설명하고 싶어 하는 율리에 백작 부인이 확언하기를, 언급된 작가가 가끔 무언가를 정말 재치 있고 독창적으로 표현한다면 그것은 그의 가식에 불과하며, 근본적으로 그는 다른 사람들과 마찬가지로 어리석다는 것입니다. 그러나 그 말은 옳지 않습니다. 저는 전혀 가식적이지 않으며 거리낌 없이 말하고 머리에 떠오른 것을 아주 순진하고 단순하게 쓰기 때문에, 만일 그것이 재치 있는 글이 되더라도 그건 제 잘못이 아닙니다. 하지만 제가 구입한 알토나4 복권보다 제가 쓴 글이 더 운이 좋은 것 같습니다 — 내심 반대로 되길 바랐습니다만 — 마음에 상처를 주는 말과 생각의 크바테

3 Campo Marzio. 전쟁에서 이기고 돌아온 로마의 장군이 개선 행진을 시작하는 곳.

4 Altona. 엘베강 하류에 있는 항구 도시. 현재 함부르크에 편입된 자치구.

르네[5]가 저의 펜에서 많이 흘러나옵니다만, 그건 신께서 그러신 겁니다 — 왜냐하면 그분께서 가장 경건한 선창 가수[6]나 전도 시인에게 아름다운 생각과 문학적 명성을 일절 허락하지 않으시기 때문입니다. 그들이 세상 사람들에게 지나친 칭찬을 받아 천사들이 이미 그들을 위해 자리를 마련해 놓은 하늘나라를 잊지 않도록 말이지요 — 그들과는 달리 우리 작가들에게는 하늘나라로 들어가는 문이 차단된 거나 마찬가지입니다. 그분께서는 불경스럽고 죄 많고 이단적인 작가인 우리에게 더 많은 탁월한 생각과 더 많은 세속적인 명성을, 그것도 거룩한 은총과 자비로 베풀어 주시곤 합니다. 어쨌건 일단 창조된 가련한 영혼이 완전히 빈손으로 가지 않도록, 적어도 여기 지상에서 하늘나라에서 거부된 행복을 조금이나마 느끼도록 해 주십니다.

참조. 괴테와 종교 팸플릿 작가들.[7]

보시다시피 마담, 당신은 제 글을 읽을 수 있습니다. 그것은 신의 은총과 자비를 보여 줍니다. 저는 그분의 전능함을 맹목적으로 신뢰하며 글을 씁니다. 이런 관점에서 보면 저는 진정

---

5   Quaterne. 로토 복권에서 당첨된 네 숫자의 조합.
6   시나고그의 선창자.
7   목사인 푸스트쿠헌(Pustkuchen, 1793~1834)은 괴테의 책 제목을 본뜬 『편력 시대』(1821)에서 독신적인 괴테를 비판했고, 이 책은 괴테의 종교성과 도덕성에 관한 팸플릿의 홍수를 야기함.

한 기독교 작가입니다. 지금 쓰고 있는 이 글을 시작하면서 구비츠[8]와도 이야기해 봐야겠지만, 이 글을 어떻게 끝맺어야 할지, 그리고 도대체 어떤 내용을 담아야 할지 아직도 모르겠습니다. 그래서 저는 전적으로 사랑하는 신께 의지합니다. 이런 경건한 신뢰 없이 제가 어떻게 글을 쓸 수 있겠습니까. 제 방에는 지금 랑호프 인쇄소[9]에서 온 사환이 원고를 기다리며 서 있습니다. 간신히 태어난 단어가 인쇄기 안에서 따뜻하고 촉촉하게 돌아다닐 것이고, 제가 지금 이 순간 생각하고 느낀 것이 내일 정오에는 벌써 보잘것없는 책으로 태어날 것입니다.[10]

마담, 당신은 제게 "원고를 가지고 있다가 9년이 지난 다음에 출간하라"[11]는 호라티우스의 말을 상기시키고 싶으실 겁니다. 다른 많은 규칙과 마찬가지로 이 규칙은 이론적으로는 가치 있을지 모르지만 실제로는 쓸모가 없습니다. 호라티우스가 작가에게 작품을 9년 동안 서랍에 넣어 두라는 이 유명한 규칙을 가르쳤을 때, 그는 9년 동안 음식을 먹지 않고 살 수 있는 비법도 함께 알려 주어야 했습니다. 호라티우스는 아마도 후원자가 제공한 식탁에 앉아 송로버섯을 곁들인 칠면조, 붉은 사슴 소스를

---

8   프리드리히 빌헬름 구비츠(Friedrich Wilhelm Gubitz, 1786~1870). 독일 작가. 그의 잡지 『게젤샤프터』(1817~1848)에 하이네 초기의 시와 산문이 실림.

9   이곳에서 『여행기』가 처음 인쇄됨.

10   하이네는 1827년 1월 중순부터 『여행기』가 출간된 4월 초까지 랑호프 인쇄소와 가까운 함부르크의 뒤스터슈트라세에 거주하면서 시간에 쫓겨 글을 씀. 원고의 일부가 완성될 때마다 인쇄소로 넘기는 식으로 글쓰기와 인쇄가 동시에 이루어짐.

11   nonum prematur in annum(9년 후에 출간해야 한다). 호라티우스의 『시학』 388행.

곁들인 꿩 푸딩, 텔토[12]의 순무를 곁들인 종달새 갈비, 공작새의 혀, 인디언 새집 등을 먹으며 이 규칙을 생각해 냈을 겁니다. 그 밖에 또 무슨 요리를 먹었는지 누가 알겠습니까! 게다가 모든 것을 공짜로 말입니다.

그러나 우리는, 불행히도 너무 늦게 태어난 우리는 다른 시대에 살고 있습니다. 우리의 후원자들은 전혀 다른 원칙을 가지고 있습니다. 그들은 작가와 서양 모과는 한동안 열악한 환경에 두어야 잘 자란다고 생각하며, 또한 개가 먹이를 많이 먹어 뚱뚱해지면 이미지 사냥과 생각 사냥에 유용하지 않다고 생각합니다. 아! 그들이 개에게 먹이를 주기라도 한다면 그 가련한 개는 먹이를 얻을 가치가 거의 없는 부적절한 개입니다. 예를 들자면 손을 핥는 닥스훈트, 안주인의 향기로운 허벅지에 달라붙을 줄 아는 몸집이 작은 볼로네즈,[13] 밥벌이 공부를 해서 물건을 물어 올 줄 알고 춤을 출 줄 알고 북을 칠 줄 아는 참을성 많은 푸들 등이 그런 개입니다 — 이 글을 쓰고 있는 동안 제 뒤에는 몸집이 작은 퍼그[14]가 짖으며 서 있습니다 — 조용히 해, 아미,[15] 넌 내가 여기서 언급한 개가 아니야. 넌 나를 사랑하고, 주인이 어렵고 위험한 상황에 처해도 끝까지 따르고, 충성스럽게 주인의 무덤에서 죽을 거야. 외국으로 추방된 많은 다른 독일 개들이 독일 성문 앞에 누워 굶주리며 흐느껴 우는 것과 마찬가지로 그렇

---

12 Teltow. 순무로 유명한 베를린 서남부의 도시.

13 Bolognese. 이탈리아 볼로냐가 원산지인 작은 애완견.

14 Pug. 중국이 원산지인 소형 애완견으로 불도그와 비슷하게 생김.

15 Ami. 뤼네부르크 시절 하이네 집안에서 키우던 개 이름.

게 충성스럽게 말이야 — 제 가련한 개의 명예 회복을 위해 잠시 옆길로 빠진 것을 용서해 주시기 바랍니다, 부인. 다시 호라티우스의 규칙과 무사이의 앞치마 장학금[16] 없이는 시인이 살아갈 수 없는 19세기에는 이 규칙이 부적합하다는 이야기로 되돌아가겠습니다 — 마 푸아,[17] 마담! 저는 9년은커녕 24시간도 버틸 수 없습니다. 영생은 제 위장에 별 의미가 없기에 저는 이 문제를 곰곰이 생각해 봤습니다. 그 결과, 저는 영생을 절반만 누리는 대신 충만한 포만감을 느끼는 편이 더 낫다는 결론에 이르렀습니다. 볼테르가 튼튼한 위장을 얻는 대가로 사후의 명성 중 3백 년을 바치겠다면 저는 음식 자체에 대해 두 배의 명성을 바칠 의향이 있습니다. 아! 이 세상에는 얼마나 멋지고 맛있는 음식이 많이 있습니까! 철학자 팡글로스[18]의 말이 옳습니다. 그야말로 최고의 세상입니다! 하지만 이 가장 좋은 세상에서는 돈이 있어야 합니다. 책상 위의 원고가 아니라 주머니 속에 돈을 가지고 있어야 합니다. 여관 '영국 왕'의 주인인 마르 씨는 자신이 작가이기도 하고 호라티우스의 규칙도 잘 알고 있습니다만, 제가 호라티우스의 규칙을 따를 경우 그가 9년 동안 제게 밥을 먹여 줄 것이라고는 생각하지 않습니다.

사실 무엇 때문에 제가 그 규칙을 따라야 합니까? 쓸거리가 많기 때문에 저는 시간을 끌 필요가 없습니다. 제 가슴속에 사

---

16 대개 성을 매개로 대학생이 여성으로부터 재정적 지원을 받는 일.

17 ma foi. 정말로, 솔직히.

18 Pangloß. 볼테르의 풍자 소설 『캉디드』(1759)에 등장하는, 낙관주의를 대변하는 인물.

랑이 가득하고 이웃들의 머릿속에 어리석음이 꽉 차 있는 한, 글을 쓸 소재는 절대 부족하지 않을 것입니다. 그리고 제 가슴은 세상에 여성이 존재하는 한 영원히 사랑할 것이며, 한 여성에 대한 사랑이 식으면 즉시 다른 여성에 대한 사랑으로 불타오를 것입니다. 프랑스에서 왕이 절대 죽지 않듯이[19] 제 가슴속의 여왕도 결코 죽지 않을 것입니다. 그래서 "여왕께서 돌아가셨습니다, 여왕 폐하 만세!"[20]라는 말이 있지요. 마찬가지로 제 이웃들의 어리석음 또한 결코 죽어 없어지지 않을 것입니다. 지혜는 오직 하나뿐이고 그 한계가 정해져 있지만 어리석음은 수천 개, 아니 셀 수도 없이 많기 때문입니다. 박식한 궤변론자이자 목사인 슈프[21]는 심지어 "세상에는 사람보다 바보가 더 많다"라고 말하기도 했습니다.

참조. 슈프, 『교훈적인 글 모음』, 1121쪽.

위대한 슈프가 함부르크에 살았다는 걸 기억한다면 이러한 통계 자료가 절대 과장이 아님을 알 수 있습니다. 같은 곳에 있는 제가 여기서 보는 모든 바보들이 제 글에 쓸모가 있다고 생각하면 정말 기분이 좋아진다고 말씀드릴 수 있습니다. 그들은 원

---

19 프랑스에서 왕이 죽었을 때 외치는 구호인 "국왕께서 돌아가셨습니다, 국왕 폐하 만세"를 암시함.

20 la reine est morte, vive la reine!

21 요한 발타자르 슈프(Johann Balthasar Schupp, 1610~1661). 독일 풍자 작가. 저서 『교훈적인 글 모음』(1677).

고료 자체, 즉 현금입니다. 저는 지금 편안히 지내고 있습니다. 하느님께서 저에게 은총을 내려 주시어 올해는 바보들이 유난히 풍족합니다. 그래서 저는 착실한 여관 주인처럼 아주 소수의 바보들만 소비하고 수익이 아주 좋은 바보들은 선별하여 나중을 위해 아껴 두었습니다. 산책로에서 즐겁고 기쁜 표정으로 걸어가는 저를 자주 보실 수 있을 겁니다. 부유한 상인이 물품 창고에서 상자나 통, 꾸러미들 사이를 흡족한 듯 손을 비비며 거니는 것처럼 저는 제 사람들 사이를 거닙니다. 그대들은 모두 내 소유요! 그대들은 모두 나에게 똑같이 소중하고, 그대들이 자신의 돈을 사랑하듯 나는 그대들을 사랑합니다. 그것은 많은 것을 말해 줍니다. 최근에 제 사람들 중 하나가 나중에 제가 무엇으로 먹고살지 모르겠다며 근심스럽게 말하는 소리를 들었을 때 저는 박장대소하지 않을 수 없었습니다 — 하지만 제가 자본으로 먹고살듯, 오직 그 한 명으로만 먹고살 수 있을 정도로 그 자신이 대단한 바보[22]입니다. 다수의 바보는 저에게 단순한 현금일 뿐만 아니라, 그에 관한 글을 써서 얻은 돈을 모종의 용도에 사용하려고 미리 할당해 놓은 현금입니다. 예를 들자면 살이 쪄 매우 푹신푹신한 어떤 백만장자를 위해 프랑스인들이 셰즈 페르세[23]라고 부르는 푹신푹신한 의자를 사 줄 겁니다. 그 뚱뚱한 백만장자의 부인을 위해 저는 말을 살 겁니다. 제가 그

---

22 kapitaler Narr. kapital이 형용사로 사용될 때는 '대단한'의 의미이지만 명사로 사용될 경우엔 '자본, 돈'이란 뜻. 결국 '대단한 바보는 자본 바보, 즉 자본 자체'라는 의미가 되는 언어유희.

23 chaise percée. 의자형 변기.

뚱뚱한 사람을 볼 때마다 — 이 남자가 바늘구멍을 통과하기보다는 차라리 낙타가 하늘나라로 들어가는 편이 쉬울 것입니다[24] — 그는 산책로를 뒤뚱거리며 걸어오고 있습니다. 왠지 이상한 생각이 들어 전혀 모르는 사람인데도 불구하고 저도 모르게 인사를 건넵니다. 그러자 그 사람도 이목을 끌 정도로 제게 아주 반갑게 인사해 주는 바람에 그 자리에서 그의 호의를 이용하고 싶은 마음이 듭니다. 하지만 멋지게 차려입고 지나가는 많은 행인 때문에 저는 당황스럽습니다. 그의 부인은 결코 못생긴 여자가 아닙니다 — 그녀는 눈이 하나밖에 없는 대신 더 진한 녹색이고, 그녀의 코는 다마스쿠스를 바라보는 탑 같고, 그녀의 가슴은 바다처럼 넓은데 거기에는 이 만(灣)으로 쇄도하는 배의 깃발처럼 온갖 리본이 펄럭입니다[25] — 그냥 보기만 해도 뱃멀미가 납니다 — 게다가 그녀의 목덜미는 아치형으로 살이 올라 마치 뭐 같습니다 — 비교 대상은 아래쪽에서 언급하겠습니다. 그리고 이 비교 대상을 감싸고 있는 보라색 휘장은 의심할 여지 없이 수천 마리에 또 수천 마리의 누에가 평생토록 실을 자아낸 결과물입니다. 보세요, 마담, 이 얼마나 멋진 말을 제가 장만하게 될지! 산책길에서 이 여성을 만나면 제 심장은 본격적으로 벌렁대고 벌써 올라탄 것 같은 느낌이 듭니다. 마치 벌써 뛰어올라 채찍을 찰싹찰싹 소리 나게 휘두르고 손가락으로 낚아

---

24 「마태오의 복음서」 19장 24절 "부자가 하느님 나라에 들어가는 것보다는 낙타가 바늘귀로 빠져나가는 것이 더 쉬울 것이다"의 패러디.

25 구약 「아가서」 7장의 패러디. 특히 5절 참조.

채고 혀를 차면서 다리로는 온갖 승마 자세를 취하듯이 말이지요 — 이랴! 이랴! — 워! 워! — 그러면 사랑스러운 그 여성은 굉장히 감동적으로 매우 의미심장하게 저를 바라보며 눈으로 히힝거리면서 울고 코로 코맹맹이 소리를 내고 엉덩이로 교태를 부리며 쿠르베트[26] 동작을 취하고 총총걸음으로 걷다가 갑자기 주저앉겠지요 — 저는 팔짱을 끼고 서서 흐뭇한 표정으로 그녀를 바라보며 그녀에게 재갈을 물려 탈지 굴레를 씌워 탈지 또는 영국제 안장을 얹을지 폴란드제 안장을 얹을지 등등을 곰곰이 생각할 겁니다. 저를 보고 있는 사람들은 그 여자의 어떤 점에 제가 그토록 매혹당했는지 알지 못합니다. 참견하는 혀들은 그녀 남편의 심기를 상하게 할 요량으로 제가 그의 반쪽을 바람둥이의 시선으로 바라보고 있다는 듯이 눈짓하겠지요. 하지만 우직하고 가죽이 부드러운 제 셰즈 페르세, 남편은 저를 모종의 불안감을 느껴 자신을 바라보는 순진한 심지어 조금 소심한 젊은이로 간주하노라고 대답할 겁니다. 가까이 다가가서 친해지고 싶은 마음이 있으면서도 얼굴이 달아오르는 수줍음 때문에 자제하는 그런 사람처럼 말입니다. 그러나 저의 고귀한 말은 제가 자유롭고 편파적이지 않으며 기사도 정신을 소유한 사람일 것이며, 먼저 인사하는 공손한 태도는 언젠가 자기 부부의 점심 초대를 받고 싶은 소망을 의미할 뿐이라고 생각하겠지요. —

---

26 Kurbette. 말이 앞다리를 들어 끌어당긴 채 뒷다리로만 서서 하는 일련의 점프.

보시다시피 마담, 저는 모든 사람을 사용할 수 있고 주소록은 사실상 제 집안 재산 목록입니다. 그래서 저는 절대 바꿀 수 없습니다. 빚쟁이를 수입원으로 바꿀 수 있기 때문이지요. 게다가 이미 말씀드렸다시피 저는 실제로 굉장히 검소하게 지독히 알뜰하게 생활하고 있습니다. 예를 들면 저는 이 글을 뒤스터슈트라세의 어둡고 침침한 방[27]에 앉아 쓰고 있습니다 — 하지만 저는 이런 상황을 기꺼이 견뎌 내고 있습니다. 물론 제가 원하기만 한다면 제 친구들이나 제 사랑들이 그러하듯 아주 멋진 정원에 앉아 있을 수 있습니다. 저는 술 마실 고객만 파악하면 됩니다, 마담. 고객은 방탕한 이발사, 몰락한 뚜쟁이, 제 먹을 것도 없는 음식점 주인, 제가 어디 사는지 어떻게든 알고 찾아와 술한 잔 값에 자기 주변의 온갖 스캔들을 읊어 대는 골수 룸펜 등입니다 — 제가 그런 사람들을 왜 문밖으로 완전히 내치지 않는지 궁금하지 않으십니까, 마담? — 그러면 절대 안 되지요, 마담! 이 사람들은 제 꽃입니다. 언젠가 이 사람들을 멋진 책에 담아 그 원고료로 정원을 사려 합니다. 빨강·노랑·파랑 등 다채로운 알록달록한 얼굴들을 가진 그들은 제겐 이미 그 정원의 꽃으로 보입니다. 낯선 코가 이 꽃들에서 캐러웨이나 담배나 치즈나 악덕의 냄새만 날 뿐이라고 한들 무슨 대수겠습니까! 제 코는, 굴뚝 청소부 대신 환상이 오르내리는 제 얼굴의 굴뚝은 이 사람들에게서 장미와 재스민과 제비꽃과 카네이션과 팬지 냄

_____

27 Düsterstraße. düster(어두운) + Straße[가(街), 거리]. 1827년 1월 중순부터 하이네가 거주한 곳.

새만 맡을 뿐입니다 — 오, 언젠가 아침에 이 정원에 앉아 새의 노래를 들으며 햇빛을 받아 사지가 나른해지고 초록의 신선한 숨결을 들이마시고 꽃들을 바라보면서 옛날의 룸펜들을 회상한다면 얼마나 기분 좋은 일이겠습니까!

하지만 저는 아직 어두운 뒤스터슈트라세의 제 어두운 방에 앉아 있습니다. 그리고 방 한가운데에 이 나라에서 덩치가 가장 큰 검둥이28를 매다는 것으로 만족하겠습니다 — "하지만 그런다고 더 잘 볼 수 있을까요?"29 그렇고말고요, 마담 — 하지만 오해는 마세요. 저는 그 사람을 목매달겠다는 게 아니라 그 사람에 대한 글을 쓰고 받게 될 원고료로 산 샹들리에를 매달겠다는 겁니다. 그런데 제가 생각하기엔 검둥이들을 실제로 목매다는 게 좋을 듯싶습니다. 그렇게 되면 갑자기 온 나라가 밝아질 테니까요. 그 사람들을 매달지 못한다면 낙인이라도 찍어야 합니다. 다시 비유적으로 말씀드립니다. 저는 상징적으로 낙인을 찍습니다. 물론 폰 바이스 씨30는 — 그는 백합처럼 하얗고 흠이 없습니다 — 자신을 하얘지도록 했습니다. 그는 정말로 낙인찍혔다고 제가 베를린에서 말했을 겁니다. 그 때문에 그 바보는 관계 당국의 주목을 받았고 자기 등에는 어떤 문장도 찍혀 있지 않다고 서면으로 제출해야 했습니다. 등에 문장이 없다는 증서를 그는 상류 사회로 들어가는 입장권으로 간주했

---

28 Obskurant. 덮여 있어서 캄캄하다는 뜻의 라틴어에서 유래한 이 단어는 반계몽주의자나 반동주의자라는 의미. 어원을 이용한 언어유희.

29 Mais, est-ce que vous verrez plus clair alors?

30 Herr v. Weiß. Weiß는 흰색이라는 의미. 검둥이의 반어.

음에도 불구하고 사람들이 그를 내치자 깜짝 놀랐습니다. 그리고 이제는 가련한 저에게 큰 소리로 거칠게 항의하며 눈에 띄기만 하면 장전된 권총으로 저를 쏘아 죽이겠다고 합니다 ― 제가 어떻게 대처해야 한다고 생각하세요, 마담? 이 바보를 이용하여, 즉 제가 그를 소재 삼아 쓴 글로 받게 될 원고료로 뤼데스하임에서 생산한 좋은 라인 포도주 한 통을 살 것입니다. 길거리에서 우연히 만난 폰 바이스 씨를 보고 제가 즐거워한다면 당신이 샤덴프로이데[31]라고 오해하실까 봐 이 말씀을 드리는 겁니다. 정말이지 그를 보면 제가 좋아하는 뤼데스하임산 포도주밖에 보이지 않습니다. 그를 보기만 하면 더없이 즐겁고 기쁜 기분이 들어 저도 모르게 흥겨운 콧노래를 흥얼거리게 됩니다. "라인강 변에는, 라인강 변에는, 거기엔 우리의 포도가 자라고 있지 ― ."[32] "이 그림은 너무나도 아름답구나 ― ."[33] "오 하얀 여인이여 ― ― ."[34] 그러면 제 뤼데스하임산 포도주가 굉장히 시큼해 보여서 사람들은 이 포도주가 독과 쓸개즙만으로 이루어졌다고 생각할 수도 있겠습니다 ― 마담, 장담하건대 이건 진짜 포도주입니다. 비록 인증 낙인이 찍혀 있지 않을지라도 전문가라면 이 포도주의 진가를 인정할 겁니다. 저는 기쁜 마음으로 포도주 통의 마개를 딸

---

31 Schadenfreude. 남의 불행을 고소하게 여기는 태도.
32 마티아스 클라우디우스의 시 「라인 포도주 노래」 참조.
33 모차르트의 「마술피리」 1막 1장 타미노의 아리아 참조.
34 프랑수아-아드리앵 보엘디외(1775~1834)의 오페라 「백의(白衣)의 부인」(1825) 2막 조지스 브라운의 카바티나 참조.

것입니다. 통이 깨질 위험이 있을 정도로 너무 사납게 발효된 경우에는 직권으로 포도주 통에 쇠테를 몇 개 둘러 안전 조치를 취해야겠지만요.

보시다시피 마담, 당신은 저에 대해 조금도 걱정하실 필요가 없습니다. 저는 이 세상에서 모든 것을 느긋하게 볼 수 있습니다. 하느님께선 지상의 현물로 저를 축복해 주셨습니다. 그분께서 제 지하실로 포도주를 아주 편안하게 보내 주시지는 않는다 하더라도, 제가 포도밭에서 일하는 건 허락하실 겁니다. 저는 포도송이를 따서 압착한 다음 통에 넣기만 하면 됩니다. 그러면 저는 신의 선물을 얻게 되는 것이지요. 잘 구워진 바보가 날아서 제 입으로 들어오는 것이 아니라 여느 때와 같이 날 것으로 맛없이 달려온다고 해도, 저는 그것들이 부드럽고 먹을 만하게 될 때까지 꼬챙이에 꿰어 오랫동안 돌리고 뭉근한 불에 조리고 후추를 뿌려 맛을 낼 줄 압니다. 마담, 제가 언젠가 큰 잔치를 벌이게 되면 당신은 제 요리를 즐기고 칭찬하실 겁니다. 한때 인도에서 아프리카까지 127개가 넘는 지방을 통치했던 왕인 위대한 아하수에로[35]만큼이나 저도 호화롭게 제 사트라프[36]들을 대접할 수 있음을 당신은 인정하시게 될 겁니다.[37] 바보 황소를 1백 마리 꽉 채워 도살하겠습니다. 고대의 유피테르처럼 유로파의 환심을 사려고 황소[38]로 변신한 위대한 필

---

35 Ahasveros. 또는 아하스에로스 또는 크세르크세스(그리스식 명칭). 고대 페르시아의 왕.

36 Satrap. 고대 페르시아 총독.

37 구약 「에스더서」 1장 1절 이하 참조.

38 Ochse. '거세된 황소'라는 의미 외에 '바보'라는 뜻도 있음.

로슈납스[39]가 황소 구이를 제공할 것입니다. 슬픈 페르시아 왕국을 의미하는 무대에서 우리에게 비극적인 알렉산드로스 대왕을 보여 주었던 슬픈 비극 작가[40]가 제 식탁에 여느 때처럼 레몬 조각을 입에 문 채 새콤달콤한 미소를 짓고 있는 상등품 돼지머리를 제공하면 예술을 아는 여자 요리사[41]가 월계수 이파리로 장식합니다. 산호 입술, 백조 목, 출렁거리는 작은 눈 언덕, 작은 난초, 작은 장딴지, 작은 미밀리, 작은 키스, 작은 배석 판사 등을 노래한 하인리히 클라우렌,[42] 그리고 프리드리히 거리에서 경건한 베른하르트파 수녀들이 "클라우렌 목사님! 우리 클라우렌 님!"이라고 부르며 따라다닌[43] 그 진정한 남자는 달달하기만 하면 무엇이든 좋아하는 주방 하녀의 상상력으로 해마다 작은 호주머니 홍등가[44]에서 아주 멋지게 묘사할 수 있는 음식을 저에게 제공합니다. 그리고 그는 우리에게 작은 셀러리[45]가 담긴 아주 특별한 작은 접시를 추가

---

39 Philoschnaps. Philo(~을 좋아하는) + Schnaps(독주). 애주가 친구 크리스티안 디트리히 그라베(1801~1836)를 암시함.

40 비극 「알렉산드로스와 다리우스」(1824/1825)의 작가 프리드리히 폰 위흐트리츠(1800~1875)를 암시함.

41 「알렉산드로스와 다리우스」에 대해 호평을 쓴 루트비히 티크를 암시함.

42 본명은 카를 호인(Carl Gottlieb Samuel Heun, 1771~1854). 판사, 궁정 관리, 편집인. 80편 이상의 작품을 쓴 당시 최고 인기 통속 작가. 상업적으로 가장 큰 성공을 거둔 연애 소설 『미밀리 (Mimili)』(1815)는 오랫동안 청소년 유해 도서로 지정됨. 그의 필명 클라우렌은 당시 저급한 취향과 동의어로 사용됨. 클라우렌을 수식하는 모든 단어에 작고 하찮다는 의미의 축소형 어미를 붙여 조롱함.

43 프리드리히 거리는 당시 베를린의 홍등가. 거리를 헤매는 부랑자에게 도움의 손길을 주는 수녀는 홍등가를 헤매는 남자에게 위안을 주는 매춘부를 암시함.

44 클라우렌이 쓴 외설적인 소책자를 암시함.

45 Sellerie. 민간요법에서 최음제로 사용됨.

로 주는데, 이것은 "우리의 작은 심장을 사랑으로 벌렁거리게 합니다". 머리만 쓸모 있는 현명하고 깡마른 궁정 귀부인이 우리에게 유사한 음식을 제공하는데, 그것은 아스파라거스[46]입니다. 그리고 괴팅엔 소시지, 함부르크 훈제 고기, 포메른 거위 가슴살, 우설, 찐 송아지 골, 소 주둥이, 대구포, 각종 젤리, 베를린 팬케이크, 빈 토르테, 과일 잼 등도 빠지면 안 되겠지요 —

마담, 상상만으로도 벌써 위장에 과부하가 걸립니다! 그런 잔치는 지옥에나 가 버려! 저는 그렇게 많이 견딜 수 없습니다. 소화가 잘 안 되네요. 돼지머리는 다른 독일 대중에게나 저에게 같은 영향을 끼칩니다 — 저는 속을 편하게 하는 빌리발트 알렉시스[47] 샐러드를 먹어야겠습니다 — 오! 불길한 돼지머리에 더 불길한 소스를 곁들인 음식이라니. 소스는 그리스식도 아니고 페르시아식도 아니고 녹색 비누 맛이 나는군요 — 저의 뚱뚱한 백만장자를 불러 주세요!

---

46 Spargel. 민간요법에서 최음제나 강장제로 사용됨.
47 빌리발트 알렉시스(Willibald Alexis, 1798~1871). 독일 작가. 본명은 게오르크 빌헬름 하인리히 해링(Georg Wilhelm Heinrich Häring). 해링(Häring)은 '청어'라는 의미.

제15장

마담, 당신의 아름다운 이마에 언짢은 구름이 살짝 비칩니다. 제가 바보들을 꼬챙이에 꿰고, 살을 다지고 비계를 끼워 넣고, 심지어 제가 먹지 못해 남겨 둘 수밖에 없는 것까지 상당수 도살하고, 이들을 익살꾼의 날카로운 부리에 희생되게 하는 것이 부당하지 않냐고 질문하시는 듯합니다. 과부들과 고아들이 울부짖고 한탄하는데 말이지요 ―

마담, 전쟁이란 그런 겁니다![1] 이제 당신께 모든 수수께끼를 풀어 드리겠습니다. 저 자신이 이성적인 부류의 사람은 아니지만 이 파당에 합류했고, 5588년[2] 동안 우리는 바보들과 전쟁을 벌여 왔습니다. 바보들은 우리에게 침해당했다고 하면서 이렇게 주장합니다. 세상에는 일정 분량의 이성이 있을 뿐인데도 이

---

1 c'est la guerre!

2 유대력 원년은 세상이 창조된 해를 의미하며, 기원전 3761년에 해당함. 이 작품이 출간된 1827년은 유대력으로 5588년.

성의 전체 분량을 지금 이성적인 사람들이 차지하고 있다, 그들이 어떻게 탈취했는지는 신만이 아실 것이다! 한 사람이 그렇게 많은 이성을 강탈하여 주변 사람들과 나라 전체를 어떻게 완전히 캄캄하게 만들어 버릴 수 있는지 정말 괘씸한 일이다, 라고요. 이것이 전쟁의 공표되지 않은 원인이며 이것은 진정한 섬멸전입니다. 이성적인 사람은 평소와 다름없이 매우 침착하고 분수를 잘 지키고 굉장히 합리적인 모습을 보여 줍니다. 그들은 고대 아리스토텔레스의 작품 속에 견고한 보루를 구축하고 앉아 있습니다. 그들은 많은 총포를 가지고 있고 화약을 발명했기 때문에 탄약도 충분합니다. 그들은 충분히 입증된 폭탄을 짬짬이 적진에 던지곤 합니다. 그러나 유감스럽게도 적의 수는 너무 많고 여간 소란스럽지 않으며 날마다 끔찍한 짓을 저지릅니다. 사실 어리석음은 어떤 것이라도 이성적인 사람에게는 끔찍하기 때문입니다. 그들의 전술은 종종 매우 교활합니다. 거대한 군대의 몇몇 지휘관들은 전쟁의 은폐된 원인이 새어 나가지 않도록 경계합니다. 그들은 거짓말을 너무 많이 한 나머지 결국엔 거짓 회고록까지 썼던 유명한 사이비인 푸셰[3]가 했던 말을 들었습니다. 그는 생각을 가리는 게 말이다[4]라고 했지요. 그들은 생각이란 것을 전혀 가지고 있지 않다는 사실을 감추기 위해 많은 말을 하고 긴 연설을 하고 두꺼운 책을 씁니다. 누군가 듣고 있

---

3 조제프 푸셰(Joseph Fouché, 1759~1820). 프랑스 정치가. 푸셰의 회고록은 역사학자 알퐁스 드 보샹이 쓴 것으로 판명됨.

4 les paroles sont faites pour cacher nos pensées(말은 우리의 생각을 숨기기 위해 만들어진다).

다면 그들은 유일하게 구원을 주는 생각의 원천, 즉 이성을 찬양합니다. 그리고 누군가 보고 있다면 그들은 수학, 논리학, 통계학, 기계 개량, 시민 의식, 여물 주기, 기타 등등에 열중합니다 ― 그리고 원숭이가 인간을 흉내 내려 하면 할수록 더 웃기듯이, 마찬가지로 저 바보들도 이성적으로 행동할수록 더 웃깁니다. 거대한 군대의 다른 지휘관들은 더 솔직해서 자신들이 가진 이성의 몫은 보잘것없으며 이성으로부터 얻을 수 있는 것이 전혀 없다고 고백합니다. 그리고 이성이 매우 시큼해서 본질적으로 가치가 거의 없노라고 장담하지 않곤 못 배깁니다. 그 말이 사실일 수도 있겠지만, 안타깝게도 그들은 이것을 증명할 수 있을 만큼의 이성을 가지고 있지 않습니다. 그 때문에 그들은 온갖 임시방편을 구하고 그 속에 들어 있는 새로운 힘을 찾습니다. 가령 정감, 믿음, 영감 등의 그런 것들이 이성만큼이나 효과적이며 어떤 비상 상황에서는 훨씬 더 효과적이라고 설명합니다. 그리고 그들은 이런 이성의 대용물로, 이런 사탕무[5] 이성으로 위안을 삼습니다. 하지만 그들은 제가 원래 자기네 부류의 사람이었다고 주장하면서 가련한 저를 몹시 증오합니다. 저를 성스러운 결속을 파기한 배신자·변절자라고 하며, 이제는 심지어 저를 나중에 자기네들 즉 바보들을 제 새로운 동료의 웃음거리로 만들려고 자기네들이 함께 무엇을 하는지를 은밀하게 염탐하는 스파이라는 겁니다. 그리고 동시에 이성적인 사람들

---

5 나폴레옹의 대륙 봉쇄령으로 사탕수수를 대체하기 위해 심은 작물.

이 저를 비웃고 저를 절대 동등하게 간주하지 않는다는 사실을 간파하지 못할 정도로 제가 너무 멍청하다는 것입니다 — 이 점에 관해서는 바보들이 절대적으로 옳습니다.

이성적인 사람들이 저를 자기네 사람으로 간주하지 않는다는 것은 사실이고, 종종 저를 보며 낄낄대는 소리를 듣습니다. 저는 이 사실을 잘 알고 있지만 절대 겉으로 드러내지 않습니다. 그러면 제 심장은 속으로 피를 흘리고, 혼자 있을 때면 그 때문에 눈물이 흐릅니다. 제 위치가 얼마나 부자연스러운지 저는 잘 알고 있습니다. 제가 하는 모든 짓이 이성적인 사람들에게는 어리석고 바보들에게는 끔찍합니다. 그들이 저를 증오하니, "돌이 무겁고 모래 또한 무겁지만 바보의 분노보다는 가볍다"[6]라는 격언의 진리를 실감합니다. 그들이 저를 이유 없이 증오하는 것은 아닙니다. 그것은 명백한 진실입니다. 저는 가장 신성한 결속을 파기했습니다. 신과 법에 따라 저는 바보들 사이에서 살다가 죽어야 했는데. 아! 제가 이 사람들 사이에서 행복하게 살았어야 했는데! 제가 돌아간다면 그들은 여전히 두 팔 벌려 저를 받아 줄 것입니다. 그들은 저에게 어떤 사랑을 베풀어 줄 수 있을지 제 눈을 보고 읽어 내려 할 겁니다. 그들은 매일 저를 식사에 초대하고 저녁이면 차 모임이나 클럽에 데려갈 것입니다. 그러면 저는 그들과 카드놀이를 하고 담배도 피우고 정치 이야기도 할 것이고, 그러다가 제가 하품이라도 할라치면 제 등 뒤에

---

6 「잠언」 27장 3절 참조.

서 "이 얼마나 멋진 감정인가! 믿음이 충만한 영혼이라니!"라며 추임새를 넣을 것입니다 — 마담, 제가 감동의 눈물을 흘리더라도 너그러이 봐주시기 바랍니다 — 아! 저는 영감이 떠오를 때까지 그들과 함께 펀치를 마실 것이고, 그런 다음에 그들은 제가 감기라도 걸리지 않을까 조바심을 내며 가마에 태워 집으로 데려다줄 겁니다. 한 사람은 저에게 재빨리 슬리퍼를, 다른 사람은 비단 가운을, 또 다른 사람은 하얀 나이트캡을 내줄 겁니다. 그런 다음 그들은 저를 부교수나 선교사나 수석 회계사나 아니면 로마 발굴단의 단장으로 만들 겁니다 — 그럴 것이 라틴어 어형 변화와 동사 변화를 아주 잘 구분할 줄 알고 여느 사람들과는 달리 프로이센 마부의 장화를 에트루리아 꽃병[7]으로 쉽게 착각하지 않기에, 저는 이 모든 분야에 아주 적격인 사람이 될 것입니다. 그 밖에도 저의 정감, 저의 믿음, 저의 영감은 예배 시간에 좋은 영향을, 즉 저에게 끼칠 수 있으며, 게다가 저의 탁월한 시적 재능은 고귀한 탄생일이나 결혼식에 효과적으로 사용될 수 있고, 또 제가 위대한 민족 서사시에서 우리가 매우 잘 알고 있는 영웅들을 모두 노래하는 것도 그리 나쁘진 않을 겁니다. 썩은 시신에서 후손을 자처하는 구더기가 기어 나왔던 그 영웅들 말입니다.

타고난 바보도 아니고 한때 이성을 보유했던 많은 사람이 그런 장점들 때문에 바보의 진영으로 넘어가서, 바보들과 함께 진

7　당시 에트루리아 꽃병의 진위가 주요 화젯거리였음. 이탈리아에서 발견된 많은 꽃병이 에트루리아 꽃병으로 간주되었으나 이에 대한 반론도 적지 않았음.

정한 게으름뱅이 향락주의자의 삶을 누리고 있습니다. 처음에는 다소 극복을 필요로 했던 어리석음이 이제는 그들에게 이미 제2의 본성이 되어, 이제 그들은 더 이상 위선자가 아니라 진정한 신봉자로 간주될 수 있습니다. 머리에 개기 일식이 아직 완전히 일어나지 않은 그중 한 사람은 저를 무척 좋아합니다. 최근에 저와 단둘이 있게 되자 그는 문을 잠그더니 진지한 어조로 말했습니다. "어이구 어리석은 사람아, 자네는 현자 행세를 하면서도 분별력은 자궁 속의 풋내기보다도 못하네그려! 이 나라의 위인들은 그들 앞에서 자신을 낮추고 그들의 피가 자기 것보다 더 고귀하다고 칭송하는 사람만 발탁한다는 사실을 자넨 정말 모르는 건가? 게다가 자네는 이 나라 경건한 사람들의 공분을 사고 있어! 은혜로 충만한 눈동자를 굴리고,[8] 믿음으로 팔짱 낀 손을 옷소매에 숨기고, 하느님의 어린 양처럼 고개를 숙이고, 외운 성서 구절을 중얼거리는 게, 도대체 그게 그리 어렵단 말인가! 내 말을 믿게. 어떤 높은 사람도 신을 모독하는 자네에게 돈을 지불하지 않을 것이고, 신을 사랑하는 사람들은 자네를 증오하고 헐뜯고 박해할 걸세. 그러면 자네는 이승에서도 저승에서도 출세할 수 없을 것이네!"

아! 이 말은 모두 사실입니다! 하지만 저는 이성에 대한 불행한 열정을 가지고 있습니다! 이성은 저를 사랑하지 않을지라도 저는 이성을 사랑합니다. 저는 이성에게 모든 것을 바치지만 이

---

8 불쾌, 불만의 의미.

성은 저에게 아무것도 베풀지 않습니다. 하지만 저는 이성을 포기할 수 없습니다. 옛날 유대의 왕 솔로몬이 「아가서」에서 기독교 교회를 유대인들이 눈치채지 못하도록 사랑에 불타는 흑인 소녀의 이미지로 노래했다면, 저는 수많은 노래에서 정반대로, 즉 이성을, 저를 끌어당기다가 밀쳐 내고 미소 짓다가 화를 내고 마침내 등을 돌리고야 마는 냉정한 백인 아가씨의 이미지로 노래했습니다. 누구에게도 말하지 않은 제 불행한 사랑에 대한 이 비밀은, 마담, 당신에게 제 어리석음을 평가하는 잣대를 제공해 줄 것입니다. 당신은 제 어리석음이 평범한 사람들의 어리석은 행동을 훨씬 뛰어넘는 아주 특별한 것임을 알게 될 것입니다. 제가 쓴 「래트클리프」와 「알만조르」와 「서정적 간주곡」을 읽어 보세요9 — 이성! 이성! 오로지 이성! — 그러면 당신은 제 어리석음의 극치에 깜짝 놀라실 겁니다. 야케의 아들 아굴의 말을 빌려 "저는 가장 어리석은 사람이며 저에겐 인간의 총명함이 결여되어 있습니다"10라고 말할 수 있습니다. 참나무 숲이 공중 높이 솟아 있고 참나무 숲 위로 높이 독수리가 날고 독수리 위로 높이 구름이 흘러가고 구름 위로 높이 별이 반짝입니다 — 마담, 너무 높지 않나요? 에비앙11 — 별 위로 높이 천사들이 떠다니고 천사들 위로 높이 — 아니요, 마담, 제 어리석음이 그보다 더 높아질 수는 없습니다. 이미 충분히 높습

---

9 하이네는 1823년 『비극들과 서정적 간주곡』을 출간. 여기에는 비극 「윌리엄 래트클리프」와 「알만조르」, 연작시 「서정적 간주곡」이 포함됨.

10 「잠언」 30장 2절 참조.

11 eh bien. 그것참.

니다! 제 어리석음은 자신의 숭고함에 현기증이 납니다. 그것
은 저를 7마일 장화를 신은 거인으로 만듭니다. 점심에는 힌두
스탄의 코끼리들을 전부 먹어 치운 다음 슈트라스부르크 성당
의 첨탑으로 이를 쑤실 수 있을 것 같고, 저녁에는 감상에 젖어
작은 항성들이 얼마나 소화하기 힘든지 생각지도 않고 하늘의
은하수[12]를 깡그리 마셔 없앨 것 같은 기분이 듭니다. 그리고
밤에는 더한 장관이 펼쳐지는데 제 머릿속에서 현재와 과거의
모든 민족이 모이는 회의가 열립니다. 여기에는 아시리아인,
이집트인, 메디아인,[13] 페르시아인, 히브리인, 블레셋인,[14] 프
랑크푸르트인, 바빌로니아인, 카르타고인, 베를린인, 로마인,
스파르타인, 튀르크인, 퀴멜튀르케[15] 등이 참가합니다 — 마
담, 이 민족들을 일일이 서술하는 것은 도를 넘는 일 같으니 헤
로도토스, 리비우스, 하우데 운트 슈페너셰 차이퉁,[16] 쿠르
티오스,[17] 코르넬리우스 네포스,[18] 게젤샤프터[19] 등을 읽어 보
시기 바랍니다 — 아침 식사를 해야겠습니다. 오늘 아침엔 글
이 더 이상 잘 쓰이질 않네요. 하느님께서 도와주지 않으시려

---

12 Milchstraße(은하수)는 Milch(우유)와 Straße(길)이 결합된 복합 명사.

13 Media. 고대 페르시아 왕국 중 하나.

14 Philister. 속물이란 뜻도 있음.

15 Kümmeltürke. 18세기 말 대학 인근 지역 출신의 학생을 지칭했으나 곧 허풍선이, 속물 등의
의미로 일반화됨.

16 Haude- und Spenersche Zeitung. 베를린 일간지(1740~1872).

17 퀸투스 쿠르티우스 루푸스(Quintus Curtius Rufus). 1세기경의 고대 로마 역사가.

18 Cornelius Nepos(기원전 100?~25?). 고대 로마 역사가.

19 Der Gesellschafter oder Blätter für Geist und Herz. 독일 잡지(1817~1850). 하이네가 「로렐
라이」를 비롯한 초기 시를 이 잡지에 기고함.

나 봅니다 — 마담, 유감스럽게도 당신이 이 사실을 저보다 먼저 눈치채셨을지도 모르겠습니다 — 예, 압니다, 오늘은 하느님께서 제대로 된 도움을 전혀 주지 않으셨다는 사실을 말입니다 — 마담, 저는 새 장을 시작하겠습니다. 거기서 당신께 르그랑이 죽은 다음 제가 어떻게 고데스베르크로 가게 되었는지를 말씀드리겠습니다.

제16장

고데스베르크에 도착하여 저는 다시 아름다운 여자 친구 발치에 앉았습니다 ─ 그리고 제 곁에는 갈색 닥스훈트가 누워 있었습니다 ─ 우리 둘은 그녀의 눈을 쳐다보았지요.

거룩한 하느님! 그 눈에는 이 땅의 모든 광휘와 하늘 전부가 담겨 있었습니다. 그 눈을 바라보는 동안 저는 행복에 겨워 죽을 것만 같았습니다. 그 순간에 죽는다면 제 영혼은 곧장 그 눈속으로 날아들어 가겠지요. 오! 저는 그 눈을 형언할 길이 없습니다! 사랑으로 미쳐 버린 시인을 정신 병원에서 불러내어 저 눈과 비교할 수 있는 이미지를 광기의 심연에서 건져 올리게 하고 싶습니다 ─ 우리끼리 하는 이야기지만 그런 일에 도움을 받지 않으려면 저 자신이 충분히 미쳐야 가능할 것입니다. 언젠가 어떤 영국인이 말했지요. 갓 뎀!¹ 그녀가 머리끝부터 발끝

---

1 God d – n! = god demn. 감탄사.

까지 그렇게 조용히 바라보면 연미복의 구리 단추는 물론이고 심장도 녹아 버릴 거라고요. 어떤 프랑스인이 말했지요. 플뤼트![2] 가장 큰 구경(口徑)의 눈을 가지고 있는 그녀가 30파운드의 시선을 쏘면, 꽝! 그러면 사랑에 빠진 거요, 라고 말입니다. 그 자리에 있던 마인츠 출신의 빨간 머리 변호사가 그녀의 두 눈은 블랙커피를 담은 두 개의 잔 같다고 말했습니다 — 그는 뭔가 굉장히 달콤한 것을 말하려 했던 것 같습니다. 그는 언제나 커피에 엄청나게 많은 양의 설탕을 타서 마시거든요 — 졸렬한 비교 — 저와 갈색 닥스훈트는 아름다운 그녀의 발치에 조용히 누워 그녀를 바라보며 귀를 기울이고 있었습니다. 그녀는 백발의 노병 곁에 앉아 있었습니다. 그 군인은 주름진 이마에 비스듬한 흉터가 있는 기품 있는 인물이었습니다. 두 사람은 아름다운 저녁놀로 빛나는 일곱 개의 산과 멀지 않은 곳에서 도도하게 잔잔히 흘러가는 푸른 라인강에 대해 얘기했습니다 — 지벤게비르게[3]와 저녁놀, 푸른 라인강과 그 위로 헤엄치는 흰 돛단배, 돛단배에서 울려 퍼지는 음악, 감미롭고 사랑스럽게 노래 부르는 양 머리[4] 대학생, 이런 것들이 우리와 무슨 상관이란 말인가 — 저와 갈색 닥스훈트, 우리는 그녀를 쳐다보았고, 먹구름 사이로 빛나는 달처럼 땋은 검은 곱슬머리 사이로 창백한 장밋빛으로 반짝이는 그녀의 얼굴을 바라보았습

---

2 F－e! = flûte 또는 foutre. 감탄사.

3 Siebengebirge. 고데스베르크 근처 라인강 동쪽의 구릉지. 축어적으로 일곱 개의 산이란 의미이지만 실제로는 50개 이상의 산과 언덕으로 이루어짐.

4 Schafskopf. 비유적으로는 멍청이, 숙맥이란 의미.

니다 — 그녀의 얼굴은 고상한 그리스인의 이목구비를 떠올리게 했으며, 대담한 곡선을 그리는 입술에는 우수와 희열과 유치한 분위기가 감돌았습니다. 그녀가 말할 때면 약간 저음인 그 말은 거의 한숨을 내뱉는 듯하지만 조급하게 재빨리 쏟아졌습니다 — 그녀가 말할 때면 그 말은 아름다운 입에서 따스하고 쾌적한 꽃비가 방울져 떨어지는 듯했습니다 — 오! 그러면 제 영혼 위로 저녁노을이 내려앉았고 어린 시절의 기억이 울리는 종소리와 함께 주마등처럼 줄줄이 지나갔습니다. 하지만 무엇보다도 제 마음속에서는 어린 베로니카의 음성이 작은 종소리처럼 울렸습니다 — 저는 마음속에서 그 종소리가 지나갈 때까지 여자 친구의 아름다운 손을 잡아 제 눈에 대고 있었습니다 — 그러다가 벌떡 일어나 웃었더니 닥스훈트도 덩달아 짖었고 늙은 장군의 이마엔 더욱 진지한 주름이 잡혔습니다. 일어나 앉은 저는 그녀의 아름다운 손을 다시 잡고 입맞춤하며 어린 베로니카에 대해 이야기했습니다.

제17장

　마담, 어린 베로니카가 어떻게 생겼는지 궁금하시겠지만 말씀드리지 않겠습니다. 마담, 당신은 원하는 것보다 더 많이 읽으라고 강요받을 수 없으며, 반면에 저는 제가 원하는 것만 쓸 권리가 있습니다. 하지만 저는 지금 지난 장에서 입맞춤했던 그 아름다운 손이 어떻게 생겼는지 이야기하겠습니다.

　우선 고백하지 않을 수 없습니다 — 저는 그 손에 입맞춤할 자격이 없습니다. 그것은 너무나도 섬세하고 투명하고 빛나고 달콤하고 향기롭고 부드럽고 사랑스러운 손이었습니다 — 정말이지 저는 약국에다 12그로셴[1]어치 형용사를 가져오라고 주문하지 않을 수 없습니다.

　가운뎃손가락에는 진주가 박힌 반지를 — 저는 그토록 가련한 역할을 하는 진주를 보지 못했습니다 — 약손가락에 그녀는

---

[1]　Groschen. 14~19세기에 독일에서 사용되던 소액 은화.

골동품 반지를 끼고 있었습니다 — 저는 이 반지에 대해 몇 시간 동안 고고학 공부를 했습니다 — 집게손가락에 그녀는 다이아몬드를 끼고 있었습니다 — 그것은 부적이었습니다. 다이아몬드를 보니 행복한 기분이 들었습니다. 그도 그럴 것이, 그것이 어디에 있건 네 형제와 더불어 그 손가락이 있었기 때문입니다. 그리고 그녀는 다섯 개의 손가락을 모두 사용하여 종종 제 입을 때리곤 했습니다. 그런 식으로 조종당했기 때문에 저는 최면술을 확고하게 믿었습니다. 하지만 그녀가 세게 때린 것은 아닙니다. 제가 어떤 신성 모독적인 말투를 써서 매를 버는 짓을 할 때마다 그녀가 때렸던 것입니다. 저를 때리고 나면 그녀는 즉시 후회하고 케이크를 가져와 절반으로 나눈 다음, 하나는 저에게 다른 반쪽은 갈색의 닥스훈트에게 주었습니다. 그러고는 미소를 지으며 말하는 것이었습니다. "당신네 둘은 종교가 없기 때문에 구원받을 수 없어요. 천국에는 당신들을 위한 식탁이 마련되어 있지 않기에 이 지상에서 사람들이 당신들에게 케이크를 먹여 주어야 해요." 절반은, 절반은 그녀의 말이 옳았습니다. 당시 저는 매우 비종교적이었고, 토머스 페인,[2] 『자연의 체계』,[3] 베스트팔렌 안차이거,[4] 슐라이어마허 등을 읽었으며, 수염과 이성을 자라게 하여 합리주의자의 대열에 합류하기를 원했습니다. 하

---

2 Thomas Paine(1737·1809). 인권을 강조한 영국의 혁명적 민주주의자. 말년에는 무신론사로 비판받음.
3 프랑스 계몽기의 유물론자인 폴 앙리 디트리히 돌바크(1723~1789)가 1773년에 출간한 책.
4 Westfalen Anzeige. 자유주의 성향의 신문. 1822년 하이네는 이 신문에 「베를린에서 보낸 편지」를 기고함.

지만 아름다운 손이 제 이마를 스치면 제 이성은 멈췄고, 달콤한 꿈으로 제 마음이 채워졌습니다. 그리고 다시 경건한 성모 마리아 찬가가 들리는 것 같았고 저는 작은 베로니카를 생각했습니다.

마담, 작은 관에 누워 있던 베로니카가 얼마나 예쁘게 보였는지 상상도 못 하실 겁니다. 사방에 서 있던 촛불이 미소 짓는 창백한 작은 얼굴과 작은 머리와 하얀 수의에 장식된 빨간 비단 장미와 살랑거리는 금박을 가물가물 비추고 있었습니다 ― 경건한 우르줄라가 저녁에 저를 조용한 방으로 안내했습니다. 불빛과 꽃으로 둘러싸인 채 테이블 위에 놓여 있는 작은 시체를 보았을 때 처음에 저는 예쁘고 키가 작은 성자(聖者)의 밀랍 인형인 줄 착각했지만 이내 그 사랑스러운 얼굴을 알아보았습니다. 저는 웃으면서 작은 베로니카가 왜 그렇게 조용히 누워 있느냐고 물어보았습니다. 그러자 우르줄라가 말했습니다. 죽어서 그런 거란다.

죽어서 그런 거라고, 그녀가 말했을 때 ― 하지만 저는 오늘 이 이야기를 더 이상 하지 않으렵니다. 너무 길어질 테니까요. 이야기를 하자면 그전에 먼저 성에 딸린 광장에서 절뚝거리며 돌아다니는 3백 살 먹은 절름발이 까치 이야기를 해야 하는데, 그러면 제가 너무 우울해질 것 같습니다 ― 불쑥 다른 이야기를 하고 싶다는 생각이 듭니다. 그 이야기는 재미있기도 하거니와 이 자리에도 잘 어울립니다. 게다가 그것은 제가 실제로 이 책에서 말하려고 했던 이야기이기 때문입니다.

제18장

　기사의 가슴에는 밤과 고통뿐이었습니다. 중상모략의 비수에 제대로 찔렸던 것이지요. 산마르코 광장을 가로질러 갈 땐 심장이 찢겨 온몸의 피가 다 빠져나가는 줄 알았습니다. 기진맥진한 다리는 휘청거렸고 — 때는 뜨거운 여름날이었는데 그 고귀한 사냥감은 온종일 쫓겼습니다 — 이마에선 땀방울이 흘러내렸습니다. 곤돌라에 오를 때 그는 깊은 한숨을 내쉬었지요. 그는 검은 곤돌라에 무심하게 앉아 있었고 하얀 물결은 그를 무심하게 흔들면서 브렌타로 가는 잘 알려진 길을 따라 그를 데려갔습니다 — 익숙한 궁정에 도착해서 그는 시뇨라 라우라가 정원에 있다는 말을 들었습니다.

　그녀는 테라스 끝에 있는 빨간 장미 곁의 라오콘 동상에 기대서 있었습니다. 멀지 않은 곳에 흐르는 강물 위로 수양버들이 가지를 애처롭게 늘어뜨리고 있었습니다. 그녀는 미소를 지으며 여린 사랑의 이미지로 장미 향에 흠뻑 젖어 거기 서 있었습니다.

그녀를 보자 그는 검은 꿈에서 깨어나 갑자기 부드럽고 갈망하는 모습으로 바뀌었습니다. "시뇨라 라우라!" — 그가 말했습니다 — "참담한 심경입니다. 원한과 곤경과 거짓에 시달리고 있지요." — 그리고 나서 잠시 망설이다가 더듬거리며 말했습니다 — "하지만 당신을 사랑합니다." — 그러자 그의 눈에는 기쁨의 눈물이 핑 돌았습니다. 촉촉한 눈과 불타는 입술로 그는 외쳤습니다 — "내 여자가 되어 주시오. 나를 사랑해 주시오."

이 시간 위에 신비롭고 어두운 베일이 드리워져 있습니다. 시뇨라 라우라가 어떤 대답을 했는지는 그 누구도 알지 못합니다. 이에 관해 천상에 있는 그녀의 수호천사에게 물어보아도 그 천사는 몸을 가린 채 한숨을 내쉬며 침묵할 뿐입니다.

기사는 라오콘 동상 곁에 오랫동안 홀로 서 있었습니다. 그의 얼굴은 일그러지고 창백했습니다. 그는 무심결에 장미나무에서 꽃잎을 모두 땄고 심지어 어린 새싹까지도 꺾어 버렸습니다 — 그 장미나무는 두 번 다시 꽃을 피우지 못하겠지요 — 멀리서 정신 줄을 놓은 밤꾀꼬리의 탄식 소리가 들려왔고, 수양버들은 근심스레 소곤거렸으며, 브렌타의 서늘한 물결은 둔탁하게 웅얼거렸고, 밤은 달과 함께 별과 함께 높이 떠올랐습니다 — 아름다운 별 하나가, 모든 별 가운데 가장 아름다운 별이 하늘에서 떨어졌습니다.

제19장

우시는 겁니까, 마담?[1]

오, 지금 그토록 아름다운 눈물을 흘리는 눈이 오래도록 그 빛으로 세상을 더 비춰 주고, 언젠가 죽음의 시간이 오면 따스하고 사랑스러운 손이 그 눈을 감겨 주기를! 마담, 보드라운 베개는 임종 시간에 유용하게 쓰이는 물건이므로 빠뜨리지 않으시길 바랍니다. 아름답고 지친 그 머리를 베개에 뉘면서 검은 고수머리가 창백한 얼굴에 물결칠 때면, 오, 그러면 신께서 저를 위해 흘린 당신의 눈물에 대해 보답해 주시기를 — 왜냐하면 제가 바로 당신이 울어 주었던 그 기사이기 때문입니다. 제가 바로 방황하는 사랑의 기사이자 별똥별의 기사입니다.

우시는 겁니까, 마담?

---

1   Vous pleurez, Madame?

오, 전 이 눈물을 압니다! 더 이상 숨긴다고 해서 무엇이 달라지겠습니까? 마담, 당신은 고데스베르크에서 제 삶의 슬픈 동화를 들려주었을 때 그토록 사랑스러운 눈물을 흘렸던 바로 그 아름다운 여성입니다 — 장미꽃 위에 떨어지는 진주처럼 아름다운 눈물방울이 아름다운 뺨으로 굴러떨어졌지요 — 그때 닥스훈트는 침묵했고 쾨니히스빈터의 저녁 종소리는 잦아들었고 라인강은 나직이 웅얼거렸고 밤은 검은 망토로 대지를 뒤덮었고 저는 당신의 발치에 앉아 허공을, 별이 반짝이는 하늘을 쳐다보았습니다 — 처음엔 당신의 두 눈을 두 개의 별이라고 생각했었지요 — 하지만 그토록 아름다운 눈을 어찌 별이라 착각할 수 있겠습니까? 하늘에 있는 그 차가운 빛은 더 이상 울 여력이 없을 정도로 비참한 사람의 비참함을 울어 주지도 못하는데 말입니다.

그리고 저는 이 눈을 착각하지 않을 특별한 이유가 있습니다 — 이 눈에는 작은 베로니카의 영혼이 깃들어 있었기 때문입니다.

마담, 헤아려 보니 당신은 작은 베로니카가 죽은 바로 그날 태어났더군요. 안더나흐트의 요하나가 제가 고데스베르크에서 작은 베로니카를 다시 만나게 될 거라고 예언해 준 적이 있었습니다 — 저는 당신을 바로 알아보았지요 — 마담, 멋진 놀이가 막 시작되려던 순간, 당신이 죽은 것은 좋지 못한 생각이었습니다. 경건한 우르줄라가 "죽어서 그런 거란다"라고 말한 이후 저는 거대한 미술관을 혼자서 진지하게 이리저리 돌아다

넜습니다만, 그림들은 더 이상 예전처럼 제 마음에 흡족하게 다가오지 못했습니다. 그러다가 갑자기 그림들이 서서히 희미해지는가 싶더니 단 하나의 그림만 색채와 광채를 띠기 시작했습니다 — 마담, 당신은 아시겠지요, 제가 말씀드리는 그림이 어떤 그림인지 —

그건 델리의 술탄 부부입니다.

마담, 우리는 그 그림 앞에 그토록 자주, 그리고 오랫동안 서 있곤 했지요. 그리고 관람객들이 그림의 얼굴과 우리의 얼굴이 매우 닮았다는 사실을 눈치챘을 때 경건한 우르줄라가 기묘한 미소를 지었던 것을 기억하시나요? 마담, 당신은 그림 속의 그녀와 꼭 빼닮았다는 생각이 듭니다. 심지어 화가가 어떻게 당신이 그 당시 입었던 옷까지 표현할 수 있었는지 정말 믿기지 않습니다. 화가가 미쳤다는 소문도 있고, 꿈에서 당신을 보았다는 소문도 있습니다. 어쩌면 그의 영혼이 수습 기사처럼 당시 당신을 시중들던 커다란 신성한 원숭이 속에 들어앉아 있었던 것일까요? — 그렇다면 그는 틀림없이 언젠가 빨간 포도주를 쏟아 망쳐 버렸던 은회색 베일을 떠올렸을 것입니다 — 당신이 그것을 입지 않아 기뻤습니다. 그것이 당신에게 특별히 잘 어울리는 것도 아닐뿐더러 어쨌든 여성에겐 유럽풍의 옷이 인도풍의 옷보다 더 잘 어울리기 때문입니다. 물론 아름다운 여성은 어떤 옷을 입어도 아름답습니다. 마담, 세련된 어떤 브라만이 — 그는 쥐를 타고 있는 긴 코끼리 코의 신(神)인 가네샤[2]를 닮았습니다 — 언젠가 당신에게 이렇게 인사했던 것을 기억하시나요? 인드라의 황금 성에서 나와 고행 중인 비슈와미트라에게 내려갔던 더없이 아름다운 메나카[3]도 당신보다 아름답진 않았을 겁니다, 마담!

그 말을 더 이상 기억하지 못하시나요? 당신이 그 말을 들은 지 3천 년이 채 되지도 않았습니다. 아름다운 여성들은 대개 부드러운 아첨의 말을 그렇게 빨리 잊지 않는 법이지요.

한편 남성의 경우 인도 복장은 유럽 복장보다 훨씬 더 잘 어울립니다. 오, 내가 입었던 델리의 장밋빛 붉은 연꽃 바지여! 시뇨라 라우라 앞에서 사랑을 구걸하던 그때 제가 그 바지를 입었더라면 — 앞 장은 달라졌을 테지요! 하지만 아! 당시 저는 아침밥도 못 먹은 중국인이 난징에서 짠 밀짚처럼 누런 바지[4]를 입고 있었습니다 — 바지를 짤 때 제 망조(亡兆)도 함께 짜였습니다 — 그래서 비참해졌지요.

작은 독일 카페에 어떤 젊은이가 자주 들러 조용히 커피를 마시는 한편, 머나먼 중국에는 그의 망조가 자라 꽃을 피우고 그곳에서 실로 자아지고 길쌈으로 짜입니다. 만리장성이 높음에도 불구하고 그것은 이 젊은이를 찾아옵니다. 그는 이것을 난징 바지로 알고 순진하게 입은 다음, 비참한 꼴을 당하게 되지요 — 마담, 그리고 이 남자의 작은 가슴에는 심지어 많은 비참

---

2 Ganesa. 인도 신화에서 코끼리 머리, 네 개의 팔, 불룩한 배를 가진 지혜와 행운의 신으로 쥐를 이동 수단으로 이용함.

3 Menaka. 인도 신화에 등장하는 인물. 인드라는 고행하는 비슈와미트라를 유혹하여 탈선시키기 위해 우유 바다에서 태어난 아름다운 메나카를 보내지만 두 사람은 진실한 사랑에 빠짐.

4 비극적 사랑의 주인공인 괴테의 베르터가 입었던 노란 바지를 암시함.

함이 숨을 수 있고 게다가 아주 잘 숨어 있을 수 있어서, 이 가련한 사람 자신도 그 사실을 며칠 동안 느끼지 못한 채 기분이 좋아서 유쾌하게 춤을 추고 휘파람을 불고 즐겁게 흥얼거립니다 — 랄랄라랄라, 랄랄라랄라, 랄라랄 — 랄 — 랄 — 라. —

제20장

그녀는 사랑스러웠고 그는 그녀를 사랑했다네. 하지만 그는

사랑스럽지 않았고 그녀는 그를 사랑하지 않았다네.

(옛날 연극)

이 어리석은 이야기 때문에 당신은 자살하려 하시나요? 마담, 어떤 사람이 자살을 원한다면 언제나 그럴 만한 충분한 이유가 있습니다. 믿으셔도 좋습니다. 하지만 그 사람 자신이 그 이유를 알고 있는지 여부는 다른 문제입니다. 우리는 마지막 순간까지 우리 자신과 희극을 연기합니다. 우리는 심지어 우리의 비참까지도 위장합니다. 그래서 가슴의 상처 때문에 죽으면서도 치통을 호소합니다.

마담, 치통을 치료하는 약을 확실히 아시지요? 하지만 저는 마음에 치통이 있습니다. 이건 아주 고약한 병입니다. 여기엔 납 충전과 바르톨트 슈바르트[1]가 발명한 이닦기가루[2]가

매우 큰 도움이 됩니다.

비참이 벌레처럼 제 마음을 갉아먹고 또 갉아먹었습니다 —
가련한 중국인은 아무 죄도 없습니다. 제가 이 비참을 세상에
가져온 것입니다. 이것은 이미 요람에서 저와 함께 누워 있었
고, 어머니가 요람을 흔들 때마다 저와 함께 흔들렸으며, 그녀
가 자장가를 불러 줄 때마다 저와 함께 잠들었고, 제가 눈을 뜨
자마자 함께 깼습니다. 제가 자라자 비참도 함께 자랐으며 마침
내 엄청나게 커져서 제 ...을[3] 터뜨려 버렸습니다 —

이제 다른 이야기를 합시다. 신부의 화관과 가면무도회와 즐
거움과 결혼의 기쁨에 대해 이야기합시다 — 랄랄라랄라, 랄랄
라랄라, 랄라랄 — 랄 — 랄 — 라. —

---

1 Berthold Schwarz. 14세기 후반의 전설적인 독일 연금술사. 화약의 발명자로 알려졌으나 실
   존 인물인지는 불분명함. 바르톨트는 베르톨트의 오자(誤字).
2 Zahnpulver. Zahn(치아)+Pulver(가루, 화약).
3 하이네는 '터뜨리다' 동사의 목적어에 해당하는 명사를 고의로 생략한 비문을 사용함.

해설

여행 문학의 새로운 지평

황승환(강릉원주대 독어독문학과 교수)

하이네는 『회상(*Geständnisse*)』 서문(1854)에서 자신은 낭만주의의 마지막 시인이자 현대 독일 시의 선구자라고 언급한 바 있다. 독일 시 문학사에서 그는 전통적인 시와 현대 시의 매개 역할을 했다. 운문이 고상한 글로 간주되고 정형시 형식과 엄격한 운율 도식이 금과옥조로 간주되던 시기에, 하이네는 시에 구어체와 자유로운 시 형식을 도입했고 엄격한 운율보다는 자유 리듬 형식을 선호했다. 산문이 천대받던 시기에 하이네는 여행기와 신문의 문예란을 예술 형식으로 고양시킨 큰 족적을 남겼다.

1800년 전후 시기에 여행자의 관찰이나 체험을 기록한 여행기는 대중적인 인기를 얻은 장르였다. 그러나 하이네의 여행기는 여행지의 정보를 전달하는 대개의 여행기와는 성격이 판이하다. 하이네 여행기의 전범으로 로런스 스턴의 『센

티멘털 저니』나 괴테의 『이탈리아 기행』이 자주 언급된다. 하이네의 여행기가 대상을 주관화한다는 점에서는 이들과 유사하지만, 연상을 통해 그것을 정치화한다는 점에서는 다른 여행기와 차별된다. 괴테의 여행기가 예술, 특히 고대 예술에 방점을 찍고 있다면, 하이네 여행기의 화두는 나폴레옹의 신화화로 대변되는 프랑스 혁명 정신, 나아가 모든 질곡에서 벗어나는 해방(『여행기 3』 참조)이다. 『여행기 2』가 시중에 배포되기 직전인 1827년 4월 12일, 나폴레옹에 대한 예찬과 검열에 대한 비판 때문에 하이네는 지레 겁을 먹고 안전상의 이유로 런던으로 떠났다. 거기서 독일의 반응을 살펴볼 심산이었으나 결과는 예상 밖으로 긍정적이었고 하이네는 유명세를 탔다.

하이네의 여행기는 1830년대와 1840년대 많은 자유주의 성향의 작가들이 본보기로 삼는 작품이 되었다. 이들은 하이네의 여행기를 전범으로 삼아 종교나 정치나 문화에 관해 시비를 다투는 여행기와 단장(斷章) 형식의 산문을 썼다. 하이네는 여행기에 'Reisebilder'라는 제목을 붙였다. Bilder(Bild의 복수형)는 어떤 대상을 본떠 만든 형상, 즉 그림이나 사진 또는 이미지를 의미한다.

1. 북해 연작

하이네는 북해의 노르더나이섬에 두 번 체류하였다. 1797년 하노버 왕가는 북해의 동프리지아 군도에 속하는 노르더나이섬에 독일 최초로 치료 효과가 인정된 해변 휴양지를 건설하였다. 시간이 지나면서 시설이 근대화되었고 1820년에는 온천장에 카지노도 세워졌다. 당시 온천장은 치료 효과도 있고 건강을 유지하는 데도 도움이 된다고 알려져 귀족과 상류 시민 계층이 많이 이용하였다. 병약했던 하이네의 작품이나 편지에는 온천장에 갔다는 언급이 자주 등장한다. 하이네는 신교로 개종하고 법학 박사 학위를 받은 직후인 1825년 8월 13일에서 9월 말까지 처음으로 북해 여행을 했는데, 이 체험의 결과로 연작시 「북해」 1부가 창작되었다. 그리고 이듬해인 1826년 7월 하순에서 9월 중순까지 북해의 섬에 머물렀는데, 이 경험을 바탕으로 연작시 「북해」 2부와 산문 「북해」 3부가 완성되었다.

1) 연작시 「북해」 1·2부

하이네가 『노래의 책』을 통해 시인으로 크게 성공했다면, 여행기를 통해서는 산문 작가로서의 명성을 얻었다. 여행기는 하이네가 포어메르츠 시기(1815~1848)의 대표적 참여 작가이자 청년 독일파의 중심 작가로 자리매김하는 데 초석이 되었다. 하이네는 독일 문학에서 북해를 최초로 발견한 작가로 평가된다. 독일어권 작가 중에서 바다의 매력을 이처럼 세세하고 강렬하게 다룬 작가는 하이네 이후에도 찾아보기 어렵다. 『여행기 2』
에 실린 「북해」 연작은 몇 가지 관점에서 이전의 고전주의나
낭만주의 문학과 구분된다. 우선 연작시 「북해」 1부와 2부에서
는 『노래의 책』에서 보여 주었던 전통적인 민요 형식을 더 확
장하여 찬가풍의 자유 리듬 형식을 도입함으로써 자유시에 더
가까워졌다. 「북해」 2부에서는 처음으로 고대 신화 모티프가
대거 등장한다. 그리고 3부의 「북해」 산문은 1830년대부터 유
행하기 시작한 저널리즘 문체, 즉 신문의 문예란 문체를 선취
하고 있다.

　내용상 「북해」 시편들에선 불행한 사랑 또는 응답 없는 사랑
이라는 『노래의 책』의 모티프가 여전히 사용되고 있지만, 이
전과는 조금 다른 양상을 보여 준다. 이전의 시편에서는 불행
한 사랑이 중심 주제였다면, 「북해」 시편에서 불행한 사랑 모
티프는 다른 주제로 넘어가기 위한 배경으로 사용되기 시작한
다. 불행한 사랑 모티프는 그 자체만으로도 완벽한 총체성이
나 완전한 사랑의 이상이 허구임을 폭로하는 기능도 갖는다.
그러나 「북해」 시편에서 잃어버린 사랑에 대한 그리움과 탄식
은 시의 구체적인 내용이 아닌 배경으로 작용하거나, 사회나
정치 또는 종교를 비판하기 위한 매개체로 기능하기도 한다.

　가령 「질문」(「북해」 2부, 7)에서 밤에 쓸쓸한 바닷가에 서 있
는 젊은이의 가슴은 비애로 가득하고 머리는 회의로 꽉 차 있
다. 하지만 이 젊은이의 상심이 실제 사랑의 고뇌에서 비롯된
것인지는 알 수 없으며, 그렇다 하더라도 그 구체적인 내용은

전혀 언급되지 않고 있다. 질문의 내용은 사랑과는 거리가 먼 철학적인 문제, 인간 존재에 대한 근본적인 물음이다. 사랑의 고뇌는 바다에게 묻는 질문의 배경 구실만 할 뿐이다. 마지막 연에서 별은 완전히 탈낭만화된다.

하이네의 연작시는 모자이크 작품과도 유사하다. 개별 조각은 나름의 아름다움을 지니고 있어 따로 분리해서 볼 수도 있지만, 뒤로 물러나 거리를 두고 보면 모자이크 작품 전체의 구도가 큰 그림으로 드러난다. 부분과 전체를 함께 보아야 하이네가 추구한 의도가 잘 파악된다. 하이네가 연작시 형태를 선호한 이유도 여기서 찾아볼 수 있다. 단편적 연상이 나열된 산문의 구성도 연작시와 유사하다.

연작시에 포함된 개별 시에는 제목이 없거나 또는 일련번호를 붙이는 경우가 대부분이다. 그러나 「북해」 연작시에는 개별 시에 모두 제목이 붙어 있어 개별 시의 독립성이 강하다. 개별 시의 제목을 살펴보면 이 시들이 시간적인 추이에 따라 배열되었음을 알 수 있다. 「북해」 연작 1부는 1. 황혼, 2. 해넘이, 3. 해변의 밤, 4. 포세이돈, 5. 헌사, 6. 선언, 7. 선실의 밤, 8. 폭풍, 9. 잔잔한 바다, 10. 바다의 환영, 11. 정화, 12. 평화의 순으로, 그리고 「북해」 연작 2부는 1. 바다를 반기며, 2. 뇌우, 3. 난파당한 사람, 4. 해넘이, 5. 오케아니데스의 노래, 6. 그리스의 신들, 7. 질문, 8. 불사조, 9. 메아리, 10. 뱃멀미, 11. 항구에서, 12. 에필로그 순으로 배열되어 있다. 두 연작시 모두 바닷가에서 출발하여 폭풍을 뚫고 거친 항해를 한 다음 평화로운 항구에 도착하는 구성이다. 제목의 나열만으로도 하나의 서사적 시퀀스가 생성되기 때문에 독자는 시적 화자와 함께 배를 타고 여행하는 인상을 받을 수 있다.

바다와 항해라는 소재가 「북해」 연작시에 피상적인 통일성을 부여하지만, 세부적으로는 해변 백사장이나 파도 등 바다의 자연이 화자가 기억하고 있는 전설이나 동화와 결합하면서 매우 다양한 소주제들이 여러 형식을 통해 등장한다. 내용과 형식의 이 같은 다양한 변화는 마치 출렁이는 파도나 파도에 흔들리는 조각배를 형상화한 듯한 인상을 주기도 한다. 카를 짐록에게 보낸 편지에서 하이네는 두 번째 「북해」 연작시에 대해 "민물에 익숙한 우리 독자들은 일렁이는 낯선 선율만으로도 어느 정도 뱃멀미를 할 수 있을 것이네"라고 쓴 바 있다.

「북해」 연작은 하이네가 자연의 대상을 직접 보고 실제로 체험한 이미지를 표현한 측면도 있지만, 그보다는 대상에 대한 기억과 연상을 통해 생겨난 수많은 사회적·종교적·정치적 암시들이 연쇄적으로 전개되는 상호 텍스트적 유희 공간이란 측면이 더 부각된다.

2) 「북해」 3부

「북해」 연작시와는 달리 산문 「북해」에서는 바다가 대상이 아닌 배경으로 작용한다. 여행기에 등장하는 개별 장소는 서술자의 다양한 관찰을 통해 사회적·정치적·문학적 비판에 도달하는 시발점으로 기능한다. 「북해」 3부에서 서술자는 섬 주민들과 해변 휴양소와 해수욕장을 방문한 손님들을 관찰하고 보고하는 듯하다가 어느덧 정치적·사회적 비판으로 넘어간다. 연상 작용을 통해 단편적 사고가 나열되면서 그렇다고 어떤 결론이 제시되지도 않는 이런 식의 글쓰기는 독자의 참여를 유도하는 기능을 할 수 있다.

이미 1820년대 중반, 여행기를 발간하면서 하이네는 시의 시대는 지나갔다고 생각한 듯하다. 1837년에 쓴 『노래의 책』 2판 서문에서 하이네는 운문의 효용성에 대해 "너무 많은 거짓이 아름다운 운문으로 말해졌기에 진실은 운율의 옷을 걸치고 나타나기를 꺼린다는 생각이 듭니다"라고 했다. 하이네는 있는 그대로의 현실을 반영하는 시가 아니라 오히려 문제가 많은 현실을 미화하는 시, 척박한 현실과 동떨어진 미(美)의 제국에 안주하여 고상한 운율과 형식만 고집하는 시에 거부감을 표현했다. 그래서 1830년대에는 시 작업에 완전히 등을 돌리고 에세이, 르포, 연대기 등의 다양한 산문 형식을 이용해 당대 현실에 영향력을 행사하고자 했다. 대표적인 결과물이 1830년대 출간된 『독일의 종교사와 철학사』(1835)와 『낭만파』(1835) 등이다. 하이네에게 문학 형식과 정치적 발전은 궤를 같이한다고 볼 수 있다.

여행기에 포함된 산문에는 1830년대 이후의 작품에서 나타나는 중요한 주제들의 맹아가 이미 나타나고 있다. 「북해」 3부에는 소제목이나 장이나 절의 구분 없이 일인칭 화자의 생각이 생각에 생각의 꼬리를 물고 이 주제에서 저 주제로 이어진다.

연상에서 연상으로 이어진 여러 주제에 대한 화자의 평가 기준은 "새로운 시대의 경계"에 있는 '현재'라는 잣대이다. 화자는 섬 주민을 위협하는 도덕적 타락 현상에서 섬 주민의 소박함을 파괴하는 자본주의적 욕망을 읽어 내고, 괴테를 비도덕적이라고 비난하는 당대 교양 독자층에게서 "병들고 분열된 낭만적인 감정"에서 벗어나지 못하는 태도를 파악한다. 그리고 돈 몇 푼 쥐여 준다지만 여전히 인간을 사냥감으로 대하는 귀족의 비인간적 행태와 시대의 변화를 인식하지 못하고 과거에 매몰되어 있는 기독교와 귀족을 비판한다. 그리고 나폴레옹을 "새로운 시대를 찬란하게 반영하는 인간"으로 규정하면서 그를 신격화하는 작업에 많은 지면을 할애한다. 마지막으로 독일 문단을 비판한 카를 이머만의 풍자시를 인용하며 글을 마무리한다.

풍자시 중에서 아우구스트 폰 플라텐을 풍자한 「동방의 시인들」은 독일 문학사에서 가장 격렬한 논쟁을 촉발한 불씨가 된다. 가젤 형식의 시집을 두 권이나 출간했던 플라텐은 하이네의 『여행기 2』에 포함된 이 시를 읽고 희극 「낭만적 오이디푸스」(1828)에서 하이네의 유대 혈통을 꼬투리 잡아 보복했다. 이에 대해 하이네는 『여행기 3』(1830)에 포함된 「루카의 온천장」에서 플라텐의 동성애를 비난했다. 이러한 상호 간의 인신공격은 동시대인들의 비난과 경멸을 초래하여 두 시인 모두 치유하기 어려운 큰 상처를 입었다. 이 문학 논쟁은 하이네가 뮌헨의 교수직을 얻지 못하는 데 일조했고, 결국 독일에서 구직에 성공하지 못한 하이네가 파리로 갈 결심을 하는 데 일정 부분 기여했다. 플라텐 또한 이 논쟁으로 인해 1835년 독일로 돌아오지 못하고 당시 그가 머물고 있던 이탈리아에 영원히 눌러앉아야 하는 자발적 망명을 택할 수밖에 없었다.

2. 이념—르그랑의 책

하이네의 여느 작품과는 달리 이 작품에는 부제가 있다. '이념들(Ideen)'이라는 제목에 '르그랑의 책(Das Buch Le Grand)'이란 부제가 달려 있다. 내용을 응축해서 표현하는 표제어가 제목이고, 제목을 보충하는 기능을 하는 것이 부제목이니 제목과 부제목은 밀접한 관련이 있다. 따라서 제목의 이념이 어떤 것인지는 몰라도 프랑스식 이름을 가진 르그랑이란 인물과 긴밀한 관계에 있음을 알 수 있다. 본문에서 이념은 머릿속에서 떠오르는 잡다한 생각이나 상념은 물론이고 역사적·정치적·철학적 이념으로도 사용된다(13장, 14장 참조). 부제에 나타난 르그랑이 프랑스 혁명 사상을 북소리를 통해 매개하는 인물이라는 점을 감안하면, 이념의 여러 쓰임새 중에서도 역사적 이념이나 정치적 이념이 강조됨을 알 수 있다.

부제인 'Das Buch Le Grand'은 구약의 예언서 제목 형식과 유사하다. 일반적으로 'Das Buch Hesekiel'은 「에스겔서(書)」로, 'Das Buch Jeremia'는 「예레미아서」로 옮긴다. 한자 표기

없이 '르그랑서'로 옮긴다면 한글 전용 세대로서는 선뜻 이해되지 않을 듯하여 '르그랑의 책'으로 옮겼다. 성서를 세속화하고 세속적인 글에 종교적 신성을 부여하는 듯한 제목을 설정한 것은 결국 르그랑과 관련된 이념이 종교만큼이나 거룩하다는 점을 강조한 의도로 보인다(9장에서 나폴레옹 전기를 '복음서'로 칭함).

시간과 장소의 일관성이 결여된 이 작품은 일반적 의미의 여행기와는 다르다. 굳이 여행기라는 관점에서 보자면 인도, 베네치아, 독일 여러 도시 등의 다양한 장소와 3천 년 전의 인도나 뒤셀도르프의 유년 시절 그리고 현재 등 다양한 시간대를 오간다는 측면에서 여행기라고 할 수 있을 것이다.

이 작품은 하이네의 작품 중에서도 가장 복잡하고 가장 난해한 산문으로 간주된다. 얼핏 보기에 다양한 테마와 모티프들이 20장에 걸쳐 매우 무질서하게 얽히고설켜 있는 듯 보인다. 하지만 이런 복잡한 구조는 하이네가 치밀하게 의도한 결과임이 여러 연구에서 밝혀지고 있다. 이 작품은 행위 구조와 성찰 구조의 두 부분으로 구분할 수 있으며, 또는 사랑(1~5장, 16~20장), 자유(6~10장), 진리(11~15장)란 세 가지 테마로 나누어 볼 수도 있다. 또한 사랑(1~5장), 소년 시절과 나폴레옹으로 대변되는 프랑스 혁명(6~10장), 검열과 글쓰기를 포함한 당대의 작가 문제(11~15장), 사랑(16~20장) 등의 네 가지 테마로 더 세분해 볼 수 있다. 이 구조는 다시 주관적 체험을 다룬 사적인 영역(1~5장, 16~20장)과 역사적·정치적 문제와 문학적·

미학적 문제를 다룬 공적인 영역(6~15장)이라는 두 가지 큰 테마로 묶을 수도 있다.

과거와 현재 그리고 회상과 성찰은 서로 밀접하게 연관되지만, 그럼에도 불구하고 일목요연하게 도식화하기는 어렵다. 과거, 회상, 현재, 성찰 등을 구성하는 작은 조각들은 연상을 통해 종횡무진으로 상호 연결된다. 일인칭 화자가 회상하는 과거는 성찰을 통해 현재화되고, 현재에 대한 성찰은 과거사를 구조화한다. 과거의 회상은 현재의 성찰로 인해 단절되고, 현재의 성찰은 과거 사건에 대한 회상으로 인해 지속적으로 단절되기 때문이다. 하이네에게 팩트 자체로서의 과거는 아무 의미가 없다. 과거는 현재와 연관성을 가질 때에야 비로소 의미가 있다. 하이네는 고전주의나 낭만주의 등 현재의 가치를 등한시하는 모든 성향에 반대한다. 이런 점에서 그는 지독하게 현실주의적인 작가라고 할 수 있다.

유년 시절의 화자는 군인이자 북재비인 르그랑에게서 북소리를 통해 프랑스 혁명과 같은 최근 역사나, 자유와 평등 같은 프랑스 혁명 이념을 배운다. 북의 언어는 이성적인 개념어가 아니라 감각과 감정을 통해 직관되는 언어이다. 르그랑은 외모를 중시할 뿐 아니라 그가 중요하게 생각하는 단어는 "빵, 입맞춤, 명예"(7장)이다. 자유의 투사 르그랑은 이상주의자가 아니라 하이네처럼 현실주의자다. 추상적인 이념뿐 아니라 현실에서 인간 존재를 가능하게 하는 조건, 즉 물질적 향유도 중시한다. 하이네는 죽은 다음 천국에서 누릴 행복을 살아 있는 동안 "적어도 여기 지상에서 (…) 조금이나마"(14장) 누릴 수 있는 사회가 되기를 바란다. 르그랑의 죽음과 북의 파괴는 나폴레옹의 죽음, 즉 혁명과 자유 시대의 끝과 일치한다. 화자는 사회적 차별이나 역사적 불공정을 체험할 때, 귀족 모임에서 차별을 당하거나 강의실에서 교수가 진보적 이념을 폄훼하고 보수적 이념을 찬양할 때 까맣게 잊고 있던 북의 언어를 다시 기억해 낸다.

작품의 중심축이 되는 11장에는 "숭고함과 우스꽝스러움은 한 걸음 차이"라는 문구가 마치 제목처럼 하나의 단락으로 제시되고 있다. 원래 이 구절은 1812년 12월 10일 프랑스군이 러시아 전투에서 패배하여 퇴각할 때 나폴레옹이 바르샤바 주재 대사 몽세뇌르 드 프라트에게 한 말이라고 전해진다. 화자는 이 표현을 연극에 적용하다가 당대의 역사에도 적용한다. 비극에서 주인공이 퇴장한 후 어릿광대가 등장하는 것과 유사하게, 나폴레옹의 숭고한 혁명 시대가 끝나자 복고 시대의 우스꽝스러운 여러 현상이 나타나고 있다는 것이다. 그러면서 이 희극이 조만간 끝날 것이라는 정치적 변죽울림도 잊지 않는다. 숭고 모티프는 파토스, 진지함, 이성 등으로 변주되고 우스꽝스러움 모티프는 어릿광대나 어리석음 또는 바보 모티프로 변주되어 이후의 여러 장에서 정신적으로 자유롭지 못하고 인습적인 취향에 길들여져 있으며, 종교적인 이데올로기에 예속되어 있는 대중을 희화화하는 데 사용된다.

하이네는 라인강 변의 뒤셀도르프에서 1797년 12월 13일 태어난 것으로 추정된다. 그가 태어나서 성장했던 시기는 구체제가 붕괴되고 새로운 체제가 형성되기까지 진통을 겪은, 그야말로 역사적 격동기였다. 프랑스 혁명(1789~1794)에 이어 나폴레옹이 유럽 전역에 프랑스 혁명의 이념을 전파했고(1793~1815), 나폴레옹 실각 이후 빈 회의(1814~1815)를 필두로 자유와 평등과 민주주의를 억압하고 복고 반동주의를 강조한 빈 체제가 1848년까지 지속되었다. 유럽 질서를 프랑스 혁명 이전 상태로 되돌리는 것을 목표로 삼은 빈 회의에서는 복고 반동주의라는 체제의 기틀이 마련되었고, 1819년 카를스바트 결의에서는 반동 체제에 위협이 되는 요소들을 제거하기 위해 급진주의자들의 취업 제한, 애국주의와 민족주의를 표방하는 학생회 및 체육 협회의 해산, 대학에 감시자 파견, 엄격한 출판물 검열 등이 결정되었다.

당대의 시사적인 문제를 다루고 있는 네 권의 하이네 여행기(1826~1831)는 이러한 역사적 배경을 모르면 이해하기 어렵다. 가령 「이념—르그랑의 책」의 6~8장은 1806년 가부장적인 독일 제후가 물러나고 나폴레옹 시대로 바뀌는 역사의 한 장면을 목격한 어린 소년이 급변하는 상황에 '현기증'을 느낀 경험을 그리고 있다. 프랑스 체제가 가져다줄 희망을 어린 소년은 어머니에게 "우린 행복해질 거래요. 그래서 오늘은 수업이 없어요"라고 전한다. 어린 학생에게 학교에 가지 않아도 된다는 것보다 더 기쁜 일이 있겠는가. 7장의 지리 수업 묘사에서는 나폴레옹 전쟁 과정에서 변화된 내용을 25행에 걸쳐 단 하나의 문장으로 나열한 다음, 이 격변의 시기가 더 길어졌더라면 숨이 넘어갔을 거라고 화자는 유머러스하게 너스레를 떤다. 8장은 하이네가 어린 시절 뒤셀도르프에 입성한 나폴레옹을 봤던 사실을 가공한 것이다. 여기서 프랑스 혁명 정신을 상징하는 나폴레옹은 고대 대리석 신상에 빗대어 신격화된다. 10장은 복고 체제가 강화되고 있던 1820년 전후 대학생이 된 화자가 어린 시절 경험했던 역사의 현장을 다시 방문한 경험을 서술한다. 화자는 프로이센 집권 이후의 역사적 퇴행을 다양한 비유를 통해 재치 있게 표현한다. 이로써 유년 시절의 추억은 개인적인 경험으로 머무는 것이 아니라 역사의 한 페이지가 되고, 개인은 역사의 증인이 된다. 개인사와 시대사를 일치시키려는 시도는 하이네의 다른 작품에서도 쉽게 찾아볼 수 있다.

글쓰기와 관련된 장(11~15장)에서는 검열이 강화되는 당대 현실을 풍자하고(12장, 검열에서 삭제되고 남은 어휘를 "독일의 검열관들"과 "돌대가리들"이라고 표현), 인용 기법 및 상업성, 나아가 음식과 당나귀 인용을 통한 사회 비판이 이루어지고 있으며(13장), 변화된 역사적 조건에 따라 상품으로서의 문학 생산의 조건과 방식 그리고 의미 등을 다루고 있다(14장). 그리고 15장에서는 어리석음과 이성 사이에서의 글쓰기가 언급되고 있다. 자본주의적 상황에서 글쓰기와 독자와 작가에 대해 2백 년 전에 하이네가 보여 준 성찰은 오늘날에도 그 시의성을 잃지 않고 있다.

3. 하이네 읽기의 어려움

하이네의 다른 작품과 마찬가지로 『여행기 2』도 하이네가 풍자의 대가임을 여실히 보여 준다. 하이네는 풍자의 수단으로 위트, 조롱, 패러디 등을 사용하지만, 특히 기대와 현실 사이의 모순을 드러내는 아이러니를 즐겨 사용한다. 검열을 피해 의도한 바를 독자에게 제대로 전달하기 위한 글쓰기와 검열을 의식한 자기 검열은 하이네의 문체에 많은 영향을 끼쳤다. 검열을 회피하는 중요한 수단 중 하나로 사용된 하이네의 아이러니는 포착하기 어려운 경우도 많다.

가령 대부분의 하이네 시에 아이러니가 사용되고 있음에도 불구하고 많은 독자들이 그의 시에 포함된 아이러니를 포착하지 못한다. 이것이 하이네가 오늘날에도 감상적 낭만주의 시인으로 오인되는 이유 중 하나이다. 산문에서도 사정은 마찬가지다. 하이네는 자기 자신조차도 아이러니의 대상으로 삼고 유희하기 때문에, 어떤 경우엔 진솔한 내용인지 아이러니인지 구분하기가 매우 까다롭다. 또한 아이러니가 포함된 신조어나 다의어를 이용한 언어유희 등도 여간 꼼꼼히 읽지 않으면 포착하기 어려운 경우가 많다. 이것이 하이네 읽기의 어려움 중 하나이다.

하이네 읽기의 또 다른 어려움을 들자면 그의 박학다식이다. 당대의 시사적인 사건이나 인물을 아이러니를 섞어 표현할 경우, 전후 맥락과 해당 사건이나 인물에 대한 지식이 없으면 그

부분을 이해하기 어렵다. 당대의 독자라면 몰라도 현대의 독자들이 19세기 독일의 시사적인 문제를 온전히 이해하기란 거의 불가능에 가깝다. 또한 수많은 동서양의 신화와 전설과 고전 그리고 동시대의 학술서와 문학 작품들이 적재적소에 언급되거나 인용되고 있다. 이런 인용이나 언급은 단순한 과시용이 아니라 당대의 특정 사건이나 현상과 연관되어 독자로 하여금 현재를 인식하도록 유도하고 현재가 나아가야 할 방향에 대해 성찰하게 하는 도구로 사용된다.

읽기의 어려움은 번역의 어려움과 상통한다. 역자의 변변찮은 능력으로 대가의 글을 온전히 번역할 길이 없어 차선책으로 불가피하게 수많은 역주를 달지 않을 수 없었다. 역주가 분명 눈에 거슬리고 가독성을 저해하는 걸림돌로 작용하겠지만, 다른 한편 역주에 눈을 돌려 쉬어 가는 동안 정교하게 구성된 하이네의 글을 천천히 곱씹으며 독자 나름대로 글의 내적 연관성이나 이해의 실마리를 찾을 기회가 될 수도 있겠거니 하고 스스로를 합리화해 본다.

판본 소개

   하이네의 여행기(Reisebiler)는 1826년부터 1831년까지 모두 네 권으로 출간되었다. 『여행기 1』은 1826년에 출간되었는데, 여기에는 연작시 「귀향(Die Heimkehr)」, 여행 산문 「하르츠 기행(Die Harzreise)」, 연작시 「북해(Die Nordsee)」 1부가 포함되었다. 1830년에 출간된 2판은 「서문(Vorwort)」, 연작시 「귀향」, 에세이 「하르츠 기행」, 연작시 「북해」 1부, 연작시 「북해」 2부가 포함되었다. 1827년 4월에 출간된 『여행기 2』에는 연작시 「북해」 2부, 산문 「북해」 3부, 산문 「이념 – 르그랑의 책(Ideen. Das Buch Le Grand)」, 서간체 에세이 「베를린에서 보낸 편지(Briefe aus Berlin)」가 포함되었다. 그런데 하이네는 1827년 10월 기존에 발표된 시를 묶은 『노래의 책』을 출간하면서 여기에 『여행기』 1권과 2권에 실렸던 「북해」 1부와 「북해」 2부 그리고 「하르츠 기행」에 포함된 시들을 포함시켰는데,

이 과정에서 검열에서 삭제될 위험이 있는 내용을 제거하거나 고치는 등 시의 배열과 내용을 다소 수정하였다. 가령 「뱃멀미」(「북해」 2부, 10)는 『노래의 책』에 포함시키지 않았다. 1831년에 출간한 『여행기 2』의 2판에서는 연작시 「북해」 1부와 2부를 제외하고 산문 「북해」 3부와 「이념―르그랑의 책」에 덜 비판적인 내용의 새로운 연작시 「새로운 봄(Neuer Frühling)」을 추가하였다. 이후로는 이 판본이 별다른 수정 없이 계속 출간되었다.

번역 대본으로 사용된 텍스트는 클라우스 브리클렙(Klaus Briegleb)이 편집한 『하이네 전집(*Heinrich Heine: Sämtliche Schriften in 12 Bänden*)』(München, 1976)을 사용하였다. 브리클렙판 『여행기 2』는 하이네의 산문만으로, 즉 「서문」, 「북해」 3부, 「이념―르그랑의 책」으로 구성되어 있고, 「북해」 연작시 두 편은 『여행기 1』에 포함되어 있다. 본 역서에는 브리클렙판의 『여행기 2』(「서문」, 「북해」 3부, 「이념―르그랑의 책」)에다 『여행기 1』에 포함된 연작시 「북해」 1부와 2부를 함께 묶어 번역하였다.

1830년 이후 발간된 여행기 시리즈에서 「북해」 연작시는 『여행기 1』에, 「북해」 산문은 『여행기 2』에 따로 실렸다. 이런 구성이 하이네의 마음 한구석에 계속 불편한 가시로 남아 있었던 것처럼 보인다. 왜냐하면 하이네는 전집 출간 계획에 관해 출판인 율리우스 캄페에게 여러 번 편지를 보냈는데, 이 편지들에서 연작시 「북해」 1부와 2부를 『노래의 책』에서 분리하여 소위 '북해 연작'(「북해」 1부, 2부, 3부)으로 한꺼번에 묶은 뒤에 다른 작품과 함께 출간하면 좋겠다는 생각을 여러 번 밝힌 바 있다. 하지만 이러한 소망은 그의 생전에 이루어지지 못했다. 짧은 분량의 「북해」 연작을 단권으로 출간할 엄두를 내지 못한 까닭은 검열이 주된 원인이었을 것이라고 짐작된다. 당시에는 320쪽 이하의 책은 사전 검열을 받아야 했기 때문이다. 하이네가 「북해」 연작을 단권으로 출간하려 했던 이유는 시와 산문이라는 텍스트의 이질성에도 불구하고 바다라는 소재에서 고무되는 텍스트의 내적 통일성을 살리고 싶었을 것이라고 추정된다. 이런 점에서 하이네가 북해의 섬 노르더나이에 체류한 경험을 바탕으로 창작된 「북해」 연작 1·2·3을 함께 묶어 번역한 것은 또 다른 의미가 있다.

1797 12월 13일 뒤셀도르프에서 유대인 상인 잠존 하이네와 엘리자
베트 판 겔더른의 장남으로 출생. 본명은 '하리 하이네(Harry
Heine)'.

1807 가톨릭 계통의 학교 리체움(후일의 김나지움)에 입학. 당시 그 학
교에서 유일한 유대인 학생이었음.

1811 나폴레옹의 뒤셀도르프 입성을 목격하고 깊은 인상을 받음.

1815 프랑크푸르트의 은행가 린츠코프의 수습생으로 일함. 이곳에서
루트비히 뵈르네를 알게 됨.

1816 함부르크의 부유한 삼촌 잘로몬 하이네 소유의 은행에서 수습생
으로 도제로 일함. 당시 삼촌의 딸인 아말리에와 테레제에 대한
불행한 사랑은 초기 시의 전기적 배경으로 작용.

1817 함부르크의 『파수꾼』지에 필명으로 첫 시 작품들을 발표.

1818 삼촌 잘로몬의 지원으로 직물 도매상 '하리 하이네 상사'를 차렸
으나 6개월 만에 파산.

1819 본 대학에서 법학 공부 시작. 법학 공부보다는 낭만주의 이론가인
슐레겔, 아른트, 횔만 등의 문학 강의를 선호. 슐레겔의 권유로 바
이런을 번역.

1820	괴팅엔 대학에서 법률 공부를 이어 감. 비극 「알만조르」 집필 시작 (여기에는 "책을 태우는 곳에서는 결국 사람도 태우게 될 것이다"라는 구절이 포함되어 있음).
1821	동급생과의 결투 사건으로 6개월 정학 처분을 받음. 베를린으로 대학 옮김. 법학보다는 철학과 문학 강의를 수강함. 헤겔의 강의를 들으며 라헬 파른하겐의 살롱에 출입. 간스, 샤미소, 호프만 폰 팔러스레벤 등과 교제.
1822	'유대인 문화 학술 협회'에 가입. 「베를린에서 보낸 편지」 발표. 폴란드 여행.
1823	『비극과 서정적 간주곡』(비극 「윌리엄 래트클리프」, 「알만조르」, 연작시 「서정적 간주곡」 수록) 출판. 낭만주의 작가 푸케, 파른하겐의 여동생 로자 마리아 아싱과 교제.
1824	괴팅엔 대학 재입학. 하르츠 지역을 거쳐 튀링엔으로 도보 여행. 여행 중 바이마르의 괴테도 방문함. 「하르츠 기행」 집필. 카를 이머만과 교제.
1825	개신교로 개종(세례 증서를 "유럽 문화로 들어가는 입장권"이라 표현)하면서 이름을 '하리'에서 '하인리히'로 개명. 법학 박사 학위 취득. 시민 사회에서 안정적인 직업(변호사직이나 교수직)을 구하고자 시도하지만 유대인 출신과 정치적 급진성 때문에 모든 구직 시도가 수포로 돌아감. 뤼네부르크의 본가에 머물면서 함부르크와 북해의 노르더나이섬 여행.
1826	『여행기 1』(연작시 「귀향」, 「하르츠 기행」, 연작시 「북해」 1부 수록) 출간. 새로운 기행문을 통해 산문 작가로 명성을 얻음. 출판업자 율리우스 캄페를 알게 됨.
1827	5개월 동안 영국 여행 후 뮌헨으로 감. 『여행기 2』(「북해」 2부와 3부, 「이념—르그랑의 책」, 「베를린에서 보낸 편지」 수록) 출간. 시집 『노래의 책』을 출간하면서 시인으로 명성을 얻음. 뮌헨에서 출판인 코타의 잡지 『신일반 정치 연감』의 편집장으로 잠시 일함. 은행가 로트쉴트와 교류.

1828	뮌헨 대학 교수직을 얻고자 했으나 실패. 이탈리아 여행. 부친 사망. 로베르트 슈만, 레오폴트 랑케와 만남.
1829	베를린에 잠시 체류하다 헬골란트섬 여행. 이 섬에 체류하던 중 프랑스 7월 혁명 소식을 들음. 산문집 『여행기 3』(「뮌헨에서 제노바로의 여행」, 「루카의 온천장」 수록) 출간. 펠릭스 멘델스존 바르톨디, 아르님과 여동생 베티나와 교류.
1831	5월 1일 파리로 이주("자의에 의한 망명"). 아우크스부르크 신문 『알게마이네 차이퉁』의 통신원으로 일하면서 여러 신문과 잡지에 프랑스의 정치와 문화계 동향 기고. 파리의 저명한 문화계 인사들과 교류. 『여행기 4』(「루카 시」, 「영국 단장」 등 수록) 출간.
1832	초기 사회주의인 생시몽주의자 모임에 참석.
1833	산문집 『살롱 1』(「서문」, 「프랑스의 화가들」, 「슈나벨레봅스키 씨의 회고록에서」, 연작시 「다양한 여인들」 수록) 출간. 프란츠 리스트, 한스 크리스티안 안데르센과 만남.
1834	후일 아내가 될 마틸데(본명 오귀스탱 크레상스 외제니 미라)를 알게 됨. 조르주 상드와 교제.
1835	12월 10일 독일 연방 의회의 청년 독일파(구츠코, 하이네, 라우베, 문트, 빈바르크) 작품 금서 조치. 검열받지 않은 하이네의 모든 작품이 프로이센에서 금지됨. 『살롱 2』(「서문」, 『독일의 종교사와 철학사』, 연작시 「봄노래」 등 수록) 출간. 『낭만파』 출간(1836년으로 표기).
1837	『살롱 3』(「피렌체의 밤」, 「정령」, 「밀고자에 대하여」 등 수록) 출간.
1838	『셰익스피어의 소녀들과 부인들』 출간.
1840	『루트비히 뵈르네-회고록』 출간. 뵈르네 추종자로부터 치명적인 비난을 받음. 『살롱 4』(「바허라흐의 랍비」, 18편의 시, 「프랑스 무대에 관하여」 등 수록) 출간.
1841	17세 연하의 마틸데와 결혼. 뵈르네 회고록의 여파로 잘로몬 슈트라우스와 결투. 리스트, 쇼팽과 교제.

1843	12년 만에 어머니를 만나기 위해 독일 여행. 카를 마르크스와 교제.
1844	두 번째 독일 방문. 마르크스와 루게가 편집하는 『독일-프랑스 연감』에 기고. 운문 서사시 『독일-겨울 동화』와 『신시집』 출간.
1847	운문 서사시 『아타 트롤』 출간.
1848	프랑스 2월 혁명 발발. 지병이 악화되어 소위 '침대 무덤' 시대가 시작됨(두통, 시력 감퇴, 마비 증세 등으로 시달림. 침대에 누운 채 비서를 고용하여 구술로 작품 활동을 계속함).
1851	시집 『로만체로』, 무용극 「파우스트 박사」 출간.
1854	작품집 『잡다한 기록』 1·2·3권 출간(1권에는 『회상』, 「시. 1853년과 1854」, 「망명 중인 신들」, 「여신 디아나」, 「루트비히 마르쿠스-회고록」 등이, 2권과 3권에는 1840~1843년까지 『알게마이네 차이퉁』에 기고한 글을 묶은 『루테치아』 1부와 2부가 포함되어 있음).
1855	마지막 연인 엘리제 크리니츠(별명 '무슈')와 사귐(몸이 마비된 하이네를 위해 그녀는 비서 역할을 수행).
1856	2월 17일 사망. 파리 몽마르트 묘지에 안장됨.

새롭게 을유세계문학전집을 펴내며

을유문화사는 이미 지난 1959년부터 국내 최초로 세계문학전집을 출간한 바 있습니다. 이번에 을유세계문학전집을 완전히 새롭게 마련하게 된 것은 우리가 직면한 문화적 상황에 적극적으로 대응하기 위해서입니다. 새로운 을유세계문학전집은 세계문학의 역할이 그 어느 때보다 중요해졌다는 인식에서 출발했습니다. 오늘날 세계에서 타자에 대한 이해는 우리의 안전과 행복에 직결되고 있습니다. 세계문학은 지구상의 다양한 문화들이 평등하게 소통하고, 이질적인 구성원들이 평화롭게 공존할 수 있는 문화적인 힘을 길러 줍니다.

을유세계문학전집은 세계문학을 통해 우리가 이런 힘을 길러 나가야 한다는 믿음으로 만들어졌습니다. 지난 5년간 이를 준비하기 위해 많은 노력을 기울였습니다. 세계 각국의 다양한 삶의 방식과 문화적 성취가 살아 있는 작품들, 새로운 번역이 필요한 고전들과 새롭게 소개해야 할 우리 시대의 작품들을 선정했습니다. 우리나라 최고의 역자들이 이들 작품 속 한 문장 한 문장의 숨결을 생생히 전하기 위해 심혈을 기울였습니다. 또한 역자들은 단순히 번역만 한 것이 아니라 다른 작품의 번역을 꼼꼼히 검토해 주었습니다. 을유세계문학전집은 번역된 작품 하나하나가 정본(定本)으로 인정받고 대우받을 수 있도록 최선을 다했습니다. 세계문학이 여러 경계를 넘어 우리 사회 안에서 주어진 소임을 하게 되기를 바라며 을유세계문학전집을 내놓습니다.

을유세계문학전집 편집위원단(가나다 순)
김월회(서울대 중문과 교수)
김헌(서울대 인문학연구원 교수)
박종소(서울대 노문과 교수)
손영주(서울대 영문과 교수)
신정환(한국외대 스페인어통번역학과 교수)
정지용(성균관대 프랑스어문학과 교수)
최윤영(서울대 독문과 교수)

을유세계문학전집

을유세계문학전집은 계속 출간됩니다.

을유세계문학전집 연표